小說裏有戲

夏言題

小说里有戏

论莫言的小说与戏剧

潘　耕／著

人民出版社

人在戏里，戏在心中

（代序）

莫　言

　　潘耕毕业于中央戏剧学院戏剧文学创作专业。她在本科与硕士期间，系统地学习了戏剧理论知识，还创作过一些话剧作品。我读过她几部历史题材的习作，虽然有幼稚之处，但充分显示了她的语言才华和结构故事、塑造人物的能力。2011年，我邀请她与我女儿笑笑参与将小说《红高粱家族》改编为电视剧的工作，我们一起讨论修改方案、琢磨人物和台词，也正是这个契机，使她发觉我的多部小说里都有丰沛的戏剧性元素，并由此对小说与戏剧的关系产生了浓厚的兴趣，于是参加了博士研究生招生考试，成为我在山东大学与郑春教授合招的第一个博士研究生。

　　2012年我获得诺贝尔文学奖后，研究我的文章和专著的人越来越多，连我自己都感到再以我为题做文章没有什么意思了，但潘耕有独特的跨学科视角，她敏锐地将论文题目锁定在"莫言小说的戏剧性"上，一方面想要构建小说与戏剧的桥梁，挖掘小说的戏剧性内涵及价值；另一方面也想梳理和研究我的戏剧创作特色。

　　虽然说戏剧从属于文学，但在文学研究领域内，研究戏剧的人寥寥无几，恐怕是因为戏剧的特殊性：它一半属于文学领域，另一半又属于表演艺术范畴。当时也有一些学者对我创作的"戏剧性"相关问题发表过精彩论述，不过大多是针对单篇作品的研究，或者是点到为止，留有空间余地。可以说，潘耕能在对我的研究处于饱和状态的情况下，选择这个题目，是有魄力和开创性的，也是需要戏剧学理论背景做支撑的。

在读博期间，她到美国哥伦比亚大学戏剧系访学，观摩了许多百老汇舞台剧，又将我的短篇小说《拇指铐》改编为英文版话剧，邀请国内外演员参演朗读会，共同探讨小说戏剧性及改编的问题。这些经历开阔了她的眼界，使得她对戏剧和小说戏剧性的认识更加深入了。

教学相长，我们围绕着这一论题，进行了累计数十小时的讨论。讨论涉及"小说是戏剧的富矿"的理念、对小说戏剧性的理解、对中国小说戏剧性语言的理解、当年我在农村观看地方戏的经验和后来在国外观看西方戏剧时的感想以及上升到理论层面的比较等。在此过程中，她掌握了大量的第一手资料，也更加明确了此选题的深度开掘可行性与重大意义，我自己也受到很多启发，获得了很多灵感。

在这部书稿中，有些观点是创新、独特和有趣的。譬如，她提出说书艺术是一种"类戏剧"。我从小接触的民间说书，不仅是一种用耳朵阅读的故事，也是一种用眼睛观摩的戏剧，因为它非常类似"独角戏"，说书人除了讲述故事，还会通过"扮演"故事中的人物，生动地还原情节；比如，她用"舞台"的概念去看待我的小说中的空间场景，以及带有表演性质的人与看客群体，这也是很少有人提出的观点；再比如，她总结我的戏剧中的女性身上都带有"神性、母性、巫性"特点，这些观点引起了学术界的关注与肯定；另外，她用创作者的视角，通过文本细读的方法，剖析归纳我的戏剧创作中的技术性问题，认为这是我从小说家到戏剧家身份转换的核心问题，因为剧作是一种技术性较强的代言体写作。

总之，潘耕以戏剧理论科班出身与戏剧创作实践者的学术背景，对我的小说的戏剧性与我的剧作的特殊性，进行了深入的剖析，提出了不少新颖的观点和看法，对我本人有启发，也对当代作家的跨界写作有积极的推动作用。本书是在她的博士论文基础上，根据最新材料和她自己的戏剧创作实践与教学中的感悟，增删修订而成。

我祝贺这本书的出版，并愉快地写下这些话。

2024 年 3 月 17 日

目　　录

前　言

　　莫言对"戏剧性"的高度重视、自觉追求和自如运用,使他的文学创作具有鲜明的特征。山东高密地方戏茂腔和民间说书艺术为莫言提供了天然的戏剧性养分;莫言的小说多次被改编成影视剧和舞台剧的事实,说明他的小说隐藏着戏剧性内核;他本人创作多部剧本的实践,表明他掌握了剧本写作的规律与技巧。全面研究莫言文学创作,"戏剧性"是一道无法绕过的门槛。

　　"戏剧性"是莫言文学作品叙事的核心和主要的艺术特色,但长期以来缺乏系统、深入的关注与研究。本书从"戏剧性"视角进入莫言的文学世界,力求挖掘其中丰沛的戏剧性资源,探寻莫言如何运用戏剧性写作的理念与方法,创造中国当代文学叙事的辉煌并促进中国文学与世界文学的交流。

　　为了限定和廓清本书论述内容与结构框架,首先辨析和厘清"戏剧性"的内涵与外延。戏剧作为综合艺术,具备文学性与舞台性两方面特质。戏剧文学性意味着动作、冲突与激变,可以使叙事集中、紧张与跌宕。戏剧舞台性是特定空间内的群体观演关系及其带来的强烈、夸张、狂欢的艺术特色。戏剧性是文学性与舞台性的有机结合,它直观地展现着人类在历史与现实的舞台上,与命运抗争不休的思想精神。

　　梳理总结莫言与戏剧艺术紧密的关系,是研究莫言作品戏剧性来源的实际依据与必要途径。莫言在家乡天然的民间戏曲环境中成长,又在后来的创作中持续潜心学习、吸纳戏剧艺术的精粹。与戏剧长期的接触、对戏剧深入的研究和不懈的戏剧创作,使莫言形成了自己独特的戏剧观念,而这种观念对他作品的形式与内容都产生了重要影响。

　　以讲述为主、表演为辅的"类戏剧"说书艺术是莫言作品戏剧性的另一个重要来源。家乡能说会道的民众与集市上的职业说书人共同组成了"类戏剧"大环境,它让莫言在作为"讲故事的人"进行创作时,带有敏锐的"有听众在场"意识。一方面,说书艺术是在宋元话本基础上发展而来的口头文学的最高形式,在"单元式"结构、悬念的巧妙设置、对听众情绪的调动上,都有着显著的戏剧性特点;另一方面,说书是一种类似"独角戏"的视听艺术,说书人在扮演的各种角色之间跳进跳出,对人物表情、神态、动作进行生动地模仿。莫言汲取了说书艺术中的戏剧性,并自觉地运用到创作中。

在找到莫言作品的戏剧性来源之后,结合具体文本,从人物的自觉意志、戏剧冲突、传奇叙事、戏剧性语言四个方面,深入剖析戏剧文学性在莫言小说中的呈现。人物明确、执着的自觉意志,是莫言小说叙事中强大的戏剧性发动机;自觉意志的转向或消亡,诞生了莫言笔下一系列的悲剧英雄人物。在戏剧冲突方面,比起对生活中细微琐碎矛盾的描绘,莫言更擅长将人与人之间、人内心的矛盾放置在社会历史背景下进行表达。除了用动作和语言表现人物之间剧烈的"冲撞",莫言还刻画了少言和沉默的群体,他们以"抵触"来对抗周围的环境。对冲突的不同表达,全面还原了现实社会生活中众多思想、价值之间的碰撞,亦使戏剧节奏更加起伏有致。在传奇叙事方面,莫言喜爱描写现实社会中与众不同的人,他们独特的性格及其造成的戏剧性行为与事件,构成了他们的传奇人生;而对人物行为极致化的表达和对人物在情节突转下产生异变的书写,使莫言的叙事产生了超现实的魔幻传奇色彩。在戏剧性语言方面,莫言善于运用中国古典小说的"白描"手法,以朴实的文字对人物形象、动作和言语进行直接地刻画。莫言擅长写对话,在人物语言的动作与反动作之间,制造紧凑、剧烈的戏剧矛盾。莫言也经常将叙事线索打断,以华丽、铺张的独白来揭示人物隐秘的内心世界,展示人物的思想、性格。独白中多种语言并置、共存、糅合的特点形成了莫言语言的狂欢色彩。戏剧性语言摆脱了小说叙述主体的局限,采用"直接"与读者见面的语言表达方式,使小说叙事极具现场感和震撼力。

进而,从空间、表演与观看三个方面探寻戏剧舞台特性在莫言小说中的展现。莫言小说中存在着"小舞台",这些场景化空间的聚集性功能类似戏剧的"三一律"。它们既有连通家庭与社会的"半开放式"空间,也有如广场、打谷场、公审会场等民间精神狂欢的"开放式"空间。这些空间不仅将人物、事件与矛盾凝聚集中，而且具有强烈的象征意味。"高密东北乡"则是具备包容性和假定性的"大舞台"，它容纳了历史与当下、现实与虚幻，人鬼神灵在这个"大舞台"上演出了一幕幕大戏。"大舞台"承载了世界万物，也传达出莫言看待人类历史的超脱、悲悯的态度。"表演者"在莫言小说中广泛存在。在人类表演学对"表演"概念的拓宽下，我们发现除了真实的舞台影视表演者，莫言小说中还有在庆典活动和日常生活中的表演者。他们因不同的戏剧性需求，或有意或无意地表演。与"表演者"相对应的是"观众"，莫言笔下的观众是对鲁迅小说中的"看客"群体的沿袭和发展。借助观众形象与心理，莫言不仅对群体沉默与群体暴力进行了批判，也表达了观众们时而展现出的人性光辉。

最后，论述莫言的戏剧创作。重点探讨莫言的戏剧写作技法。对戏剧的间离、假定性、暗场戏和戏中戏的运用，体现了莫言对戏剧艺术特性的全面掌握。他的剧作不仅成功完成了从小说叙事到戏剧叙事的转换，而且体现出传统与先锋相结合的写作风格。在人物形象方面，莫言塑造了"三性合一"的女性和平民化男性英雄。女性是莫言剧作中的亮点，神性、母性与巫性在她们身上的交织融合，使她们极具爆发力与张力，有效地带动情节的发展与转变。在语言上，莫言继承了莎士比亚、郭沫若、老舍、曹禺等戏剧家的风格。充满思辨、广博杂糅的语言，使莫言的剧本具有独特的文学价值，为当下文学性略显薄弱的中国戏剧注入了振兴的力量。

绪　　论

第一节　选题缘由及意义

一、选题缘由

20世纪80年代以来,莫言的文学作品一直都是文学研究界的重点和难点。尤其在2012年获得诺贝尔文学奖后,莫言及其创作引发了更多学者的关注。在莫言文学研究基本呈"饱和状态"的情况下,想要发现新的角度,开辟新的领域,阐述新的问题,不但需要全面掌握莫言研究的现状,还需要研究者具备敏锐的发现问题和解决问题的能力。

之所以关注"莫言文学作品的戏剧性"这一选题,最初是因为笔者在参与莫言两部小说的戏剧影视文学改编过程中,对此问题产生了强烈的感受与深入的思考。进而,在与莫言多年的接触中,笔者就此选题与莫言进行了多次探讨和累计长达数十小时的采访。在此基础上,不仅掌握了大量资料,也更加明确了此选题研究的可行性与重大价值。

选择这个题目的具体原因主要有以下三点:

第一,长期以来,莫言的小说与舞台剧、影视剧改编有着密切的关系。从1987年莫言的长篇小说《红高粱家族》改编为电影《红高粱》开始,莫言的多部长篇、中短篇小说被改编成舞台剧、影视剧,改编的作品也获得了国内外的很多奖项(详见附录表1)。截至目前,莫言已有《红高粱家族》《师傅越来越幽默》《白棉花》《白狗秋千架》《与大师约会》《断手》《檀香刑》《牛》8部小说被改编为影视、戏剧作品。其中,《红高粱家族》多次被改编为不同的影视戏剧类型,除了大众比较熟悉的电影、电视剧,还有大型民族舞剧、豫剧、晋剧、评剧、大型茂腔现代舞台剧和茂腔戏曲电影等多种艺术形式。

从文艺创作与接受的角度来看,小说是个人艺术,而戏剧、影视属于集体艺术范畴。因此,为戏剧影视工作者所关注与青睐的小说,必须具备"有戏可看"的戏剧性特点。莫言多部小说被成功改编成各类戏剧影视剧,说明他的小说蕴藏着丰富的戏剧性价值。

莫言多次强调文学作品的戏剧性与改编的问题。他曾表示:"我的作品中像《生死疲劳》《丰乳肥臀》《檀香刑》等作品都可以拍成大气磅礴的大片,但是,至今没有导演发现这些小说里隐藏的巨大的戏剧性冲突。"①在 2011 年的一次访谈中,莫言指出,话剧与小说的关系异常密切,每一部优秀的小说里都包藏着一部或多部话剧②。2018 年在指导博士生论文写作的谈话中和2019 年接受张清华的采访③中,莫言进一步强调了这一观点。

由此可见,莫言十分重视自己的小说与戏剧、影视之间的关联,并且非常明确地表明戏剧性元素在他的作品中大量、广泛地存在。

第二,莫言本人直接编写和参与了许多戏剧、影视剧的创作(详见附录表2)。在由莫言小说改编的 6 部电影中(其中完成拍摄并上映 4 部),他不仅作为编剧创作了剧本《红高粱》,而且还不同程度地参与了《幸福时光》《暖》《白棉花》等电影的剧本改编工作④。他的电影原创剧本包括:《太阳有耳》《大水》《英雄·美人·骏马》和《姑奶奶披红绸》。莫言丰富的电视剧剧本写作主要集中在 20 世纪 90 年代,作品有电视剧《捍卫军旗之战》《梦断情楼》《红树林》《哥哥们的青春往事》和《海马歌舞厅》等(其中《梦断情楼》《红树林》《哥哥们的青春往事》与《海马歌舞厅》完成拍摄并播出)。2011 年,莫言带领管笑笑、潘耕在山东高密完成《红高粱》电视剧剧本(30 集版本)⑤,在此基础上,

---

① 鲍文玉:《〈丰乳肥臀〉或被拍成电影》,中国作家网,2012 年 10 月 15 日,见 https://www.chinanews.com.cn/yl/2012/10-15/4247709.shtml。

② 莫言:《每一部优秀的小说里都包藏着一部话剧》,《人民政协报》2011 年 9 月 7 日。

③ 莫言、张清华:《在限制的刀锋上舞蹈——莫言访谈》,《小说评论》2019 年第 1 期。

④ 莫言指导博士生论文写作的谈话,2018 年 10 月于北京师范大学国际写作中心。

⑤ 莫言指导博士生论文写作的谈话,2018 年 10 月于北京师范大学国际写作中心。

他也为 2014 年的电视剧《红高粱》(60 集版本) 提供了许多建设性的改编建议。

在戏剧方面,莫言创作发表了四个话剧剧本:《锅炉工的妻子》《霸王别姬》《我们的荆轲》《鳄鱼》。获得诺贝尔文学奖之后,莫言集中精力进行戏剧剧本创作,作品有:戏曲《锦衣》(《人民文学》2017 年第 9 期)、戏曲《高粱酒》(《人民文学》2018 年第 5 期)、歌剧《檀香刑》(《十月》2018 年第 4 期)。2018年,莫言发表诗体小说《饺子歌》(《北京文艺》2019 年第 12 期),2023 年出版话剧《鳄鱼》。在谈到《饺子歌》时,莫言表示将其命名为“诗体小说”,主要是考虑发表方便,但也许它可以被称为“剧”①。实际上,《饺子歌》确实具备诗剧的特点,因为它整体都是由人物对话构成的,不仅语言洗练、讲究节奏和韵律,同时也符合戏剧舞台的诸多规律。

可以看出,从开始进行文学创作至今,莫言对戏剧、影视文学的写作实践一直保有极大的热情,产量也颇为丰厚。在获得诺贝尔文学奖后,莫言集中地进行不同题材、不同形式的戏剧创作,创作方向有从小说向戏剧方面倾斜的趋势。

第三,在研读莫言文学作品和进行莫言小说改编的过程中,笔者深刻地体会到戏剧影视艺术从观念内容到风格形式上,在莫言作品中的体现。例如,戏剧动作、戏剧冲突、戏剧悬念等元素在莫言的小说中俯拾皆是。作为“讲故事的人”,莫言也有意识地汲取和借鉴山东高密地方戏曲茂腔戏和说书艺术中丰富的戏剧性元素。这使他在创作时不仅在文体上作出创新,而且在主题与思想上也进行了更深层的开掘。由此,笔者产生了一系列的疑问和思考:小说和戏剧的关联是什么?小说中的戏剧性究竟指什么?莫言文学作品中的戏剧性特征是什么?莫言都进行过哪些戏剧的阅读和观摩?莫言反复提到的说书艺术的戏剧性都有哪些体现?莫言的小说中为何时常出现“戏剧”“大戏”“舞台”“表演”等词语?戏剧性表达在莫言的小说创作中与戏剧创作中有何区别?莫言从不断学习戏剧、戏曲到独立进行话剧、歌剧和戏曲剧本创作,他对文学的理解有什么样的变化?

---

① 莫言:《饺子与小说》,《小说选刊》2020 年第 2 期。

对上述问题的强烈感受、疑虑、思索和想要阐释它们的冲动与欲望，就是本书写作的主要原因。

二、研究意义

时至今日，莫言研究已有多年历史。学者们丰厚的研究成果几乎覆盖了莫言文学创作相关的方方面面，可开拓的研究空间十分有限。即便如此，在看似狭窄的缝隙中，对莫言文学作品的研究仍然具有宽广而深邃的可开掘空间。

第一，以"戏剧性"为切入点研究莫言的小说作品，希望能够拓展和完善莫言研究。小说与戏剧从诞生至今，一直具有异常紧密的亲缘关系。戏剧艺术对于莫言创作的思维和创作手法，也有着极其重要的影响。在硕果累累的传统叙事学研究基础上，从"戏剧性"这一较新的角度来阐释、研究莫言的文学作品，希望可以加强莫言研究的薄弱环节，丰富和完善莫言研究。

第二，打通小说与戏剧学的内在关系，找到莫言文学作品叙事的核心，深化莫言研究。本书从"戏剧性"角度进入莫言文学世界，研究戏剧作为综合艺术在莫言文学作品中的全面渗透，发掘莫言作品叙事的根本问题，从而推进、深化莫言研究。

第三，更清晰地认识莫言作品的戏剧性与民族性之间的关系问题。20世纪80年代的中国当代文坛出现了淡化故事情节、弱化人物塑造的先锋小说探索潮流，却因其"雅"与晦涩，逐渐远离了普通读者。但莫言的创作却迅速地向中国传统转向，在说书艺术和传统戏曲中找回戏剧性，为读者进行雅俗共赏的写作。写作本书，也是对戏剧性与民族性两者关系的深入探究。

第四，挖掘莫言小说中的戏剧性特质，对当下莫言文学作品的改编工作有所启发。戏剧、影视在传播的速度和普及度上都比文学具有明显的优势，因此，通过本书的研究，一方面，希望可以对戏剧影视工作者挖掘莫言作品以及中国现当代文学作品中的戏剧性有所裨益，从而提升经典小说转化为观众喜闻乐见的舞台荧屏作品的可能性；另一方面，也希望可以借此促使更多的观众回归对中国经典文学的阅读。

第二节　小说与戏剧关系的核心——戏剧性

中国小说与戏剧自古以来就有着复杂微妙的亲缘关系,从各个朝代对两者的命名就可见一斑。如"传奇"一词,在唐代专指文人小说,而到了明清却成为戏曲样式的称谓。一些文人学者直接将小说看作是戏剧的一种,如李渔曾把小说称作"无声戏";20世纪初,戏曲则多被归为小说范畴,如老伯称戏曲为"曲本小说"①,另有"韵文小说""传奇小说"之名来称呼戏曲,代表了当时社会对其认识的普遍观念。虽然这些看法剥离了小说、戏曲的部分重要特征,并将其归为对方领域,但说明了两者在品质上拥有异曲同工之处,体现出两者相互深入渗透的现象。

从发生学角度追溯小说与戏剧的起源,可以清楚地发现两者根本的不同:戏剧的初始形态被认为是"宗教祭祀仪式歌舞"②;而小说的源头则"在于神话与传说"③。但是,蒋瑞藻在《小说考证》中指出:"戏剧与小说,异流同源,殊途同归也"④,并且,他认为两者最初的交融阶段是伎艺形态。这不仅指出了中国戏剧与小说在各自还未独立地正式形成乃至成熟之前,本就是交织混融在一起的;而且,伎艺形态中的俳优小说,在流变中发展成"说话"伎艺、变文讲唱、宋元话本,虽不在文人小说之列,属于俗文学范畴,但对戏曲和文人小说的影响却至关重要。在唐代繁荣盛世的局面下,孕育出两种对未来戏剧和小说产生深远影响的艺术形态。一种是"叙述婉转,文辞华艳"(鲁迅语)的唐传奇,它接六朝志怪遗风,同时又讲究文采,塑造出丰富的人物形象和故事题材,对宋元小说和戏剧起到了很好的滋养作用。另一种是话本小说,它是与宋金杂剧同为瓦舍伎艺的叙事性"说话"及其文本形态。话本小说在民间拥有

---

① 老伯:《曲本小说与白话小说之宜于普通社会》,《中外小说林》1908年第10期,见徐大军:《中国古代小说与戏曲关系史》,人民文学出版社2010年版,第2页。

② 廖奔、刘彦君:《中国戏曲发展简史》,陕西教育出版社2002年版,第3页。

③ 鲁迅:《中国小说史略》,人民文学出版社2006年版,第17页。

④ 蒋瑞藻:《小说考证》,上海古籍出版社1984年版,第337页。

更直接强大和广泛的传播力,并在此基础上,于唐后期衍生出唐代变文和宋元话本。

宋元话本的出现被鲁迅先生指为"实在是小说史上的一大变迁"。王国维说"宋代小说家不以著述为事,而以讲演为事"①。与文人小说创作不同,宋元叙事性说话拥有听众,它需要渲染气氛、描绘场景、设置悬念,以符合听众的心理,另外,宋元说话还具有表演元素,它吸收了戏剧的模仿特性,从而表现出超越言语的动作来传达故事、渲染气氛,调动看官视与听的双重感受。勾栏瓦舍不仅孕育了宋元话本,同时也为戏剧的发展和繁荣提供了条件。说话伎艺的故事题材和叙事能力强烈地刺激了杂剧的生长,使其篇幅从短小逐渐变得长大,内涵由简单慢慢变得复杂,形成了拥有长篇叙事能力和讲述思维方式的叙事杂剧。曾有当代学者大胆猜想,在当时的勾栏瓦舍中,说书人很可能兼具"书会先生"或"京师老郎"的身份,就好比今天的小说家兼作编剧一样②。明清白话小说也正是有了话本与戏曲不同程度的滋养与促进,才达到了中国古典小说史的繁荣与巅峰。中国古典小说和戏剧经历了复杂而漫长的进阶过程,两者的关系密不可分,它们共同生长,彼此依托,在勾栏瓦舍中互相滋养碰撞,在艺术观念、叙事方式、时空处理等诸多方面相互借鉴。

不仅中国小说与戏剧如此,西方小说与戏剧也同样关系紧密。虽然亚里士多德曾在《诗学》中清晰地指出了戏剧以演员的动作模仿展现故事,而史诗依据叙述者的语言来对人物和事件进行描绘,但是我们读过的许多西方经典戏剧,如一些古希腊悲剧和莎士比亚戏剧就是根据史诗、历史故事与神话故事改编而成的,这些伟大的剧作对小说的发展也有着至关重要的推动。

可见,在人类文明漫长的发展长河中,两种艺术形式一直彼此借鉴,相互影响。而两者关系的交汇与核心,就在于"戏剧性"。无论在人们的生活用语里还是理论家的著述中,"戏剧性"总是一个容易使人们产生分歧的概念。它早已超出了中西方戏剧学概念范畴,延展、深入到其他艺术领域和人类的日常生活当中。但是"戏剧性"究竟是什么?在戏剧学领域内,有以下五种影响深

---

① 王国维:《宋元戏曲史》,上海古籍出版社1998年版,第28页。
② 王国维:《宋元戏曲史》,上海古籍出版社1998年版,第28页。

远的学说:(1)以亚里士多德为代表的"动作说";(2)以布伦退尔为代表的"意志说";(3)以阿契尔为代表的"激变说";(4)以劳逊为代表的"冲突说";(5)以狄德罗为代表的"情境说"。

对"戏剧性"概念的界定之所以众说纷纭,笔者认为有以下三个原因:首先,地域和文化的差异。戏剧是全人类的艺术,不同国家、不同地域的理论家、剧作者因文化背景、个人审美的差异,产生了不同的戏剧观念。例如,欧洲的古典主义戏剧要求的"三一律"结构对西方戏剧产生了深远的影响,但中国戏曲却更偏向于"铺展性"结构。其次,戏剧艺术一直都处于发展演变中。在漫长的人类文明发展史中,"戏剧性"的内涵和外延随着戏剧的发展也在不断地拓展。比如,在戏剧性被普遍认为是突发的、令人震撼的"外在戏剧性"事件的时代,剧作家梅特里克和契诃夫却提出"内在戏剧性"观念,认为戏剧应当反映一种"没有动作的生活"①,颠覆了传统戏剧观念,延展了"戏剧性"概念边界,并推动了现代派戏剧的形成。再次,上述几种学说各有侧重但存在内在联系,是辩证统一的集合。戏剧的动作、冲突、悬念等元素环环相扣,互为因果。各种戏剧学说都可以被称作戏剧性因素,即构成戏剧本质特性是区别于其他艺术形式的前提和条件。

如果仅仅追随一家之言,难以对"戏剧性"作出精准、全面的阐释,容易如盲人摸象,以偏概全。但想要研究莫言文学作品的戏剧性,必须阐明这一概念。因此,本书结合莫言的作品,把"戏剧性"分为若干方面,进行梳理、辨析和阐释。

亚里士多德在《诗学》中定义"悲剧"时强调:悲剧,是对有长度的行动进行模仿。模仿的方式有两种情况:其一是编制戏剧化情节;其二是通过扮演表现人物。这表明,戏剧性既存在于文学构成中,也体现在舞台呈现上。所以英语分别有两个词汇表达"戏剧":drama,更偏向戏剧文学的范畴;theatre,更偏向戏剧舞台的范畴。

莫言作品中的戏剧性虽已受到一些学者的重视,但对此问题的关注基本

① 中国社会科学院外国文学研究所外国文学研究资料丛刊编辑委员会编:《外国现代剧作家论剧作》,中国社会科学出版社1982年版,第36页。

局限于戏剧的文学特性。另一个非常关键的部分长久以来被严重忽略了。戏剧是一门综合性艺术,它不仅属于文学范畴,还属于舞台艺术范畴。因此,完整的"戏剧性"应该是戏剧文学性与舞台艺术性的有机、统一结合。

研究莫言文学作品的戏剧性,必须还原戏剧作为立体、综合的时空艺术、视听艺术的特性,才能发现戏剧对莫言创作的影响,以及其特性在莫言文学作品中的各种体现。若仅单独考察戏剧的文学特性得出的结果,只能是支离破碎的,甚至可以说是难以探究其根本的。

一、文学构成中的戏剧性

俄国文艺批评家别林斯基曾敏锐地指出戏剧性对于叙事文学的重要性,他说:"戏剧因素理所当然地应该深入到叙事因素中去,并且会提高艺术作品的价值。"①董健先生将文学构成中的戏剧性视为一个"魔力无边的'精灵'",认为它"不仅使戏剧作品具有摄人心魄之力,而且也使非戏剧的叙事作品(如史诗、小说等)更加吸引人"②,并把戏剧性所带来的艺术效果总结为:集中性、紧张性和曲折性。笔者认为,戏剧文学性主要体现在以下四个方面:

(一)外部动作、内心动作和语言动作

回溯中外戏剧艺术发展的历史,尽管不同国度的戏剧家在创作观念上存在着种种差异,从而形成了风格不同、流派各异的戏剧艺术作品,但是,以动作作为反映现实生活的基本手段始终是戏剧最基本的规律之一。自亚里士多德开始,动作就被看作戏剧艺术最本质和最基础的特性。美国戏剧理论家劳逊曾说:"动作是戏剧的根基",能够"拉住观众的紧张"③。演戏之所谓"演",动作是其中的一个重要组成部分,演员通过各种动作来表现人物的内心活动,推动情节发展,无形中也形成了戏剧动作的艺术特性。同样,美国戏剧家贝克在谈到戏剧艺术的表现手段时强调,戏剧主要依靠动作。他还认为,"动作是激

---

① [俄]别林斯基:《别林斯基选集》第三卷,辛未艾译,上海译文出版社1980年版,第23页。
② 董健、马俊山:《戏剧艺术十五讲》,北京大学出版社2012年版,第65页。
③ [美]约翰·霍华德·劳逊:《戏剧与电影的剧作理论与技巧》,邵牧君、齐雷译,中国电影出版社1989年版,第214页。

发观众感情最迅速的手段",以动作为中心的戏剧,是"雅俗共赏的"①。但是,作为戏剧重要根基的动作,并不是一般意义上的简单动作。

首先,外部动作应当充分展现出内心动作。因为"动作"不等同于"行动",纯粹的外部动作并不具有戏剧性。只有能够引起观众情感上的反应的动作,才能称之为戏剧动作。所以外部动作需要内心动作作为前提和依据,是内心外化的展示。谭霈生在《论戏剧性》中举例说:"观众在剧场观看哈姆雷特和雷欧提斯当众比剑的场面时,如果不能通过猛烈的外部动作洞察人物内心的隐秘活动,那同在体育场观看一场击剑比赛又有什么区别呢?……(观众)希望演员能够在这类外部动作中揭示出人物的心理活动。在舞台上,人物的外部动作,如果没有内心活动作为依据,就只能像一只绢制的玫瑰,徒有其形。"②同样,在莫言的《红高粱》中,余占鳌在为九儿抬轿时刺杀假土匪的戏剧性,不仅在于搏斗本身,还在于余占鳌性格的表现和九儿心中所泛起的涟漪,为两人关系的发展做出的铺垫。这样的示例在莫言的小说中比比皆是。

其次,动作不仅通过外部动作体现,语言也是展示戏剧动作的重要手段,戏剧语言是需要有"动作性"的。别林斯基说过:"戏剧性不在于对话,而在于对话者彼此的生动的动作"。史雷格尔在谈到"戏剧性"时,首先也是从对话谈起的,他指出:对话是否具有动作性,是区分戏剧性对话与非戏剧性对话的界限,"如果剧中人物彼此之间尽管表现了思想和感情,但是互不影响对话的一方,而双方的心情自始至终没有变化,那么,即使对话的内容值得注意,也引不起戏剧的兴趣。"③

莫言也特别重视语言的重要性,他认为,戏剧从某一个层面上来讲,就是来源于中国古典小说中"白描"式的对话写作。中国小说受到话本的滋养和戏曲的影响,从古至今都非常重视运用对话来描绘人物和讲故事,所以自己写小说的长项也在于对话。莫言所指的对话,也正是具有戏剧性的对话。简而言之,戏剧动作要源于心灵,揭示人物内心隐秘的活动,并有助于推动剧情和

---

① ［美］乔治·贝克:《戏剧技巧》,余上沅译,中国戏剧出版社2004年版,第22页。

② 谭霈生:《论戏剧性》,北京大学出版社1984年版,第19页。

③ 转引自谭霈生:《论戏剧性》,北京大学出版社1984年版,第40页。

人物关系的发展。

（二）自觉意志和戏剧冲突

戏剧动作可以在一句台词、一个行为里表达，也可以是一个统一的动机、目的或方式。法国19世纪戏剧理论家布伦退尔视戏剧人物的自觉意志为戏剧的发动机："我们要求戏剧的，就是展示向着一个目标而奋斗的意志，以及应用一种手段去实现目标的自觉意识。"①无论人物是在主动追求一个目标，抑或作者支配其在潜意识下的行动，他都要向着一个方向发挥其主观能动性。正如剧作家、戏剧理论家黄维若所说："布伦退尔的'自觉意志'应该指的是戏剧中的人物，在生活态度与价值观念支配下，有目的、有计划地变革某一客观过程，并在克服障碍时所表现出来的主观能动性。"②在叙事诗学中，巴赫金的"复调理论"建立在对话之上，而对话的基础，就是作者与其笔下的人物皆是平等的，人物按照自己独立的思维方式发声、行动，从而相互碰撞，形成对话。因此，"复调理论"强调人物的主观能动性，这正是戏剧文学的重要特点之一。

对于小说是否必须具备这一特性，莫言这样说："它不是小说必需的要求，但有自觉意志的人物，会更'有戏'可看。"③也就是说，"自觉意志"或"复调"并不一定是小说必备的因素，但是它会增加小说的可读性和戏剧性。

实际上，布伦退尔对自觉意志更具体的阐释自然带出了"戏剧冲突"的问题："戏剧是人的意识与限制和贬低我们的自然势力和神秘力量之间的对比和表现：它所表现的是我们之中的一个被推到舞台上去生活，去和命运作斗争，和社会戒律作斗争，和他同属人类的人作斗争，和自然作斗争，如果必要，还和他周围人们的感情、兴趣、偏见、愚行、恶意做斗争。"④"斗争"在这里即可以理解为戏剧冲突。自觉意志必然导致戏剧动作，对动作的限制必然产生矛盾冲突。戏剧动作分为三部分：做什么、为什么做、怎么做。"做什么"和"为什么做"，与人物的自觉意志相关，然而，只靠"意志冲突"是不够的，"怎么做"产生的人物性格才是关键。谭霈生认为："由鲜明个性构成的矛盾关系，

---

① 转引自罗晓风选编：《编剧艺术》，文化艺术出版社1986年版，第6页。
② 黄维若：《剧本剖析——剧作原理及技巧》，《剧作家》2010年第5期。
③ 莫言指导博士生论文写作的谈话，2019年9月30日于北京师范大学国际写作中心。
④ 转引自顾仲彝：《编剧理论与技巧》，上海人民出版社2016年版，第60页。

才是真正的'戏剧冲突',……从实质上说,戏剧冲突,就是性格冲突。"①

（三）戏剧情境与戏剧场面

戏剧动作、自觉意志和戏剧冲突并不是孤立产生的,它们都需要一个肥沃的土壤才能萌芽和成长,这个土壤就是戏剧情境。早在18世纪,法国戏剧家狄德罗就强调了情境的重要性,他认为,相对于人物性格,"应该成为作品基础的就是情境。"②黑格尔、普希金都曾谈到过情境,斯坦尼斯拉夫斯基更是在普希金的基础上提出了"规定情境",成为表演理论中最重要的理论之一。

谭霈生认为,戏剧情境在戏剧文学范畴内是一个极其重要的因素,它直接关乎"戏剧性","'戏剧情境'是促使人物产生特有动作的客观条件,是戏剧冲突爆发和发展的契机,又是戏剧情节的基础。"③尖锐的戏剧情境在三个因素的共同作用下生成:特定的时空环境、特定的事件、特定的人物关系。④ 构置独特有力、丰富多变的戏剧情境,非常有利于塑造饱满的人物形象,形成激烈的冲突,从而改变人物关系。即便是生活中普通的动作,也可以造成强烈的戏剧性。

如果说情境是戏剧情节的基础,那么戏剧场面则是戏剧情节的基本组成单位。⑤ 场面即人物在一定时间、一定环境内进行活动构成的特定的画面,它的更替和转换以人物的上下场为标准。莫言在谈到自己小说"戏剧性"的问题时,一再强调戏剧性场面的问题:"一定要有几个给人留下深刻印象的戏剧性场面。"一部戏剧或一部小说,不可能每一个场面都做到精雕细琢。场面分为交代性场面(过渡性场面)和戏剧性场面(重点场面),交代性场面为戏剧性场面蓄力,戏剧性场面才能具有令人"印象深刻"的生命力和感染力,它或者聚集众多人物气势恢弘,或者经过深度开掘爆发出强烈的戏剧效果。

（四）发现与突转、悬念与激变

莫言在谈到小说的戏剧性时,明确了最重要的一点:"要有一个好看的故

① 谭霈生:《论戏剧性》,北京大学出版社1984年版,第81页。
② 转引自谭霈生:《论戏剧性》,北京大学出版社1984年版,第122页。
③ 谭霈生:《论戏剧性》,北京大学出版社1984年版,第123页。
④ 谭霈生:《论戏剧性》,北京大学出版社1984年版,第129页。
⑤ 谭霈生:《论戏剧性》,北京大学出版社1984年版,第208页。

事。"无论是小说、戏剧还是影视,最为读者和观众所津津乐道的就是突发性事件给人物命运带来的突然转变。从写作的技术层面上来讲,所谓"无巧不成书",作者常常是将本不可能相撞的各种条件非常偶然、巧合地拼凑组合在一起,并渗透进入戏剧情境;另外,利用"发现与突转",揭露出人物前史或当下的隐秘性事件。亚里士多德在西方美学开山之作《诗学》第六章中提出:"悲剧中最能打动人心的成分是属于情节的部分,即突转和发现。"①亚里士多德首先将"发现"分类,并认为"事件的发现"最能引起突转,"突转"即"指行动的发展从一个方向转至相反方向"(顺境转入逆境或逆境转入顺境)。这两者带来的效果必定是人物命运和情节走向的激变,从而产生震撼人心的效果。

挪威剧作家易卜生的《玩偶之家》、曹禺的《雷雨》等剧作一向被认为是最具有戏剧性代表的典范的原因之一,就在于人物被带入巧合与发现之中后,命运在一瞬间发生骤变所引起的惊奇。《玩偶之家》中八年前的娜拉秘密伪造签名事件的暴露,让平静生活下的暗流汹涌奔出,揭示出女性的从属地位,迫使娜拉出走;《雷雨》中侍萍阴差阳错的到来,使不堪回首的隐秘故事和盘托出,所有人物的关系、命运因此而产生翻天覆地的改变,导致了悲剧性的结局。

实际上,中国的戏曲理论中同样非常强调转折带来的突转和激变。李渔在《李笠翁曲话》中如此说道:"山穷水尽之处,便宜突起波澜,或先惊而后喜,或始疑而终信,或喜极、信极而反致惊疑。"②而激变又与戏剧悬念紧密关联。让人物在不知不觉中聚集在一起,却对一切事情都猜测不透,并在这样的情况下走向始料未及的结局。在此过程中,读者和观众便会对人物命运和情节的走向充满期待和悬念。

发现与突转、悬念与激变之所以被读者所热爱,正是因为它表达了人物命运的突然性、独特性、复杂性和多样性,丰富扩张了人生内涵,从而显示出巨大的张力与活力。

二、舞台呈现中的戏剧性

戏剧文学的特性,在舞台呈现之前,存在于文本中,被其他的叙事文学采

---

① [古希腊]亚里士多德:《诗学》,陈中梅译,商务印书馆1996年版,第64页。
② 李渔:《李笠翁曲话》,陈多注释,湖南人民出版社1980年版,第34页。

用、吸收和运用,会增添紧张、激烈、惊奇等魅力;但对戏剧艺术的欣赏不仅在案头的阅读中,更重要的是在剧场中。Theatre(戏剧、剧场)的希腊词源是 the-atron,意思便是看戏的地方。所以,文学构成中的戏剧性必须外化为“舞台呈现中的戏剧性”,在舞台上继续发挥它的张力,才算完成了它的使命,戏剧才形成它真正的、完整的艺术形态。《辞海·艺术分册》中对戏剧做出如下定义:“有演员扮演角色,在舞台上当众表演故事情节的一种艺术。”①戏剧文学是“表现”的内容,演员表演是“表现”的方式和手段。毫无疑问,戏剧是一门视听、时空综合艺术。然而,有不少戏剧实践者和理论家认可甚至崇拜戏剧应当回归到没有文学介入时期的初始状态里去寻找它的意义。法国的戏剧理论家弗·萨塞对戏剧的规律做出如下总结:“这是一个不容争辩的真理:不管是什么样的戏剧作品,写出来都是为了给聚集成为观众的一些人看的;这就是它的本质,这是它的存在的必要条件。”他认为无论在哪一个发展时段,哪一个国家,戏剧“总是从聚集观众开始……没有观众,就没有戏剧。观众是必要的、必不可少的条件。戏剧艺术必须使它的各个‘器官’和这个条件相适应”②。波兰戏剧家耶日·格洛托夫斯基在 20 世纪 60 年代电影艺术蓬勃发展的时期,主张解除戏剧作品综合艺术的概念。“戏剧必须承认它本身的局限性。它若是不能比电影更富裕,那么,就让它质朴吧!”③由此开创了一个重要的戏剧流派:“质朴戏剧”或“贫困戏剧”(the poor theatre),并对欧洲戏剧产生了巨大影响。格洛托夫斯基认为,即使没有服装和布景,没有音乐配合戏剧情节,没有灯光效果,甚至没有剧本,戏剧仍然存在,“我们可以就此给戏剧下这样的定义,即‘产生于观众和演员之间的东西’”。④ 也就是说,戏剧的根本,就是观众与演员的关系。剥除掉其他元素,戏剧依然存在。苏联戏剧理论

---

① 辞海编辑委员会:《辞海·艺术分册》,上海辞书出版社 1980 年版,第 74 页。

② 古典文艺理论译丛编辑委员会编:《古典文艺理论译丛》第 11 册,人民文学出版社 1966 年版,第 254—255 页。

③ [波兰]耶日·格洛托夫斯基:《迈向质朴戏剧》,魏时译,中国戏剧出版社 1984 年版,第 31 页。

④ [波兰]耶日·格洛托夫斯基:《迈向质朴戏剧》,魏时译,中国戏剧出版社 1984 年版,第 22—23 页。

家梅耶荷德也曾说过：戏剧应当让演员"在光秃秃的舞台上进行表演"①，以探索戏剧的潜力；英国戏剧家彼得·布鲁克更是将他对戏剧艺术本质的定义简化为：一个人在别人注视下走过任何一个空间，戏剧就形成了。② 两千多年的戏剧发展历史，仿佛转了一大圈后又回到起点。这种表面的倒退与回归引起人们思考，它引发学者、创作者和鉴赏者去思考戏剧艺术在不断演变过程中的最本质特征。

以上这些戏剧实践家和理论家共同认为：戏剧是剧场的艺术，舞台、演员和观众是最根本的要素。戏剧在舞台表演中呈现出的品质有以下几点：

（一）戏剧是公示性的集体体验

从艺术接受的角度来看，小说、诗歌、散文是读者个人化的阅读对象，而戏剧是一种公开的、聚众的视听欣赏。英国戏剧评论家马丁·艾思林称其为"集体体验"并将"仪式"与之并论：（仪式与戏剧）都是带有从演员到观众、从观众到观众的反馈的三角影响的集体体验。马克思曾清晰地指出人的社会性本质，他说："人的本质不是单个人所固有的抽象物，在其现实性上，它是一切社会关系的总和。"③人，作为一种社会动物，作为一个部落或民族中不可孤立的一部分，"必然会深切地依赖这些集体体验"。与其他艺术相比，作为集体体验的戏剧艺术更能体现这一本质。

"三角影响"是从演员到观众、观众到观众、观众再到演员的有机循环关系。观众的情感在演员的表演过程中得到陶冶或净化，而观众与观众彼此之间又形成了相互融合、相互感染的体系。一切在观众席中发出的掌声、爆笑、抽泣、嘘声、叹气……都会在集体体验中影响其他观众；偶然出现的观众对演出的中途打断、提前离场，以及散场后的驻足不散……这些现象也必然会作用于其他人的心理；戏剧在表演结束之后亦可以成为众人谈论的对象，并吸引更多的人再次聚众观看。成百上千人共同聚集在一起，形成一个庞大的"审美集团"④，这个"审美集团"有意识或无意识地形成相对统一的审美标准并维

① 转引自谭霈生、路海波：《话剧艺术概论》，中国戏剧出版社1986年版，第9页。
② ［英］彼得·布鲁克：《空的空间》，王翀译，中国友谊出版公司2019年版，第23页。
③ 《马克思恩格斯选集》第1卷，人民出版社1995年版，第56页。
④ 谭霈生、陆海波：《话剧艺术概论》，中国戏剧出版社1986年版，第458页。

护其统一性,通过这种"集体体验"唤起和散发出热情和力量,而其他的艺术形式很难达到这一点。

作为公示、聚众的集体体验,戏剧艺术自然地延展出两个社会学功能——戏剧的"政治功能"和"宣传教导功能"。戏剧不仅是一个集体性的精神审美体验,而且是一场教育性集体活动。正如马丁·艾思林在《戏剧剖析》中所说:"一个团体会直接体验到它自己的一致性并且再次肯定它。这就使得戏剧成为一种极端政治性(同其突出的社会性的艺术形式)",戏剧"切切实实地教导他们,或者让他们想到它的行为准则,它的社会共处法则。因此,一切戏剧都是政治活动:它或是重申或是强调某个社会的行为准则"①。中国古代戏剧被称为"高台教化",正所谓"不关风化体,纵好也徒然"。古典戏剧大多是通过对故事的演绎,反映社会现实。秉承"惩恶扬善"的准则,通过故事来宣传人生价值观,劝人向善。通过教化和引导讲述人生哲理,唤醒民众。中国话剧艺术自萌芽诞生之日,就与政治运动的关系甚为亲密。五四期间盛行的社会问题剧如《玩偶之家》《社会公敌》等,借戏剧演出用道德力量改善社会,体现了批判现实主义的思潮;抗战时期的街头活报剧如《放下你的鞭子》,成为人们觉醒的号角,鼓舞起民众的爱国主义精神和战斗决心。戏剧艺术表演的覆盖面之广、感染力之强、观众和演员激情之昂扬,是其他艺术形式无法比拟的。

(二) 戏剧表演中"庄严的距离"与"假定性"

1. 庄严的距离带来表演的强烈性和夸张性

电影艺术通过镜头来讲故事,就景别而言,有全景、中景、近景、特写之分,用以表达人物性格特征并引起观众的不同感受,而且特别有利于展现演员面部精微的情绪反应变化。而戏剧的景别则只有一种——全景。演员和观众之间存在的数米至数十米的客观距离,被称作"庄严的距离"②,这种距离相当于影视剧中的最远距离,决定了戏剧表演必须具有强烈、夸张的特性。在古希腊的露天剧场里,面具的最初使用,是为了聚拢扩大声音、扩大面部的神态表情;

---

① [英]马丁·艾思林:《戏剧剖析》,罗婉华译,中国戏剧出版社1981年版,第22页。
② 谭霈生、路海波:《话剧艺术概论》,中国戏剧出版社1986年版,第78页。

演员穿高低靴也是为了加高身材,使观众看得清晰明了。如今,虽然剧场的观演距离有所缩小,但演员的肢体动作、面部表情、声音、语气都必须放大、强化,才能适应观演关系带来的距离。

2. 假定性使表演具有变形性

"'假定性'一词来源于俄文 условность,它的主要意思是'预先约定的'、'假定的',泛指艺术形象同它所表现对象的自然形态有意偏离的一切手法与审美原理。"①戏剧从诞生以来,就是一种对现实生活的模仿艺术,但它从不以"真实"为准则,哪怕是现实主义戏剧,在规定的有限的时空内,也无法做到完全的"真实"。人们就是在一种"约定俗成""以假当真"的前提下接受戏剧艺术对生活的偏离。例如,中国戏曲演员绕场一周,即可表现时空的转移;日本能剧演员手中的折扇则可以被看作剑、伞、鞭……苏联演员、导演奥赫洛普科夫在 1959 年发表的文章《论假定性》里提出,戏剧的天性有"包罗万象"之势:"对演剧艺术的丰富无比的可能性的无知或'畏惧',削弱或限制了戏剧艺术的力量,使现实生活中的许多新鲜事物甚至根本无法以应有的规模、气魄和'戏剧'色彩淋漓尽致地表现出来。"②

演员的扮演存在着无限的可能性。他们不仅可以通过模仿塑造出具象的不同年代、不同年龄、不同职业、不同性别的人或动植物、非生命物体,也可以扮演抽象之物甚至幻想之物,从而形成象征、怪诞、非逻辑等非写实主义的效果。这就是"假定性"通过表演带来的灵活的变形性,这是戏剧与生俱来的品质。

(三) 现场艺术带来的直观性和即时性

文学的形象性需要通过读者对文字的阅读,加入自身的想象去体会,它是"非直观性"的;而戏剧演出则是即时的、现场的"直观性"艺术,它具备真实性与直感性。戏剧的现场性不仅是时间上的"在此刻"和空间上的"在此处",而且是演员与演员、演员与观众、观众与观众之间不可重复的群体性互动游戏。

对于观众来讲,戏剧舞台上的一切都是面对面的、有活性的、有温度的,演

---

① 林克欢:《戏剧表现的观念与技法》,北京联合出版公司 2018 年版,第 13 页。
② 转引自林克欢《戏剧表现的观念与技法》,北京联合出版公司 2018 年版,第 10 页。

员的行动和声音、布景与服饰的色彩、音乐与音响都赋予观众当下的视听感官刺激。正因为戏剧是直观性的东西,因此它非常富有感情。当观众进入剧场,也等同于作为特殊的角色参与到了戏剧活动当中。正如梅耶荷德所说:"观众不应该只是观察,而应该参加进一次共同的创造性活动。"①在不同的戏剧演出形态下,观众与演员有不同的互动模式。在某些打破"第四堵墙"的戏剧中,观众甚至可以即兴投入演出或与演员形成直接的互动,就算是那些可以透过"第四堵墙"静观演员展示剧中人的隐秘生活的观众,他们在假定性前提下的反应:嬉笑怒骂、叹息哭泣、鼓掌叫好等,也都会给予演员最真实的情感回馈,演员也会在观众集体反应的刺激下获得新的能量,将情绪反应再次回馈给观众,从而使观演双方达到一种"同声相应,同气相求"的诉求与回应的和谐统一状态。良好的观演关系可以在演出现场形成一种互相激励、不断提升的"创作—反馈—再创作"的精神交流机制。美国戏剧学家艾·威尔逊教授就把戏剧看成一种完全的双向互动艺术欣赏活动,他说:"观众与演员的联系是戏剧经验的核心。这种人与人之间的直接交流,以其神奇和魅力赋予剧场以特殊品格。"②

戏剧的现场性带来的视听震撼感和互动交流,使每一场戏剧演出变成了"不可重复的"艺术再创作;换一个角度看,也正是因为戏剧的现场性,又使它成为"可重复的"艺术再创作,因为每场演出都可以在上一次的基础上根据观众的反应做出新的调整和改进,戏剧舞台也因此具有了再生和永恒的魅力。

厘清并提炼"戏剧性"概念,有利于更加全面、清晰地了解戏剧性丰富的内涵。戏剧性是戏剧文学性与舞台艺术性的有机结合。首先,它充满了动作、冲突与激变,从而使叙事更加集中、紧张与跌宕;其次,它是在特定空间内的现场群体性的观演关系,由此可以给艺术作品带来强烈、夸张、狂欢的品质。

---

① ［英］斯泰恩:《现代戏剧理论与实践》(下册),刘国斌等译,中国戏剧出版社1989年版,第632页。

② 转引自董健、马俊山:《戏剧艺术十五讲》,北京大学出版社2012年版,第220页。

第三节　研究内容

本书从界定"戏剧性"概念出发,在梳理莫言与戏剧和说书艺术关系的基础之上,剖析戏剧性在莫言小说中的呈现,最后分析莫言戏剧创作的特点。本书的主要内容有以下五个部分:

第一,通过采访莫言、收集资料、在莫言的家乡开展调研等形式,梳理总结莫言的戏剧剧本阅读、戏剧演出观摩活动和戏剧思想观念,深入探寻戏剧对莫言文学创作的全面影响。莫言对戏剧的兴趣来源于家乡天然的戏剧大环境,在开始文学创作并接受专业化培训之后,莫言通过不断的学习,对戏剧有了更加深入的思考,逐渐形成了自己独特的戏剧美学观。这种戏剧观念和戏剧思维对莫言的整体创作有着重要的影响。

第二,说书艺术作为一种"类戏剧"艺术形态,也是莫言文学创作戏剧性思维的来源之一。戏剧是一种以表演为主、叙述为辅的艺术形式;而说书是一种以叙述为主、表演为辅的艺术形式。说书并不是纸面文学,说书人善于利用语言、肢体语言和面部表情等扮演各类人物,并在其中进行飞速的角色转换,在扮演与叙述中跳进跳出。这使得听众在一定程度上不仅是听众,也是观众;大家不仅是在"听",也是在"看"。莫言作为听众与观众,在一种类戏剧环境里获得的体验,与纯粹的"听"是不一样的。口头文学、说书艺术与书面文学的区别之一,在于它的表述方式里存在着直观的演说成分,它还可以针对现场观众的"需求"随机不断地进行删减、调整、改变,展示最引人入胜的故事和最精彩迷人的表演成分。莫言从童年起接受的"耳朵的阅读",本身就具有非常强烈的戏剧性,说书艺术在结构、悬念设置、形象性与生动性等各方面都对莫言的文学创作产生影响。

第三,在寻找到成长空间、民间文化和专业戏剧学习等因素对莫言文学作品戏剧性产生影响的基础上,通过文本细读的方式,剖析戏剧文学性在莫言小说中的表达。主要有以下四个方面:

1.戏剧性与自觉意志。人物拥有自觉意志是戏剧的特性之一,也是莫言小说的一大特色。鲜明而执着的自觉意志,是叙事中强大的戏剧性发动机。而人物自觉意志的转向甚至毁灭,诞生了莫言笔下的一系列悲剧英雄。

2. 戏剧冲突。正是因为人物具有强烈的自觉意志,人与自然、人与社会、人与人之间、人的内心才能有更加激烈的戏剧冲突。莫言非常善于用戏剧性冲突来象征历史和社会生活中众多思想、价值之间的碰撞。对于冲突表现方式的强弱程度,可以分为对抗、抵触两种。莫言小说中的冲突常常以激烈的对抗为主。以《透明的红萝卜》中"黑孩"为代表的无声群体,是以抵触来对抗成人世界的另一种戏剧性冲突的表达,许多人物也在抵触中完成了异化,给叙事带来魔幻的色彩。

3. 传奇性是莫言作品戏剧性表达的特色。莫言作品中有一个"奇人"谱系,莫言对这些人物的"奇"的设定使他们或在平凡中脱颖而出,或与社会格格不入,他们的奇人品格,使他们做出奇异的行为,从而形成奇事和奇情。莫言对于人物行为极致的书写以及对于人物在情节的激变下产生异化的描述,使他的叙事产生了超现实的魔幻传奇色彩。

4. 莫言小说的戏剧性语言。莫言传承了中国古典小说对人物的"白描"手法,善于用动作与对白来刻画人物特征。这种直观性的展现,非常类似于剧本写作。在独白方面,莫言作品的人物经常在某一瞬间停顿时进行大量华丽的独白,比心理描写更具有现场感和震撼力。在对白尤其是独白中,也展现出语言的并置、共存、糅合现象,呈现出杂语与狂欢的戏剧性特质。

第四,探寻戏剧艺术的舞台性在莫言小说中的流露与表达。英国戏剧家彼得·布鲁克曾在《空的空间》中说:"我可以把任何一个空的空间,当作空的舞台,一个人走过空的空间,另一个人看着,这就已经是戏了。"①"空的空间"理论排除了一切繁复不必要的舞台元素,留下戏剧最为重要的三个根基:任意空间、表演者、观看者。这三者的交融共存关系在莫言的文学作品中有着非常清晰、强烈的展现。

1. "舞台"是莫言小说十分独特的空间。首先,许多场景化空间如同聚集

---

① 　[英]彼得·布鲁克:《空的空间》,王翀译,中国友谊出版公司2019年版,第3页。

性"小舞台",使叙事集中、凝练。其次,莫言的文学王国"高密东北乡"①是一个开放的"大舞台"。舞台的开放性使这个空间超越了原乡意义,成为一个不断扩展的文学时空,容纳了历史、当下与未来,在时空上有无限延展的可能性。舞台的假定性则包容了现实与虚幻,各色各形的人鬼畜生神灵在这里"你方唱罢我登场"。它既是一个特定的有限的地理空间,又是一个无限的艺术空间。莫言在空间选择上的舞台意识也反映出他超然、悲悯的写作姿态。

2. 人类表演学(performance studies)理论丰富并拓宽了"表演"的概念。在此理论前提下,"表演者"在莫言的小说中随处可见。除了在进行实际戏剧影视表演的人,还有在庆典仪式中通过装扮表演的人、在公开活动场合有目的性地展示自我的人、在日常生活中通过行为的重建(restored behavior)丢掉"自我"形成"非我"的人,他们的表演需求各有不同。而且,通过对文本修辞的分析,我们发现莫言对人物的行为、语言、神情的描述是非常夸张的,这使人物的表演色彩非常浓烈,带有一种舞台表演的意味。

3. 与表演者相对应的群体就是观众,即看客。通过对鲁迅小说和莫言小说中看客形象的分析,研究莫言对鲁迅笔下"看客"文化的沿袭和表达上的异同。进而,在研究观众心理的同时,探寻群体沉默、群体暴力的原因和表演者与观看者二元一体的关系。

第五,剖析莫言在戏剧创作上的特点。首先,分析莫言的戏剧创作技巧。莫言自如地完成了从小说语言到舞台行动的叙事方法的转变。在保持传统现实主义戏剧写作风格的同时,莫言的创作具备了一定的先锋姿态。其次,研究莫言戏剧作品里的人物形象特点,并通过小说和戏剧中一些相同的人物做对比,发现莫言在戏剧人物塑造方法上的不同。最后,剖析莫言戏剧语言的特点。莫言不仅能够运用精准的人物行动和语言展现立体丰富的人物性格,而且非常注重台词的文采。他学习和继承了一些中国与西方经典剧作家的古典浪漫的台词写作风格,同时也将自己小说语言的风格容纳其中,体现了深刻的哲理性和思辨性。

---

① "高密东北乡"是莫言以自己的家乡为原型虚构的文学世界。

第四节　研究现状与文献综述

一、莫言作品的整体研究

从 1985 年徐怀中的《有追求才有特色——关于〈透明的红萝卜〉的对话》开始,莫言研究的学术进程至今已走过了近四十年。纵观莫言文学作品的研究状况,学界对其保持长期持续的研究热情,所取得的深入研究成果已相当丰厚多彩。截至 2024 年 6 月 3 日,在中国知网(CNKI)学术资源总库使用"莫言"作为检索词进行"主题"检索,共有文章 10077 篇;按"篇名"检索,共有文章 5140 篇;按"关键词"搜索,论文共有 3287 篇。在中国知网硕博士论文库使用"莫言"作为检索词进行"题名"检索,共有博士论文 32 篇,硕士论文 667篇。另外,关于莫言研究的专著共有 30 余部。这些研究主要集中在文本叙事、生命意识、历史书写、民间性、民族性与世界性、人物分析、语言修辞、比较研究、翻译传播等方面。

作为"讲故事的人",莫言深受中国口头文学的滋养,又学习了西方的叙事理念和技巧,他的小说叙事方式复杂多变、丰富多彩,引起了诸多学者的关注。这些数量可观的研究成果主要集中在叙事与生理学、叙事的寓言性、神话色彩、叙事结构、叙事角度、魔幻现实主义等方面。李洁非(1993)关注莫言叙事的寓言性。他在《回到寓言——论莫言及其近作》①一文中,剖析了莫言对小说寓言性的总体追求。指出莫言善于通过不寻常的、魔幻的故事,让读者在感到惊奇的同时,思考故事内容背后更深层的寓意。季红真(2006)在《神话结构的自由置换——试论莫言长篇小说的文体创新》②中强调莫言小说与神话之间的关系,认为神话是莫言文学作品最基本的结构,莫言借助神话及其变体,创造出千态万状的叙事文体。张闳(2000)从身体叙事角度深入研究莫言

---

① 李洁非:《回到寓言——论莫言及其近作》,《当代作家评论》1993 年第 2 期。
② 季红真:《神话结构的自由置换——试论莫言长篇小说的文体创新》,《当代作家评论》2006 年第 6 期。

文学创作。他在《感官的王国——莫言笔下的经验形态及功能》①一文中指出,贪婪经验在莫言的小说创作中被推到了一个悲剧性高度。在当代作家中,莫言对饥饿体验的书写达到了别人难以企及的高度。在叙事角度方面,程德培(1986)较早关注到莫言创作中的儿童视角②。物质和精神极度匮乏的童年记忆积淀在莫言的心里,使他的创作带有着独特的色调与风格。王西强、张灵以叙事人称作为研究视角对莫言小说叙事提出了独特深刻的见解。王西强(2011)在《论 1985 年以后莫言中短篇小说的"我向思维"叙事和虚构家族传奇》③中提出,莫言以"我"及以"我"为中心展开"类我"复合视角,不仅扩大了叙事空间,也造成了叙事时间和故事时间的交错和间离,形成了历史的沧桑感和亲切感。张灵(2010)在第二人称叙事方面,对莫言小说叙事特点提出了自己独特的观点④。另有许多学者在魔幻现实主义叙事、文体的拼贴组合、古典小说传统对莫言叙事的影响、口头文学对莫言叙事的影响等方面做出了独到的剖析,对理解莫言小说的叙事风格特点和民族性等方面,都有着极其深刻的启发。

　　民间性、乡土性、民族性是莫言研究的又一个重点与热点。李陀(1986)在《现代小说中的意象——序　莫言小说集〈透明的红萝卜〉》⑤一文中,从莫言创作对中国古典小说传统的继承角度上说明了民族性问题。他指出,莫言试图在写作中恢复和超越中国古典小说的传统。季红真(1987、1988)在《忧郁的土地,不屈的精魂——莫言散论之一》⑥和《现代人的民族民间神话——莫言散论之二》⑦中,论述了莫言小说的民族民间神话特性。张清华(1991、

---

① 张闳:《感官的王国——莫言笔下的经验形态及功能》,《当代作家评论》2000 年第 5 期。
② 程德培:《被记忆缠绕的世界——莫言创作中的童年视角》,《上海文学》1986 年第 4 期。
③ 王西强:《论 1985 年以后莫言中短篇小说的"我向思维"叙事和虚构家族传奇》,《当代文坛》2011 年第 5 期。
④ 张灵:《叙述的极限与表现的源头——莫言小说的诗学与精神启示》,《小说评论》2010 年第 4 期。
⑤ 李陀:《现代小说中的意象——序　莫言小说集〈透明的红萝卜〉》,《文学自由谈》1986 年第 1 期。
⑥ 季红真:《忧郁的土地,不屈的精魂——莫言散论之一》,《文学评论》1987 年第 6 期。
⑦ 季红真:《现代人的民族民间神话——莫言散论之二》,《当代作家评论》1988 年第 1 期。

1993)在《选择与回归——论莫言小说的传统艺术精神》①和《莫言文体多重结构中的传统美学因素的再审视》②中,层层深入地剖析了莫言小说与中国传统文艺精神的紧密联系。他指出,莫言对民族艺术传统的吸收不是单向和表面的,而是多重层面和整体的继承与发扬。张柠(2001)的《文学与民间性——莫言小说里的中国经验》③则以"莫言小说里的中国经验"为基点,阐释了莫言创作中丰富的民间话语与真正的民间气质,从而深刻地指出了莫言文学的精髓。李刚和石兴泽(2007)在《窃窃私语的"镶嵌文本"——莫言小说的民间性》④一文中,从莫言小说中文字的镶嵌性角度,深入分析其创作的民间性,是一篇不可多得的从写作手法和技巧方面对莫言作品进行论述的文章。罗关德(2005)在《人类学视角下的民族文化观照——莫言乡土小说的文化意蕴》⑤中提出,莫言在当代乡土小说家中,是一个独特的存在。在莫言的创作中,他与乡土、农民的关系一直是若即若离的。这种以人类学视角的观照使莫言的写作摆脱和超越了文本中的经验世界,从而获得了民族性与世界性。

在莫言文学的世界性因素方面,学者们关注莫言与世界作家的关系。张学军(1992)较早开始研究西方现代主义文学作品对莫言创作的影响。他在《莫言小说与西方现代主义文学》⑥一文中指出:"这种影响是多方面的,有意识流小说的内心独白、心理分析、感觉印象、幻觉梦境等,有魔幻现实主义的隐喻、象征、寓言、神秘、魔幻,也有荒诞派戏剧的夸张、变形、荒诞,也有结构主义、感觉主义、象征主义、存在主义等等。"张清华(2003)在《叙述的极限——论莫言》⑦一文中从人类学的角度阐述了莫言创作的世界性价值。陈晓明、雷

① 张清华:《选择与回归——论莫言小说的传统艺术精神》,《山东师范大学学报》(人文社会科学版)1991年第2期。
② 张清华:《莫言文体多重结构中传统美学因素的再审视》,《当代作家评论》1993年第6期。
③ 张柠:《文学与民间性——莫言小说里的中国经验》,《南方文坛》2001年第6期。
④ 李刚、石兴泽:《窃窃私语的"镶嵌文本"——莫言小说的民间性》,《中国社会科学院研究生院学报》2007年第2期。
⑤ 罗关德:《人类学视角下的民族文化观照——莫言乡土小说的文化意蕴》,《东南学术》2005年第6期。
⑥ 张学军:《莫言小说与西方现代主义文学》,《齐鲁学刊》1992年第4期。
⑦ 张清华:《叙述的极限——论莫言》,《当代作家评论》2003年第2期。

达也非常关注莫言对西方作家作品的汲取与融合。陈晓明（2013）的《"在地性"与越界——莫言小说创作的特质和意义》①一文指出，深厚的民族文学滋养使莫言创作在具备"在地性"的基础上，才得以"大胆地融合世界的各种文学手法"，从而形成了独特的文学品质。雷达（2013）的《莫言：中国传统与世界新潮的混融》②，强调了20世纪80年代思想解放、西方作品对莫言文学创作产生的冲击，对莫言的独创性写作有着关键的影响。

关于莫言的整体性研究有三十余本专著，集中体现了学者们对莫言及其作品持久和深入的关注。其中主要的专著包括：张志忠（1990）《莫言论》③、贺立华、杨守森等（1992年）《怪才莫言》④、叶开（2008）《莫言评传》⑤（后修订为2013年版《野性的红高粱：莫言传》）、叶开（2013）《莫言的文学共和国》⑥等。这五本专著体系全面，研究透彻深入。张志忠的《莫言论》从主题学角度切入，认为莫言创作最鲜明最显著的特征是"生命感觉"，并围绕这一关键词，对莫言作品的历史观、悲剧性、语言等进行全方位的阐述。《怪才莫言》的作者贺立华、杨守森等人则踏上"高密东北乡"的土地，对当地的地理环境、历史文化、民俗民风进行全面细致的调研，并与莫言的亲朋好友、当地村民接触交流，在对一手资料较为全面把握和分析的基础上，阐解莫言作品的"怪"，即莫言在乡土获得民间文化、中国古典文学的滋养，又接受西方文艺的影响后形成了自己独特的美学风格。这部专著具有宝贵的资料价值，且注重探析莫言对传统文化的传承与发展。叶开的《莫言评传》是莫言的第一本传记，主要采用知人识文的方法，先梳理莫言的生平，再介绍作品。2013年，叶开在《莫言评传》的基础上，增加了"世界性影响"一节，修订为《野性的红高粱：莫言传》⑦。《莫言的文学共和国》分析了莫言如何从一个平凡的人成长

①　陈晓明：《"在地性"与越界——莫言小说创作的特质和意义》，《当代作家评论》2013年第1期。

②　雷达：《莫言：中国传统与世界新潮的混融》，《小说评论》2013年第2期。

③　张志忠：《莫言论》，中国社会科学出版社1990年版。

④　贺立华、杨守森等：《怪才莫言》，花山文艺出版社1992年版。

⑤　叶开：《莫言评传》，河南文艺出版社2008年版。

⑥　叶开：《莫言的文学共和国》，北京大学出版社2013年版。

⑦　叶开：《野性的红高粱：莫言传》，二十一世纪出版社2013年版。

为诺贝尔文学奖获得者,探讨了乡村农民世界的权利结构特点,并着重研究了莫言文学创作中的"风景美学",认为莫言善于将两种不同的特质放入一个风景之中,构成了独特的美学特质。以"风景"作为独特的研究视角对于探讨莫言作品的矛盾冲突的戏剧性具有重要的借鉴意义。

另有一些学者将自己的博士论文修改完善后作为专著出版。这些著作更加聚焦于从某一角度对文本进行透彻的深度开掘,如张灵(2010)《叙述的源泉:莫言小说与民间文化中的生命主体精神》①,付艳霞(2012)《莫言的小说世界》②,张书群(2014)《莫言创作的经典化文体研究》③,胡沛萍(2014)《"狂欢化"写作:莫言小说的艺术特征与叛逆精神》④,林青(2014)《莫言的另类解读:西蒙与莫言写作比较》⑤,管笑笑(2016)《莫言小说文体研究》⑥等。管笑笑在《莫言小说文体研究》中将莫言的创作按文体分为三个阶段。在"文备众体——莫言小说的'混合'式文本"一章中提出了莫言小说戏剧性的问题,认为戏剧性是莫言小说形式上的美学特征,也是莫言对人性的美学思考;同时,管笑笑提出了莫言小说中空间的舞台化问题,虽然因主题和篇幅原因没有展开阐述,但具有重要的启示意义,为后续相关研究提供了开掘空间。

从新强(2019)的《莫言长篇小说研究》⑦采用文本细读的方法,对莫言的11 部长篇小说从艺术特色和主题含义方面进行深入剖析,并在最后一章对莫言研究三十年的成果,包括 2012 年之后的莫言研究成果展开述评,是对莫言长篇小说进行比较全面和细致研究的著作。

在海外研究方面,随着莫言获得诺贝尔文学奖,研究也从翻译者、书评人的零散、推介性文章,逐渐走向专业化的深入研究。其中,宁明(2013)的《海外莫言研究》⑧是资料相对全面翔实、比较有代表性的著作。另外,巴黎新索

---

① 张灵:《叙述的源泉:莫言小说与民间文化中的生命主体精神》,中央编译出版社 2010 年版。
② 付艳霞:《莫言的小说世界》,中国文史出版社 2012 年版。
③ 张书群:《莫言创作的经典化文体研究》,山东大学出版社 2014 年版。
④ 胡沛萍:《"狂欢化"写作:莫言小说的艺术特征与叛逆精神》,山东大学出版社 2014 年版。
⑤ 林青:《莫言的另类解读:西蒙与莫言写作比较》,山东大学出版社 2014 年版。
⑥ 管笑笑:《莫言小说文体研究》,北京师范大学出版社 2016 年版。
⑦ 从新强:《莫言长篇小说研究》,山东大学出版社 2019 年版。
⑧ 宁明:《海外莫言研究》,山东大学出版社 2013 年版。

邦大学比较文学中心张寅德教授(2014)的专著《莫言:故事发生的地方》①着重探讨了莫言小说的语言问题。从地域性入手,分析了莫言粗犷、魔幻、激流般的独特语言虽然源于乡土文化,但同时也拥有世界性。

2012年诺贝尔颁奖之后,莫言、管笑笑、潘耕(2013)共同编著了《盛典——诺奖之行》②。该书以"诺贝尔周"的每一天作为单元,全面翔实地记录再现了莫言在这七天内的所有活动、重要演讲、会议致辞、对谈、采访的内容和莫言获得诺贝尔文学奖的切身感受、体会以及对往昔的追忆,拥有独家性的宝贵资料。同年,管谟贤(2013)的《大哥说莫言》③出版,从亲人的独特视角,以平实质朴的语言回顾莫言成长的道路和文学创作的轨迹,不仅为莫言文学研究提供了大量丰富的史料,而且也提出了一些新颖的见解。

二、莫言作品戏剧性的相关研究

谈及莫言作品的戏剧性研究,有必要先了解学者对于小说戏剧性研究的现状。小说与戏剧,是两个一直保有距离,又不断在各自的发展过程中相互渗透和借鉴的艺术门类。虽然在"戏剧性"这一概念的定义上,产生过各种各样的说法,但不可否认,戏剧性,在一定意义上是小说与戏剧两大艺术门类具有交集意义的有机部分,对小说的故事性有着一定程度的支撑作用。

关于对中国现当代文学史上的作家小说中的戏剧性的研究,主要论著包括:孙淑芳(2012)《鲁迅小说与戏剧》(博士论文),迟琳琳(2019)《论莫言小说的戏剧性特征》(硕士论文),陈军(2007)《论老舍小说中的戏剧性元素》④,杨新敏、郝吉环(1994)《论赵树理小说中的戏剧性》⑤,孟昕、张伟航(2006)《论张爱玲小说的戏剧化特色》⑥,赵兴红(2015)《张贤亮小说的戏剧性》⑦

---

① Yinde Zhang: *Mo Yan*, *Le lieu de la fiction*, Paris: Editions du Seuil, 2014.
② 莫言、管笑笑、潘耕:《盛典——诺奖之行》,长江文艺出版社2013年版。
③ 管谟贤:《大哥说莫言》,山东人民出版社2013年版。
④ 陈军:《论老舍小说中的戏剧性元素》,《中国现代文学研究丛刊》2007年第6期。
⑤ 杨新敏、郝吉环:《论赵树理小说中的戏剧性》,《山西师大学报》(社会科学版)1994年第3期。
⑥ 孟昕、张伟航:《论张爱玲小说的戏剧化特色》,《时代文学》2006年第2期。
⑦ 赵兴红:《张贤亮小说的戏剧性》,《南方文坛》2015年第2期。

等。这些著述的探讨内容主要集中在一些比较明显的、受到戏剧戏曲影响、同时进行小说与戏剧创作、作品被改编成戏剧、影视作品的作家及其作品上。其中,孙淑芳的《鲁迅小说与戏剧》比较全面和深刻地谈论了鲁迅的小说创作和戏剧之间的内在联系,在研究思路和角度上,有一定的启迪意义。

关于莫言文学作品的戏剧性研究,可以根据莫言的创作历程分为以下若干个阶段:

第一,20 世纪 80 年代,学者、评论家对有关"戏剧性"的论述,在研究其他问题时,较为分散地出现在莫言文学研究中。

这个时期,莫言在文坛刚刚崭露锋芒,对莫言文学的研究侧重于主题研究、意象研究、童年视角研究与比较研究等方面。就莫言作品的叙事特点而言,实际上早已有学者看到了其中的"戏剧性"内涵:陈默(1987)在《莫言:这也是一种文化——评〈红高粱〉〈高粱酒〉〈高粱殡〉》①一文中提到,《高粱殡》的结尾是"戏剧性"的,三支抗日队伍的相互对抗关系不断转换,最终一致联合对付日本人。陈默从冲突的强烈和多变角度,肯定了这部小说的戏剧性元素。同年,在《试论莫言小说的借鉴特色和独创》②中,李万钧认为,莫言的小说非常重视故事情节,除了《红高粱》,《金发婴儿》和《欢乐》的故事都是可以"说书"的,因为人物的性格和状态都是在动作中展开的,带有中国传奇文学的浓重笔法。在这里,李万钧关注了莫言小说中戏剧动作与人物状态的关系,并且将其看作是对中国古典小说的传承,而且这篇文章的评论对象涉及莫言的多部作品,对理解莫言小说的戏剧性有所帮助。张云龙(2013)在《艺术的叛逆——评〈十三步〉》③中发现,莫言擅长制造"意外"来打破传统的叙事结构从而使故事充满张力,这与戏剧性相关的是悬念的延宕与情节的突转。另有一些文章从叙事的传奇性、故事性、悲剧色彩等角度对莫言的叙事特点进行阐释,与戏剧性的某一特点有所关联。

---

① 陈默:《莫言:这也是一种文化——评〈红高粱〉〈高粱酒〉〈高粱殡〉》,《当代文艺探索》1987 年第 4 期。

② 李万钧:《试论莫言小说的借鉴特色和独创》,《当代文艺探索》1987 年第 6 期。

③ 张云龙:《艺术的叛逆——评〈十三步〉》,《山东工艺美术学院学报》2013 年第 3 期。

随着电影《红高粱》《幸福时光》《暖》的成功改编、上映,并且取得不同程度的国内外殊荣之后,学界意识到莫言作品中适于转换成影像的显著特点,主要是具备突出的人物形象、完整并富有传奇性的情节和故事场面化的特征。因此,在这个阶段,逐渐有学者开始重视莫言小说中的戏剧性问题,但只是在文章中偶尔带过,也缺乏系统性的论述,没有以此为题或在论文和著作中立专章、专节展开研究。

第二,20世纪90年代至21世纪,随着莫言旺盛的创作态势,对莫言文学的研究出现了"民间"理论、巴赫金复调理论,这些新的理论方法拓展并深化了莫言文学戏剧性研究。

1994年,陈思和在《民间的沉浮:从抗战到"文革"文学史的一个尝试性解释》①一文中首次提出"民间"理论。他认为,在莫言的小说中,主体的民间立场和客体的民间世界在相互碰撞、纠葛后形成了一个特殊的艺术世界。同时,巴赫金的复调理论也给莫言文学研究带来了巨大的启迪和影响,也有学者将人类学引入对莫言作品的解读中。2003年,张清华在《叙述的极限——论莫言》②一文中认为,莫言小说所体现出的酒神精神、生命意识、崇高和悲剧的气质、狂欢化的叙事美学、源于大地的诗意等都与人类学有着直接和密切的联系。张清华在这篇文章中,基于对复调和狂欢化的阐释,对莫言作品中的"戏剧性"有了另一层理解:"莫言的作品最大限度地裹挟起一切相关的事物和经验、最大限度的潜意识活动、以狂欢和喧闹到极致的复调手法,使叙事达到了更感性、细节、繁复和戏剧化的'在场'与真实,具有浪漫、大气、诗意、原始和'多声部'的戏剧性魅力。"这篇文章拓宽了对莫言小说"戏剧性"的理解,因为它触及了戏剧最根本的问题之一——对话,并且也谈到了莫言作品中特殊的舞台时空观和戏剧"意志说"问题。但从这个角度,少有学者再进行深入探究。

第三,21世纪以来,莫言的两部小说《檀香刑》与《蛙》引起学术界对莫言小说创作与戏剧艺术的内在关联性的极大研究热情。

---

① 陈思和:《民间的浮沉:从抗战到"文革"文学史的一个尝试性解释》,《上海文学》1994年第1期。

② 张清华:《叙述的极限——论莫言》,《当代作家评论》2003年第2期。

2001 年,莫言的长篇小说《檀香刑》出版,被谓之一部华丽而悲壮的"大戏"。这部小说所包含的戏剧元素不再是大部分叙事文学都拥有的,它从人物设置、故事结构、语言特色等方面都向戏剧艺术吸取了充足的养分。这个鲜明的特色使得众多学者从这部作品中的戏剧成分入手进行阐释和探究。如周梦博(2014)《论茂腔对莫言小说〈檀香刑〉的影响》①、柳平和李腾飞(2013)《浅析高密茂腔对莫言及其文学创作的影响——以〈檀香刑〉为例》②、赵云洁(2017)《众声喧哗悲唱民族哀歌——论莫言〈檀香刑〉中猫腔的艺术价值》③等,这些文章主要集中研究民间戏曲茂腔对《檀香刑》语言特点、结构艺术的影响;陈思敏(2014)《不可缺少的重要角色——试论莫言小说〈檀香刑〉的戏剧元素》④、毛克强(2009)《从莫言〈檀香刑〉看长篇小说"史诗"性质的戏剧化演绎》⑤、宋学清等(2012)《从〈檀香刑〉的戏剧成分和色彩看莫言的民间立场》⑥等文则关照到了作品中人物所带有的浓烈的表演色彩、表演心理与观众心理等问题。这些研究虽然意识到戏剧作为综合艺术,在表演、观演关系等方面在莫言作品《檀香刑》中的呈现,但仅是点到为止,并未将这些问题辐射至莫言的其他文学作品。

2009 年莫言的长篇小说《蛙》出版。这部作品在文体上将小说、书信和话剧剧本直接混搭,于是学者的注意力转移到莫言在文体兼用方面的突破上。书信、散文、诗歌与小说的文体兼用在莫言的作品中并不是稀有现象,但小说中内含一部话剧作品则是莫言的第一次尝试,在文学史上也实属罕见。一些学者对《蛙》的研究文章提及了"戏剧性",如董希文(2014)《莫言小说〈蛙〉戏

---

①　周梦博:《论茂腔对莫言小说〈檀香刑〉的影响》,《泰山学院学报》2014 年第 4 期。

②　柳平、李腾飞:《浅析高密茂腔对莫言及其文学创作的影响——以〈檀香刑〉为例》,《潍坊职业工程学院学报》2013 年第 3 期。

③　赵云洁:《众声喧哗悲唱民族哀歌——论莫言〈檀香刑〉中猫腔的艺术价值》,《昭通学院学报》2013 年第 4 期。

④　陈思敏:《不可缺少的重要角色——试论莫言小说〈檀香刑〉的戏剧元素》,《科教导刊》2014 年第 3 期。

⑤　毛克强:《从莫言〈檀香刑〉看长篇小说"史诗"性质的戏剧化演绎》,《宜宾学院学报》2009 年第 2 期。

⑥　宋学清、赵茜、张宝林:《从〈檀香刑〉的戏剧成分和色彩看莫言的民间立场》,《作家》2012 年第 4 期。

仿叙事艺术探究》①、贾琛(2014)《莫言小说〈蛙〉与同名话剧比较》②、束辉(2013)《莫言小说〈蛙〉戏剧化的分析》③等论文。然而,这些研究主要是对文体兼用、小说与话剧互文性做出特别阐释,但关于"戏剧性"仍停留在戏剧性的叙事手法,如矛盾冲突的生成和解决上,亦未能联系莫言的其他作品做出系统性的分析。

在这个阶段,莫言在《檀香刑》和《蛙》创作中对戏剧显现出的借鉴与应用,吸引了研究者在戏剧化、戏剧成分、戏剧元素、戏剧色彩、戏剧性等角度的注意力,出现大量学术文章。华萌(2015)的硕士论文《〈檀香刑〉小说创作的戏曲风格》从人物语言、叙事结构等方面入手分析戏曲风格,但仅仅聚焦在这一部小说上。同时,有学者开始回顾莫言的小说创作,关注到戏剧性在莫言作品中的整体表达。张清华在2010年出版的《存在之镜与智慧之灯——中国当代小说叙事及美学研究》④中,比较全面地从结构、场面、语言等多方面阐述了《红高粱家族》《丰乳肥臀》《生死疲劳》《蛙》等小说中丰富的戏剧性内涵。由于此书并不是莫言文学研究的专论书籍,此部分内容仅为全书的一个小节,因篇幅受限没有展开论述,但对未来研究者在此课题上进行深度开掘有着指示性的启迪作用。

第四,近年来,出现了一些涉及莫言文学戏剧性的论文,研究的方向、方式不再拘泥于戏剧性、戏剧化等问题与莫言特定某部作品的联系,呈现出试图探寻戏剧性在莫言作品中普遍表达的趋势。同时,也出现了一些关于莫言戏剧作品研究的论文。

管笑笑(2015)在《莫言小说文体研究》(博士论文)"复调、对话与戏剧性"一节中,通过较全面地梳理"戏剧性"的概念,对莫言小说戏剧性的外部呈现方式、内部呈现方式、莫言小说中始终隐藏的自我这三个侧面进行了细致的分析。她认为,莫言小说戏剧性最极致的表现实际上是作家主体意识技法、分

---

① 董希文:《莫言小说〈蛙〉戏仿叙事艺术探究》,《中州学刊》2014年第3期。
② 贾琛:《莫言小说〈蛙〉与同名话剧比较》,《青年文学家》2014年第17期。
③ 束辉:《莫言小说〈蛙〉戏剧化的分析》,《芒种·下半月》2013年第14期。
④ 张清华:《存在之镜与智慧之灯——中国当代小说叙事及美学研究》,福建教育出版社2010年版。

裂、自省、自我审视的折射。该文对于"戏剧性"的理解、阐述的角度、辐射作品的全面性上都较之以往有了较大突破。

陈佩(2016)的《戏剧文化与莫言小说创作》(硕士论文)探寻了莫言文学作品戏剧因素的成因、戏剧文化对莫言作品戏剧性表达的影响,但材料有所欠缺,不够全面;尹林(2017)在《论莫言小说被动的"戏剧化"》①一文中认为,莫言小说中精彩的故事情节是吸引读者的首要因素,因此莫言是被动地接受小说"戏剧化"的现实。但实际上,莫言在很长一段时间内,都在主动吸取戏剧中的精华并有意识地在创作中进行表达,故此篇论文的论点有待商榷;2018年,吴景明、李忠阳在《文艺争鸣》上发表《莫言小说的戏剧化书写及其审美表现》②,认为莫言小说的时空结构、人物设计、情节结构皆因戏剧化而呈现出独特的审美气质,观点鲜明,但因篇幅所限,未能展开更深入的剖析;迟琳琳(2019)的《论莫言小说的戏剧性特征》(硕士论文)从传统戏曲的角度对莫言小说文体戏剧性的成因、莫言小说文体戏剧性特征的表现及其意义等三个方面比较系统地进行了梳理与研究。其中在"场所的舞台性"部分,作者虽尝试开启用舞台来讲述莫言小说空间处理的特点,但未能很好地勾连戏剧与文学两种不同的文体,打通其内在联系。

在莫言的戏剧作品研究方面,李会敏(2019)的硕士论文《试论戏剧情境下莫言的语言艺术》分析了莫言在戏剧语言写作上的长处与缺陷,但其中关于莫言的戏剧语言缺乏动作性是莫言戏剧写作的缺陷这一观点是否准确还有待商榷。因为戏剧艺术的成功需要经过舞台演出考验。宁明(2020)的《论莫言的传统"现代"剧》③对莫言戏剧作品进行了较为全面的剖析。

以上的研究者们都从不同角度谈及戏剧性对莫言作品潜在和显性的影响,对莫言文学研究起到了深化的作用,也给予笔者良好的启发。通观"莫言文学作品的戏剧性研究",学界整体呈现出零散、片段化的状况,较少有比较系统、全面和深入的探究。因此,笔者认为此课题研究的宽度和深度在以下几个方面还存在较大的开掘空间:

---

① 尹林:《论莫言小说被动的"戏剧化"》,《当代文坛》2017 年第 3 期。
② 吴景明、李忠阳:《莫言小说的戏剧化书写及其审美表现》,《文艺争鸣》2018 年第 9 期。
③ 宁明:《论莫言的传统"现代"剧》,《中国当代文学研究》2020 年第 3 期。

1."戏剧性"一词虽然被众多研究者泛用,但关于究竟什么是"戏剧性",许多著述对此概念都是一提而过,未做解释或仅做简要、不充分的阐释。一些著述虽从戏剧化、戏剧元素、戏剧等方面去解读莫言作品,但极度缺乏从戏剧的根性厘清概念,并以此为基础深度研究莫言作品的审美内涵与价值。某些对"戏剧性"做过论述的著述,则主要集中于戏剧的文学特性进行探讨,忽略了戏剧作为综合艺术,除文学之外的舞台特性对莫言文学创作的影响以及在莫言作品中的呈现。

2.大多数研究者仅从单部作品,尤其是对莫言长篇小说中的戏剧性进行解读。例如,一些学者对于《檀香刑》中包含的戏剧元素进行分析,也有学者从《檀香刑》的戏剧成分和色彩剖析莫言的民间立场。2009年莫言的长篇小说《蛙》出版后,因其将小说、书信与话剧剧本相叠加进行跨文体创作,结构新颖独特,引起学界对《蛙》的戏剧性产生浓厚的研究兴趣。学者的研究视角不仅从《蛙》关注长篇小说史诗性质的戏剧化演绎,而且深入探讨《蛙》的戏仿叙事手段运用。近年来,已有学者对莫言早期的短篇小说,如《三匹马》的戏剧性开展研究①。但是,将莫言文学作品的戏剧性研究辐射到莫言的其他作品,并对莫言文学作品"戏剧性"这一美学追求的共性进行深入、全面探讨的论著较为少见。

3.对莫言戏剧作品的研究尚不多见。莫言在当代文坛虽以小说名世,但在戏剧,特别是话剧创作方面获得了不少赞誉。然而,对于莫言话剧创作特点较少有人研究。而且,对于莫言的戏剧创作与小说创作在"戏剧性"表达方面的相同、相似和区别,至今尚未有专门的论著问世。

以上这些学者的论文在为研究者提供启迪的同时,也为后续研究留下了广阔的开垦空间。

第五节　研究方法、创新与不足

本书先从理论层面,结合中西方戏剧理论,梳理、廓清"戏剧性"概念。通

① 隋清娥、迟琳琳:《论莫言小说〈三匹马〉的戏剧性》,《聊城大学学报》(社会科学版)2018年第4期。

过采访莫言、收集资料,探究戏剧艺术和说书艺术的戏剧性对莫言作品的影响。之后,以"戏剧性"视角进入莫言的文学世界,剖析戏剧性在莫言小说中的丰厚多样的呈现,最后观照莫言的戏剧创作,研究莫言戏剧创作的特点。

一、研究方法

第一,通过对莫言的采访与资料收集,了解并梳理莫言从童年开始接触的与戏剧艺术相关的活动,找寻戏剧艺术从文本到演出对莫言的创作观念与技巧方面产生的影响。

第二,通过调查、收集信息和现场观摩,分析说书艺术在文本和讲述方式上的戏剧性表达,研究这些因素对莫言写作产生的影响。

第三,采用"文本细读"的方法,在莫言文学作品中仔细考察作者在创作时的戏剧意识和戏剧性表达,从而探析莫言创作的叙事特点。

第四,运用中西方戏剧学、人类表演学、社会学等原理,与小说叙事学理论相结合的方式进行研究,以寻求戏剧性给莫言作品带来的独特美学品格。

第五,运用戏剧文学写作理论,研究莫言的戏剧创作技法。

二、研究创新点

本书可能的创新点主要集中在以下几点:

第一,研究视角的创新。笔者具备戏剧美学、戏剧文学、表演导演学的学术背景和理论基础,同时拥有较为丰富的戏剧影视编剧、舞台观摩与实践的经验,有利于拓宽以往的研究视角,将戏剧艺术作为一门既属于文学又属于舞台的综合艺术开展深度研究,打通小说与戏剧的关联,以较为新颖的角度和思路去体感并研究莫言文学作品的戏剧性。本书在新的视角观照下,从戏剧这一非小说艺术特性的角度阐释、解读、研究莫言的文学作品,发掘莫言文学的戏剧性规律和表现方式,从而深化、完善莫言研究。

第二,研究内容的创新。在与莫言长期的接触和对此课题的多次沟通中,笔者掌握了莫言对戏剧、小说戏剧性理解的很多资料。这些丰富的第一手资料给予笔者极大的启迪和帮助。首先,通过对莫言戏剧活动的全面梳理,探寻了莫言的戏剧观念及其可能对他的写作产生的影响。其次,将说书艺术视为一种"类戏剧",通过剖析说书等民间艺术形式在叙事上的戏剧性特征,挖掘其在表演上的展现及其对莫言文学作品中的人物塑造、情节结构、写作技巧等方面产生的深刻影响。再次,本书的研究内容不仅覆盖了莫言的小说作品(中篇、长篇、短篇),而且还延展至莫言的戏剧作品。在研究莫言的戏剧写作有别于小说写作的特点的同时,也探寻莫言在其整体创作中的戏剧性表达。另外,本书还研究莫言戏剧作品中女性形象塑造问题,此问题较少有人关注。

因此,同以往对莫言文学作品戏剧性研究整体所呈现的零散、间断的状况相比,本书的研究内容比较全面系统,在较大程度上拓展并丰富莫言研究。

第三,研究方法的创新。本书采用多种方法开展研究。既运用中西方戏剧学、人类表演学、社会学等原理与小说叙事学理论相结合的方式进行研究,也通过对莫言本人进行采访、地方文化调查、信息收集、现场戏剧观摩、文本细读等实证性方法开展研究。这种将理论和实证相结合的研究方法有利于更加全面系统地剖析戏剧性在莫言作品中的丰富多样的呈现。

三、研究的不足

笔者从艺术创作领域,跨界到文学研究领域,研究水平有限。再加上课题难度、篇幅限制等原因,本书尚存在以下几点不足:

第一,"戏剧性"一词的含义既狭窄又宽泛,长期以来,学术界的定义也众说纷纭,尚无统一的定论。本书基于众多理论家对"戏剧性"概念的阐述,结合莫言的文学作品阐释"戏剧性"内涵。但是,笔者仍感难以精准透彻地全面探索戏剧性在莫言作品中的分量,需要在今后的研究工作中进一步深入探讨。

第二,戏剧艺术的样式和风格十分广泛,中国古典戏曲、民间戏剧、中国现当代话剧、西方传统戏剧、现代派戏剧对"戏剧性"的理解和表达均有所不同。在写作中,笔者虽然力求准确地理解并把握戏剧艺术的整体特性,但研究的深度和广度仍显不足,需要继续进行挖掘。

第三,莫言的文学作品产量丰厚,涵盖了小说、散文、诗歌、话剧、歌剧、戏曲等多种文学体裁,包含着非常丰富的艺术元素。笔者努力延展研究视角,力求发掘莫言的多种类型文学作品中蕴含的戏剧性,但同时感到对莫言庞大的

"文学共和国"中的作品开展全方位的研究,存在着一定的难度。因此,在有限的时间里,笔者主要针对莫言的小说和戏剧创作,选取某些特点显著的作品开展研究。在今后的研究中,笔者将继续认真研读莫言更多的不同文体的文学作品,在持续进行更加深入的研究中希望有更多新的发现。

第一章　莫言与戏剧艺术

谈及戏剧艺术对莫言文学创作的影响，必定要提到发表于 2001 年的长篇小说《檀香刑》。这部小说从题材、结构到人物设置、语言风格，都与山东地方戏种茂腔紧密相连，它被莫言称作是一部"戏剧化的小说"①。实际上，在《檀香刑》之前，莫言的很多作品都显现出了丰富又强烈的戏剧性特征。成名作《透明的红萝卜》中，黑孩虽然沉默寡言但内心极为丰富敏感，与周围环境有着强烈的抵抗；《红高粱家族》充分地表达了激烈的民族矛盾和百姓的爱恨情仇；《天堂蒜薹之歌》书写了高马与金菊的爱情悲剧，也贯穿了张扣生动的戏剧性说书语言；《丰乳肥臀》从上官一家人颠沛流离的命运折射出起伏跌宕的历史……戏剧冲突、戏剧语言、戏剧悬念等戏剧性元素在莫言的创作中比比皆是。但是从《檀香刑》开始，我们看到了戏剧艺术对莫言作品显著的、整体性的影响。这种整体性影响也体现在《檀香刑》发表之后莫言创作的两部长篇小说中：2006 年出版的《生死疲劳》运用了古典小说的章回体结构，2009 年出版的《蛙》则直接包含了一个完整的九幕话剧剧本。

实际上，莫言的文学创作并非始于小说，而是始于戏剧（1978 年创作话剧剧本《离婚》，但被莫言焚毁）。在后来的创作道路上，莫言也一直保持着对戏剧的热爱，截至 2023 年，他一共创作了七个戏剧剧本：话剧《锅炉工的妻子》《霸王别姬》《我们的荆轲》《鳄鱼》、戏曲《锦衣》《高粱酒》、歌剧《檀香刑》。

莫言在小说创作中从局部到整体的戏剧性表达和坚持不懈的戏剧创作实

---

① 莫言：《说不尽的鲁迅——2006 年与孙郁对话》，载《莫言对话新录》，文化艺术出版社 2010 年版，第 203 页。

践,让我们意识到戏剧艺术对莫言有着极其重要的影响。但是,戏剧对莫言来讲究竟意味着什么?莫言是在怎样的戏剧环境中得到的浸染与熏陶?莫言的戏剧活动是被动地接受还是主动地学习?莫言的戏剧观念又是什么?

想要研究莫言的创作与戏剧艺术的密切关系,就必须先对莫言的戏剧活动进行全面、系统地梳理,并从中分析、总结出莫言的戏剧观念与思想。这样,我们才能清晰深刻地了解戏剧艺术的哪些方面、是以何种方式在莫言的创作中渗透的。

第一节 莫言的戏剧文本阅读

戏剧,与小说、诗歌、散文并称四大文体。首先,它是一种独立的文学样式,可以刊载和出版。其次,戏剧文本是戏剧作为综合艺术的文学组成部分,是戏剧演出活动的"一剧之本"。导演、演员、舞台美术等其他剧组工作人员需要以它作为基础进行二度创作以完成演出。因此,好的剧本不仅需要提供良好的思想性、阅读价值和流传价值,而且还要遵循戏剧写作特殊的规律与技巧,经得起舞台演出和观众考验。

莫言对戏剧文本的阅读是持续性的。从青少年开始,莫言就接触了一些戏剧剧本选段,阅读戏剧经典作品也成为莫言的兴趣爱好和学习习惯,贯穿了他的文学创作历程。而且,莫言阅读的剧本数量庞大,题材风格也十分广泛,从中国古典戏曲到中国现当代戏剧,从古希腊悲剧到西方现代派剧作,从民族歌剧剧本到西方经典歌剧剧本,莫言都有所涉猎。

为了清晰地了解莫言的阅读内容及其对莫言创作可能产生的影响,笔者将他的戏剧阅读经历分为三个阶段(见表1)。

表1 莫言的戏剧文本阅读经历

阶段	阅读时期	主要内容	主要作家	阅读成效
大量阅读	文学创作初期	中国经典话剧选段、《莎士比亚全集》	曹禺、郭沫若、莎士比亚等	加深对戏剧性结构与戏剧语言的认识;关注创作技巧,并尝试戏剧创作。

续表

阶段	阅读时期	主要内容	主要作家	阅读成效
扩张性广泛阅读	文学创作成熟高峰期	茂腔剧本、中国当代作家戏剧创作、西方现代派剧作等	刘恒、邹静之、斯特林堡、萨特、布莱希特、迪伦马特、皮兰德娄等	关注剧作的思辨性；吸收西方现代流派创作理论与技巧，并创作多部戏剧作品。
剧作家的阅读	戏剧创作期	古希腊悲剧、西方经典戏剧、西方经典歌剧剧本、中国当代歌剧剧本等	莎士比亚、约恩·福瑟等	用圆熟的戏剧技巧表达深刻思想，创作话剧、歌剧、戏曲等多种戏剧样式。

注:潘耕整理制作。

据莫言回忆,"像曹禺的剧本《日出》《北京人》的节选,郭沫若《棠棣之花》《屈原》的节选……这些就是我最早读到的话剧剧本,对我影响都蛮大的。"①

莫言提到的这些中国话剧经典剧作,集中产生于20世纪前半期。这个时期,是中国话剧自1907年诞生以来发展最为活跃的时期之一。众多非常有影响力的戏剧家,如曹禺、田汉、郭沫若、老舍等,都对中国戏剧的发展作出了巨大的贡献。他们不仅以现实主义为创作风格,准确有力地反映、披露尖锐的社会问题,而且在中国话剧经历了短暂的现代主义探索后,吸纳了一些新的写作观念与技巧,在现实主义基础上,展现出各具特色的写作风格。尤其是曹禺的《雷雨》《日出》《北京人》《原野》,风格迥异,思想深刻,从而成为中国话剧的里程碑。虽然莫言早期对中国话剧的经典之作的阅读数量不算多,但是"读得很熟,印象很深刻",对"曹禺的语言、郭沫若的语言很熟悉"②。这种精而深的阅读体验,不仅开启、激发了莫言对戏剧阅读的兴趣,也使莫言在脑海深处留下了极为难忘的记忆。

20世纪70年代末,莫言在黄县(现在的龙口)部队服役期间,读书环境有了很大改善,他开始主动地、系统性地阅读剧本。不仅完整地阅读了曹禺戏剧

---

① 莫言指导博士生论文写作的谈话,2018年10月于北京师范大学国际写作中心。
② 莫言指导博士生论文写作的谈话,2018年10月于北京师范大学国际写作中心。

集,还系统地学习了郭沫若的话剧,如《棠棣之花》《屈原》《虎符》《孔雀胆》等。当熟悉的文字再次出现在眼前时,莫言有种失而复得的兴奋,他不禁慨叹:"我终于找到你们了!"莫言也接触了英国剧作家莎士比亚的作品:"先是看《莎士比亚戏剧故事集》,上世纪七十年代末翻译的一本书。后来我们单位图书馆处理旧书,搞了一套比较完整的《莎士比亚全集》。"莫言将莎士比亚视为"小说界的托尔斯泰",并称赞莎士比亚的戏剧作品"高度成熟完美"①。在阅读过程中,莫言发现西方话剧和中国话剧之间的渊源关系,这种关系主要体现在集中的戏剧性结构和台词风格两个方面。莫言举例说:"如郭沫若《屈原》中的《雷电颂》,与《李尔王》在暴风雨中的独白,就有着一脉相承的联系。"②

1978年,轰动一时的中国话剧《于无声处》对莫言的创作产生了直接的影响。话剧中的主人公第一次站在舞台上对"文化大革命"表示了自己鲜明的否定态度,《于无声处》不啻惊雷。但引起莫言兴趣的是这部剧作尖锐的戏剧情景和巧妙的结构模式。莫言受到启发,随即创作了一部四幕话剧《离婚》。他将背景设置在自己熟悉的棉花加工厂,借用了《于无声处》的人物关系和戏剧结构。但是,剧本寄给《解放军文艺》后被退稿。莫言认为这个剧本确实缺乏独立的构思,模仿痕迹过重,属于"生吞活剥"③之作。为了另起炉灶,创作出自己独特风格的作品,莫言将《离婚》的手稿付之一炬。

不难看出,这个阶段的剧作阅读,是莫言有目的、有意识地学习阅读阶段,他对激烈尖锐的冲突、巧妙的结构方式、简练的语言风格等技术性写作问题产生了浓厚的兴趣,并进行了模仿性创作。虽然莫言认为《离婚》"模仿痕迹明显,创新不足",甚至将其视为一种"耻辱"④,但学习都是从模仿开始的。被烧毁的作品虽然不曾公开发表甚至未能留存,但这种学习和体悟却沉积在莫言以后的文学创作中,同时,我们也可以通过这段经历看到莫言绝不重复他人的坚定的创作态度。

---

① 莫言、张清华:《在限制的刀锋上舞蹈——莫言访谈》,《小说评论》2018年第2期。
② 莫言、张清华:《在限制的刀锋上舞蹈——莫言访谈》,《小说评论》2018年第2期。
③ 莫言指导博士生论文写作的谈话,2018年10月于北京师范大学国际写作中心。
④ 莫言指导博士生论文写作的谈话,2018年10月于北京师范大学国际写作中心。

在之后的文学创作道路上,莫言不断地扎入戏剧文学的海洋吸取养分。在中国戏剧领域,除了阅读高密传统茂腔剧本,莫言对当代作家刘恒、邹静之等人的戏剧作品也非常关注。另外,莫言欣赏的外国剧作家中,有几位都是成功的"双栖作者",他们既在小说领域闻名遐迩,又在戏剧界震古烁今,比如萨特、斯特林堡及迪伦马特。

法国作家萨特的戏剧表现了他的存在主义哲学观念,他对世界的描述是非理性的、荒诞的,但是他仍然在创作中保留了一些传统戏剧的元素,具有现实批判的色彩。譬如,他的大多数剧作都具有完整立体的人物形象、极致的情节结构、剧烈的戏剧冲突,他尤其喜爱设计极限性的戏剧情境,体现人类经历中最富有决定意义的特定情境下人的取舍抉择与命运。因此,萨特自称其戏剧作品为"境遇剧"(或"情境剧")。莫言认为,萨特的戏剧成就远远高于他的小说:"萨特的话剧我读了以后深受震撼,像《苍蝇》《恭顺的妓女》《肮脏的手》《死无葬身之地》",①并且有着"很现实主义的成分"。②

莫言对瑞典作家斯特林堡的关注,首先是从 20 世纪 80 年代阅读他的长篇小说《红房间》时开始的。当时,莫言感到这部小说的结构有些类似《儒林外史》,看起来并无太大的新奇之意。后来,莫言又读了斯特林堡创作的《父亲》《朱莉小姐》等剧作,从而感受到了斯特林堡的"深刻和伟大"。2005 年 10 月 19 日,莫言在"斯特林堡国际学术研讨会"上发表演讲《漫谈斯特林堡》,他提到自己阅读《斯特林堡文集》时感到"被这团'炽烈的火焰'烧灼得很痛很痛"。莫言解释道:"他灼痛的不是我的肉体,而是我的灵魂",因为斯特林堡是一个敢于拷问人类灵魂的人,这种拷问在剧作中的表达是残酷的,但它其实透露的是作家悲悯的精神情怀。或许是因为戏剧精悍集中的结构更加凸显出斯特林堡对人类灵魂深刻的洞察,当莫言再回过头重读《红房间》时,也一扫之前的"枯燥"之感,他"读出了一种与传统小说大不一样的、不以故事情节吸引读者而以思辨的精辟紧紧抓住读者的精神力量"。③

---

① 莫言、张清华:《在限制的刀锋上舞蹈——莫言访谈》,《小说评论》2018 年第 2 期。
② 莫言、张清华:《在限制的刀锋上舞蹈——莫言访谈》,《小说评论》2018 年第 2 期。
③ 莫言:《漫谈斯特林堡》,载《我们都是被偷换的孩子》(演讲集),浙江文艺出版社 2020 年版,第 4 页。

瑞士德语作家迪伦马特也在小说与戏剧方面有着突出的成绩。莫言读过迪伦马特的一系列侦探小说如《诺言》《抛锚》等,但认为他的戏剧更加彰显其才华。他的剧作选材十分广泛,有历史故事、现实生活、宗教神话等,迪伦马特非常善于以喜剧的手法展现悲剧内涵,他常常将人和事物加以变形,使之夸张、怪异、荒诞,从表面上造成与现实的某种距离,实则更犀利地反映出人性与现实社会。

除此之外,莫言还提到过德国剧作家布莱希特、俄罗斯剧作家契诃夫、美国剧作家尤金·奥尼尔、法国剧作家尤涅斯库、意大利剧作家皮兰德娄、挪威剧作家约恩·福瑟等,并对他们的剧作做出过自己的点评。2023 年 6 月 6 日,莫言与陈晓明以"小说与戏剧"为主题在北京大学进行了一场对谈。在谈到剧作阅读时,莫言专门谈及了布莱希特。有别于斯坦尼斯拉夫斯基"体验派"戏剧理论,布莱希特的"表现派"重在强调戏剧的"间离效果",莫言认为这样的角度是"非常了不起的"①,因为"在舞台上,演员既是表演者又是评判者这一立场和态度,防止观众过多沉浸到剧情中去,他不时地把你从剧情里拉出来,让你能够理智地评判舞台上演绎的故事"②。无论是受到布莱希特戏剧论的影响,还是两位剧作家之间有着跨越时空的同频共振,在《我们的荆轲》和《鳄鱼》里,我们都可以看到莫言对"间离"手法的运用,他既想让观众投入情感,也想让观众对舞台上的故事、人物的命运保持冷静的判断与内省的能力。

另外,获得 2023 年诺贝尔文学奖的约恩·福瑟也是莫言一直关注的剧作家,他也创作小说,但戏剧作品更为著名。在 2018 年接受采访时,莫言谈到了福瑟的剧本"不是靠情节取胜……不会像莎士比亚成群结队的演员在舞台上走马灯一样转来转去,那么复杂的情节,那么多的人物,那么曲折的剧情,那么鲜明的人物群体"③,而是一种高度诗化的、与传统话剧背道而驰、具有鲜明现代特色并且极富张力的作品。2023 年,莫言得知剧作家约恩·福瑟获奖后,十分高兴地再次拿出福瑟的《有人将至》《秋之梦》《我们将永不分离》等剧本

---

① 莫言:《小说与戏剧》,与陈晓明教授对谈,北京大学,2023 年 6 月 6 日。

② 莫言:《小说与戏剧》,与陈晓明教授对谈,北京大学,2023 年 6 月 6 日。

③ 罗皓菱:《对话"剧作家"莫言:戏剧流派没准也是风水轮流转》,《北京青年报》2018 年 1 月 30 日。

仔细阅读。2023 年 10 月的一个下午,北京人民艺术剧院邀请莫言给演员们做一场"小说与戏剧"的演讲,莫言提到上午还在看福瑟的剧作,认为它最大的特色在于采用"重复性很高的极简主义写法"①,关注一种贯穿时空的存在本质。人物的名字、时代背景、关键事件、戏剧冲突都被简化与淡化,大量的静默与戏剧停顿使用在剧本之中。莫言说,这些剧作令他想起 20 世纪 90 年代在北京人艺小剧场里观摩的那些现代戏剧,因为它们很好地接轨了西方现代主义、荒诞派戏剧的传统。虽然看起来很简单,但思想十分深刻。而且,每个人看完都会联想到自己的生活状态,思考人生的历程与去向。②

2024 年,莫言在写作歌剧版《高粱酒》的同时,认真地研读了一些西方经典歌剧剧本和国家大剧院出品的原创歌剧剧本后发现,虽然同属戏剧范畴,但歌剧在文本写作上与话剧迥然不同。歌剧擅长表现人物饱满细腻的内心情感,却不适于展现复杂的叙事,因为它的剧本需要段落式情节、精彩的唱词与卓越的氛围营造。另外,在文本唱词的押韵方面,歌剧没有戏曲的标准要求严苛,更重要的是要写出情感丰沛并能广为流传的经典咏叹调。

通过以上的分阶段梳理,厘清了莫言的戏剧阅读经历。从开始写作之后的学习式阅读、创作成熟期的扩张式阅读,再到向剧作家转型期的研究式阅读,莫言对剧本阅读不仅有着持续的热情,而且还进行了由浅入深的剖析与思考。

同时,我们也发现了莫言在戏剧阅读时关注的重点。文学创作期,莫言重点关注的是剧本的写作技巧、戏剧结构和戏剧情境;写作成熟期,莫言重点关注的是剧本的思想性和思辨性;进入剧作家转型写作期后,莫言关心各类戏剧文本的写作方法,以及如何将故事性与思想性统一等一系列问题。

第二节　莫言的戏剧演出观摩

既然戏剧是一门综合艺术,那么仅阅读戏剧剧本,就不能全面地感受戏剧

---

① 莫言:《小说与戏剧》,北京人民艺术剧院演讲,北京人艺小剧场,2023 年 10 月 19 日。
② 莫言:《小说与戏剧》,北京人民艺术剧院演讲,北京人艺小剧场,2023 年 10 月 19 日。

艺术的魅力。只有走进剧场,看到布景道具、欣赏演员的表演、体会演员与观众互动的现场气氛,才能对戏剧艺术有整体的感悟和学习。

　　莫言创作中自觉的戏剧意识,萌芽于他的青少年时期,这不仅与他的戏剧阅读有关,还与家乡天然的戏剧环境密不可分。2003 年 9 月,莫言在与《文艺报》记者的对谈中提到了茂腔对他创作的重要影响:"地方小戏是民间文化中对我产生影响的很重要的艺术样式。这些东西在我过去的小说里肯定已经发生作用,《透明的红萝卜》《檀香刑》里都有,后者用小说的方式来写乡村戏剧,这个时候作家的主观意图就比较明确了。"①

　　在 21 岁进入部队之前,莫言在山东省高密县大栏乡平安庄度过了他的童年和青少年。莫言曾经说过:"在我用耳朵阅读的漫长生涯中,民间戏曲,尤其是我的故乡那个名叫'茂腔'的小剧种给了我深刻的影响。'茂腔'唱腔委婉凄切,表演独特,简直就是高密东北乡人民的苦难生活的写照。'茂腔'的旋律伴随着我度过了青少年时期。在农闲的季节里,村子里搭班子唱戏时,我也曾经登台演出,当然我扮演的那些都是插科打诨的丑角,连化妆都不用。'茂腔'是高密东北乡人民的开放的学校,是民间的狂欢节,也是感情宣泄的渠道。民间的戏曲通俗晓畅,充满了浓郁生活气息的戏文,有可能使已经贵族化的小说语言获得一种新质。"②

　　莫言说的"茂腔",即流行于今山东高密、诸城、五莲、胶南、胶州及青岛等地的地方戏。对于茂腔的起源,学界有着不同的看法,但比较集中的说法是茂腔由"肘鼓子"衍生出来的③。肘鼓子是兴起于清代中叶山东境内的一个声腔体系。从最初的声腔曲调,到如今完整独立的戏曲样式,经历了肘鼓子—本肘鼓—茂肘鼓—茂腔四个历史阶段。20 世纪 50 年代初,人民政府在组建专业剧团时,给这种具有极强生命力的艺术形式正式定名为"茂腔"。有了政府的支持,茂腔势如破竹般发展壮大,"业余茂腔剧团遍布高密四乡,职业剧团也

---

　　①　莫言:《与〈文艺报〉记者刘颋对谈》,载《碎语文学》,作家出版社 2012 年版,第 241 页(本书引用的作家出版社 2012 年版的莫言作品均收录于《莫言文集》)。
　　②　莫言:《用耳朵阅读·悉尼大学 2001 年 5 月 17 日》,载《用耳朵阅读》,作家出版社 2012 年版,第 58 页。
　　③　孙守刚主编《山东地方戏丛书:柳腔茂腔》,山东友谊出版社 2012 年版,第 227 页。

很快形成……剧场虽简陋,道具也不很齐全,但那股火爆劲,曾使千千万万的高密城乡居民为之振奋"①。这样遍布高密、热火朝天的戏剧盛况便是莫言童年、青少年时期的戏剧环境。

据不完全统计,茂腔现存剧目(据青岛市茂腔剧团提供的资料整理)包括:传统和移植剧目 185 部,现代和新创作剧目 132 部②。莫言观看过其中多少部,如今已很难统计,但茂腔的代表剧目"四大京":《东京》《西京》《南京》《北京》、"八大记":《罗衫记》《玉杯记》《绣鞋记》《火龙记》《风筝记》《钥匙记》《金簪记》《丝兰记》,是与莫言同时代的高密百姓皆知的名剧。莫言也曾谈到过一些大家耳熟能详的茂腔传统经典,如《罗衫记》《西京》《葡萄架》《双玉蝉》《王汉喜借年》《小姑贤》等③。这些传统剧目大多是折子戏,整本的演出要连续几天,所以小戏加折子戏是最为经常的演出形式,它们在文本上通俗易懂,皆是惩恶扬善的主题、曲折的情节和大团圆的结局;曲调风格上简洁朴素、悠扬婉转、易学易唱、听觉冲击力十足;再加上与当地浓郁的乡音乡情相互渗透融合,大量使用方言俚语,在当时没有其他娱乐活动的高密乡村,就成为充满魅力的表演形式。当地民谣这样唱:"茂腔一唱,饼子贴在锅沿上,锄头锄在庄稼上,花针扎在指头上。"

对于莫言来讲,县剧团到乡下巡回演出,就像是盛大的节日。莫言在散文《猫腔大戏》和《茂腔与戏迷》中,描述了当地老百姓对茂腔炙热的迷恋,以及茂腔对百姓的教育意义,"在上世纪五六十年代,县茂腔剧团经常到乡下巡回演出……春节前后,农闲的时候,每个村里头都有自己的业余剧团,……我想茂腔是伴随着我们这一代人成长起来的,我们的道德教育、人生的价值观念、历史知识,都是从茂腔戏里学到的"④。

1966 年,"文化大革命"爆发,"四大京"和"八大记"停止演出,革命样板

---

① 山东省高密市政协文史委员会编:《高密文史选粹》,山东省高密市政协文史委 2002 年版,第 340 页。

② 孙守刚主编:《山东地方戏丛书:柳腔茂腔》,山东友谊出版社 2012 年版,第 280—290 页。

③ 莫言:《在高密文艺创作座谈会上的讲话》,高密电视台《魅力高密》栏目组记录整理,2008 年 2 月 10 日,http://maoqiangxi.blog.tianya.cn/blogger/post_read.asp? BlogID = 1197217&PostID = 18531202。

④ 邵纯生、张毅:《莫言与他的民间乡土》,青岛出版社 2013 年版,第 160 页。

戏成为唯一的艺术存在,但茂腔的声音一直响彻在高密乡村大地:"《红灯记》啊,《沙家浜》啊,都被改编成茂腔"①。莫言从 11 岁至 21 岁整整十年时间里,听的看的就是用茂腔演出的样板戏。常年反复地听和看使他对样板戏中的唱词了如指掌:"我们每个人都可以大段大段地演唱样板戏里的选段,样板戏里的台词我们都耳熟能详。"②不仅是情节人物、唱段戏词烂熟于心,而且莫言有时候还会登台演出。"我们扮演的肯定不是主要的角色,只是跑龙套,《沙家浜》里的刁小三啊、小土匪啊,《红灯记》里的小日本兵啊。不用化妆,人家给主要演员化妆,这些小角色回家到自家锅底下抹点灰往脸上抹抹就可以了。"③

无论是传统茂腔、现代茂腔,还是用茂腔演唱的革命样板戏……这些不同戏剧样式的演出营造了浓郁的戏剧氛围,这使莫言对戏剧有一种天然的亲近感,并对他今后的创作产生了重要的影响。

20 世纪 70 年代,莫言离开故土,暂别了茂腔的声音。但当他第一次回家探亲,一下火车就听到了车站旁边卖油条的小店里传出的茂腔那悲悲切切像哭一样的腔调,他顿时"热泪盈眶",因为"这是家乡的声音"④。多年来,莫言一直有意无意地期待、寻找着相同或类似的熟悉之声。他曾在散文《北京秋天下午的我》中说:"电视里如果有戏曲节目,我就会兴奋得浑身哆嗦,……美妙的感受不可以对外人言也。"⑤

首先,莫言对茂腔的兴趣愈加浓厚。2011 年,莫言在"高密茂腔戏剧周"集中观摩茂腔戏,并将感受记录在自己的微博上⑥。10 月 4 日,莫言记下两次看戏的感受:"昨晚看茂腔《姊妹易嫁》,这是一出千锤百炼的小戏。唱词对白多用俚语,生动活泼,妙趣横生。人物情感脉络清楚,性格鲜明";"晚看茂腔《墙头记》……此剧没有深度,人物漫画化,但剧场效果很好。……道德不可废,戏院是课堂。古今多少戏,劝人向善良。"10 月 5 日,莫言写道:"看茂腔戏

① 莫言指导博士生论文写作的谈话,2018 年 10 月 20 日于北京师范大学国际写作中心。
② 莫言指导博士生论文写作的谈话,2018 年 10 月 20 日于北京师范大学国际写作中心。
③ 莫言指导博士生论文写作的谈话,2018 年 10 月 20 日于北京师范大学国际写作中心。
④ 莫言:《我的文学经验(续)》,《蒲松龄研究》2013 年第 2 期。
⑤ 莫言:《北京秋天下午的我》,载《会唱歌的墙》,作家出版社 2012 年版,第 296—297 页。
⑥ 见莫言 2011 年 10 月 4 日的新浪微博。

剧周最后一场戏《桂花亭》,探监一场,声情并茂,动人心魄。不足之处,演出时间太长,唱词重复拖沓。倒数第二场可删,剧情可在最后场中用唱词交代。七台大戏连轴演,千座剧场场场满。故乡文化大繁荣,男女老少都喜欢。"莫言在为家乡戏剧繁荣感到欣慰的同时,也在人物塑造、戏剧冲突、演员表演、剧场效果、社会功用等诸多方面进行了专业的鉴赏与思考。

其次,莫言在出国访问期间,观摩了一些长演不衰、雅俗共赏的戏剧,并思考总结其经久流传的原因。莫言了解,若一部剧作想要被观众广泛地接受,就必须将艺术性和商业性相结合。在出访期间,莫言观赏了一些连日满座的戏剧,如英国伦敦西区的音乐剧《悲惨世界》;美国百老汇音乐剧《歌剧魅影》《妈妈咪呀》《猫》《西贡小姐》;日本的宝冢与歌舞伎演出;韩国"无对白音乐剧"《乱打神厨》(《NANTA》)等。对于传统音乐剧,莫言认为它能让人沉浸其中并易于流传的关键在于"矛盾冲突激烈的故事、立体的音乐形象、优美旋律的唱段"①。融合了现代艺术气息的韩国现代音乐剧《乱打神厨》作为首个登上百老汇舞台的亚洲戏剧,在全世界 50 余个国家的演出已经超过 3 万场。莫言认为,它通过舞蹈化戏剧语汇,消除语言障碍,并且能够结合韩国传统文化,成为走向世界的"文化名片",这是给中国传统戏剧的"一个启示"②。

2019 年,莫言四次赴日本考察观摩日本宝冢歌剧和歌舞伎演出,探寻古老传统的戏种历久弥新的原因。被誉为日本"国宝"的宝冢歌剧诞生于 20 世纪初,虽历经上百年演出,至今仍一票难求,剧迷为之疯狂。宝冢歌剧的演员皆为未婚女性,剧本内容以西方经典为主,视觉效果华丽细腻,上半场叙事,下半场由类似《芝加哥》、法国红磨坊歌舞表演的片段构成。它以"清、正、美"为宗旨,女性演出优雅与俊朗兼备,形成了一种独特的中西合璧的演剧文化。宝冢歌剧团在新创及修改剧目时都会"通过'宝冢之友'来采纳观众们的意见"③。每当新剧目上演时,剧团工作人员都会发放"新剧目的有奖征答"调查表,对剧情结构、舞台美术等进行全方位的调查,深入分析后再行修改,因此,宝冢歌剧团演出的盛况与其对观众接受的尊重密切相关。歌舞伎作为起

---

① 莫言指导博士生论文写作的谈话,2019 年 9 月 30 日于北京师范大学国际写作中心。
② 莫言指导博士生论文写作的谈话,2019 年 9 月 30 日于北京师范大学国际写作中心。
③ 廖明智:《宝冢歌剧团:日本歌剧界的奇迹》,《歌剧》2008 年第 11 期。

源于 17 世纪江户初期的日本典型民族表演艺术,保留沿袭了古老传统的演出内容和表现方式,演员全部由男性构成。莫言在观摩过数次歌舞伎演出后,总结出以下特点:(1)具有极强的想象力;(2)与京剧类似的高度程式化表演;(3)强烈的象征性;(4)隆重的仪式感;(5)戏谑对残酷的消解;(6)华丽夸张的舞台美术。这些品质让歌舞伎焕发出一种"迷人"的光芒①。

再次,莫言关注在高科技舞台技术支持下的戏剧发展问题。莫言曾提到对舞台剧《战马》的兴趣。此剧改编自英国儿童畅销书作家迈克尔·莫尔普戈(Michael Morxipurgo)的同名长篇小说,它的"主角"是一匹重达 108 斤的马偶 Joey,由藤条、纱布、木头制成,需要三个演员同时操控。马偶不仅头部、耳朵和四肢等关节可以灵活运动,甚至连眼睛转动、喘息这样细微的动作都可以清晰地表达。观众接受马偶作为战马,并为之着迷,正是因为戏剧的剧场性决定了其审美特征之一——舞台时空的假定性:观演双方达成一种微妙的"契约",在舞台这个方寸天地上发生的一切对生活自然形态所做的不同程度的变形与改造,都非真实,而是对真实的模仿。当然,科技的发展进步,支撑和推动着艺术工作者对自然世界做出更加多元化的改造和变形。莫言认为,"这个道具(马偶)本身就是一种艺术创造。它(《战马》)极具想象力和震撼效果,也只有戏剧拥有这样的魅力。"②

莫言在集中精力创作戏剧的同时也开展了大量的观摩活动,如线下观摩人艺 2023 年版的话剧《原野》,由圣彼得堡马斯特卡雅剧院出品、长达八小时的话剧《这里的黎明静悄悄》,线上观摩上海话剧艺术中心排演的约恩·福瑟《有人将至》、中国当代歌剧《骆驼祥子》《运河谣》以及许多经典西方话剧、歌剧等。

从莫言的戏剧观摩活动不难看出,无论身在何时何地、线上或线下观摩,莫言对家乡戏茂腔的热爱都一如既往,中国戏曲、经典歌剧、民族音乐剧、欧美音乐剧等包含音乐、唱词的戏剧形式也是莫言观赏的重点。同时,莫言在出访期间,对兼备艺术性与商业性的戏剧内容与形式特别关注,并思考戏剧艺术民

---

① 莫言指导博士生论文写作的谈话,2019 年 9 月 30 日于北京师范大学国际写作中心。
② 莫言指导博士生论文写作的谈话,2019 年 9 月 30 日于北京师范大学国际写作中心。

族性与世界性的问题对中国戏剧戏曲发展的启示。另外,从技术方面看,莫言关注高科技舞台美术设计对于在层楼叠榭的演出空间、丰富多变的舞台调度、剧本构思想象力等方面提供的无限拓展的可能性。

第三节 莫言的戏剧思想观念

对戏剧诚挚而长久的喜爱让莫言在文学创作道路上不断地进行戏剧阅读、观摩、创作和思考,也逐渐形成了自己独特的戏剧观念与审美情趣。

关于莫言戏剧观念思想的文章并不多见。2008年莫言在《在高密文艺创作座谈会上的讲话》中,比较详细地阐述了自己对茂腔的肯定与赞美以及对现代茂腔改革振兴方向的建议;另外,在莫言的散文、杂文、访谈、会议发言、微博日记中可以散见一些内容;在获得诺贝尔文学奖后,莫言一连写下三部剧作,并结合自己的写作经验,在莫言、张清华《在限制的刀锋上舞蹈——莫言访谈》和莫言对博士生论文写作进行指导的过程中,都比较集中地谈论了自己对戏剧的深刻认识。根据以往的相关资料,可以将莫言的戏剧观念总结归纳为以下四点。

一、重视戏剧的教育功能

众所周知,文学作品分为四大文体:小说、诗歌、散文和戏剧,都具有宣传思想、升华情感、净化心灵的教育功能。但是,小说、诗歌、散文的阅读毕竟是个人化的审美活动,而戏剧则是群体性的审美活动。中国戏剧继承了民族文化之精华,融诗歌、音乐、表演等戏剧元素为一体,从演员表演、台词到服装、化妆、道具以及整体性的舞台表达,无不展示着中国文化的无穷魅力,因而成为广大人民群众喜闻乐见的群体性的审美活动,发挥着"润物细无声"的潜移默化的教育功能。因此,戏剧的教育功能比起小说、诗歌、散文更强大、更广泛。

在古希腊时期,柏拉图就从"净化"的角度阐述戏剧的道德教育目的。亚里士多德在其启发下更加明确地指出,悲剧应当唤起人的悲悯和畏惧之情,使情感得到净化。陈独秀曾在1905年《新小说》第二卷第二期的文言版《论戏曲》中发表过这样的观点："戏园者，实普天下人之大学堂也；优伶者，实普天下之人大教师也。"蔡元培也发现，戏剧作为向广大民众宣传思想、普及教育的利器，"是最重要的一种社会教育的机关。"①

剧场内演员与观众面对面的现场互动，使戏剧比其他任何艺术都更具有直接性和大众性。蔡元培对戏剧与讲演、小说等通俗教育手段进行比较后指出："讲演能转移风气，而听者未必皆有兴会。小说之功，仅能受之于粗通文义之人。故二者所收效果，均不若戏剧之大。"②在我国抗日战争时期，戏剧积极地发挥了宣传、教育的实际功效，灵活应变、短小精悍的街头"活报剧"具有很强的政治性、时效性、通俗性和鼓动性，极大地鼓舞民众以高昂的爱国热情投身到抗日的洪流之中。

在民间戏剧环境中成长的莫言，深切地认识到在教育落后、文化生活匮乏的前提下，戏剧的教育功能弥足珍贵。莫言说："在我们的童年，茂腔戏是老百姓审美、娱乐、教育的唯一来源……民众在聚集与互动中切身感受剧中的故事，同时也反思自己的人生。"③宣扬真善美，摒弃假恶丑始终是中国传统戏剧永恒不变的主题。家乡戏台上演出的一幕幕生死离别的悲喜剧，戏台下观众随着剧情时悲时喜的真实反应，不仅让莫言觉得热闹、有趣，而且对于莫言逐步建立起戏剧教育功能观念起到了关键性的作用。

正是因为戏剧具有强大的教育功能，莫言认为，对于传统的戏剧要取其精华去其糟粕，推陈出新、革故鼎新。随着社会的不断发展进步，戏剧也应该做到与时俱进。在新时代，戏剧要有新的思想、新的观念、新的舞台展现方式，才能引起当下观众在思想上和情感上的共鸣。诸如传统戏曲在"皇族至尊无上，科举荣耀终生"④背景下讲述的因果善恶轮回故事已经是腐朽的道德价值观念，难以满足现代观众的要求。他回忆了20世纪60年代的一台茂腔新戏《空花轿》，当时非常受百姓欢迎，正是因为它具备"新思想、新人物，表现了新

① 高平叔编著：《蔡元培教育论著选》，人民教育出版社1991年版，第282页。
② 高平叔编著：《蔡元培教育论著选》，人民教育出版社1991年版，第69页。
③ 莫言指导博士生论文写作的谈话，2018年9月20日于北京师范大学国际写作中心。
④ 莫言：《在高密文艺创作座谈会上的讲话》，2008年2月10日，高密电视台《魅力高密》栏目组记录整理，见 http://maoqiangxi.blog.tianya.cn/blogger/post_read.asp? BlogID=1197217&PostID=18531202。

生活,真正发挥了寓教于乐的社会效应"①。

　　小说的阅读是个人化的,而剧本的完成是戏剧作为综合艺术的第一步,戏剧最终必须通过导演、演员、舞台美术设计人员的共同协作,被观赏和分享才能够实现其终极价值。所以,戏剧不仅是一种文学形态,也是一种群体性观演关系。孙惠柱在《"净化型戏剧"与"陶冶型戏剧"初探》一文中指出,东西方戏剧美学的一个深刻差异,即"始于古希腊的话剧偏爱演示恶的宣泄与净化,中国戏曲喜欢弘扬善行陶冶性情"②,因此,相对于西方的"净化型戏剧",中国则更偏爱于"陶冶型戏剧"。莫言十分熟悉戏剧的特性,他在戏曲《红高粱》改编后记中,特别强调了剧本中的两个改编细节:一是将麻风病人改成了肺病患者,以抑制读者或观众的"太多的反感";二是改编了余占鳌杀害单家父子的情节。莫言认为,"改编成舞台剧,这个问题必须回避。因为不管是什么朝代,无论你是什么理由,不管是什么法律,都不会允许跑到人家洞房里去杀人。所以在这个剧本中,我非常明白地处理了这个问题。人,不是余占鳌杀的。"③这反映出莫言对社会价值观的尊重。他明确认识到身为剧作家与小说家的不同,意识到剧作家理所应当地承担社会责任,发挥戏剧的教育功能。

　　对于传统戏剧如何古为今用、推陈出新的问题,莫言非常赞成汪曾祺在《从戏剧文学的角度看京剧的危机》中提出的观点,"所有的戏曲都应该是现代戏。……(新编历史题材的戏)都应该具有当代的思想,符合现代的审美观点,用现代的方法创作,使人对当代生活中的问题进行思索"④。在高密文艺创作座谈会上,莫言举例说明了自己认为旧戏中应该改良的成分,如《赵美蓉观灯》。《赵美蓉观灯》是柳腔、茂腔《东京》中的名段,内容是赵美蓉以元宵节夜晚门口的红灯作为路引,前去吊唁婆母的路上的独白,连唱共七百二十多句。赵美蓉不仅从伏羲女娲到唐宋,边叙边议罗列细数了数十个历史人物与

　　① 莫言:《在高密文艺创作座谈会上的讲话》,2008年2月10日,高密电视台《魅力高密》栏目组记录整理,见 http://maoqiangxi.blog.tianya.cn/blogger/post_read.asp? BlogID=1197217&PostID=18531202。
　　② 孙惠柱:《"净化型戏剧"与"陶冶型戏剧"初探》,《文艺理论研究》2018年第1期。
　　③ 莫言:《〈高粱酒〉改编后记》,《人民文学》2018年第5期。
　　④ 汪曾祺:《从戏剧文学的角度看京剧的危机》,载汪曾祺著、段春娟编:《说戏》,山东画报出版社2006年版,第180页。

事件,而且罗列了以果蔬、动物命名的各种灯,如"沿着长街往前走,眼前闪出菜园灯。韭菜灯,赛马鬃,扑扑棱棱芫荽灯。黄瓜灯笼一身刺,茄子灯,紫盈盈。白菜灯,一蓬生,萝卜灯,愣头青。"①莫言认为把这些原封不动地放在当今剧场里,就成为了一种"语言炫技",因为"第一它不能表现人物的性格,第二不能表现人物当时那种悲苦绝望的处境和心情",因此,在新时代的剧场中,在年轻人的视野中,"(它)显然是不能适应思想的、审美的、观众的要求的"②。

莫言曾说,作为小说创作者,很难在第一时间得到读者的反馈,但是作为一个剧作家,自己写的剧本能在舞台上由演员来表演,又有观众坐在舞台下观看,是非常有成就感、非常幸福的体验:"尤其在当你写剧本的时候所预想的那些笑点、泪点如期实现的时候,你感觉你是摸透了人心的。"③从莫言自身的戏剧创作来看,虽然他从来不会借人物之口进行说教,但通过巧妙的构思与文学的功力实际地践行了戏剧服务于大众的创作理念,发扬了戏剧为大众提供审美与教育需求的价值。戏曲《锦衣》赞美和推崇人情与真情,话剧《霸王别姬》引起人们对爱情与权力的思考,《我们的荆轲》提示大家人生的价值并非仅在功名利禄,《鳄鱼》警戒人类过度的欲望会反噬自己……这些剧作有历史的,有现实的,也有民间神话,但都具备现实的意义并产生共鸣的力量,都能触发当下读者与观众对自身的审视与反思,都能起到荡涤灵魂、提高觉悟的意义。

二、创作雅俗共赏的经典

由于戏剧的教育功能的强大和广泛,莫言认为戏剧要雅俗共赏,具有普及性,要为更广大的观众服务,要让观众感觉到戏剧所表现的思想和人物可敬、可亲、可爱、可学。莫言坚持古典主义和现代主义相结合、思想性与娱乐性相得益彰、艺术性与商业性共赢的创作道路,坚持以人为本,浓墨重彩地表现人

---

① 孙守刚主编:《山东地方戏丛书:柳腔茂腔》,山东友谊出版社 2012 年版,第 179 页。
② 莫言:《在高密文艺创作座谈会上的讲话》,高密电视台《魅力高密》栏目组记录整理,2008 年 2 月 10 日,见 http://maoqiangxi.blog.tianya.cn/blogger/post_read.asp? BlogID = 1197217&PostID = 18531202。
③ 莫言对谈于和伟:《我们这个时代的戏剧》,华东师范大学大零号湾文化艺术中心,2023 年 11 月 20 日。

的命运、人的感情，强调戏剧矛盾和戏剧冲突的创作手法，因此，对于刻意淡化戏剧矛盾和戏剧冲突"门可罗雀"的"现代派戏剧"，莫言持有"敬而远之"的态度。

契诃夫颠覆了传统的"戏剧性"，他的"静态戏剧""抒情戏剧"刻意弱化冲突矛盾，认为真正的"戏剧性"正是潜藏在日常平淡生活中的："一切都是那么复杂，同时又是那么简单，正如在生活里一样。人们吃饭，就是在吃饭，然而就在这当儿，有人走运了，有人倒霉了"①。莫言对契诃夫的戏剧观念提出了自己的看法："它（契诃夫的剧作）更像是一种生活流似的写作，家长里短的琐事，但我认为缺乏外部的戏剧张力。我对戏剧的接受是比较传统、比较保守的。"②

受到契诃夫戏剧美学观念的影响，西方的现代派戏剧不从大多数观众的审美习惯出发，而是从剧作家的"自我"出发，刻意淡化戏剧矛盾和冲突，不着力表现人物命运和感情，而是着重表现人物的生存状态，对此，莫言认为，虽然他们"在戏剧史上开创了独特的美学风格，成为不同的流派。但我认为戏剧还是需要观众坐在那里看的，它与小说不同，它要留得住观众"③。"太先锋会让人觉得太自我，只关注自己的小情绪、小感觉。"④

笔者在做"当下话剧生态调查"时发现，大多数观众看戏的首要目的是"消遣娱乐"，而作为高等教育接受者，超过40%的大学生两年内⑤步入剧场的频率为零。除了认为看戏票价高、交通不便，"不了解、看不懂"是导致大学生不看戏剧的重要原因之一⑥。由此可见，脱离观众审美习惯的戏剧注定不会有太多的接受者。相比之下，地方戏在民间向来重视娱乐性和思想性的结合，拥有百姓喜闻乐见的更广泛的接受度。童年时期体验过茂腔戏盛况的莫言，

---

① ［俄］安东·契诃夫：《契诃夫论文学》，汝龙译，人民文学出版社1982年版，第420页。
② 莫言指导博士生论文写作的谈话，2018年9月20日于北京师范大学国际写作中心。
③ 莫言指导博士生论文写作的谈话，2019年9月30日于北京师范大学国际写作中心。
④ 莫言、任鸣：《不是荆轲，是我们——首都剧场〈我们的荆轲〉》，《名汇FAMOUS》2011年9月，转自"Famous的博客"，见http://blog.sina.com.cn/s/blog_684f8a970100yw1b.html#common-Comment。
⑤ 两年指2013年和2014年，见潘耕：《当下话剧生态调查》，《中华读书报》2015年10月21日。
⑥ 潘耕：《当下话剧生态调查》，《中华读书报》2015年10月21日。

认为戏剧首先应该尊重观众的审美习惯，通俗易懂、寓教于乐，只有革故鼎新、雅俗共赏，将艺术性与商业性完美结合的戏剧，才能扩大接受群体，从而促进戏剧文化的繁荣和发展。莫言发现，无论是美国百老汇、伦敦西区还是日本的宝冢和歌舞伎、韩国的乱打戏的繁荣景象，皆做到传统与现代的融合。戏剧矛盾和冲突的激烈，仍然是戏剧最基本、最重要的表达。莫言说："像《妈妈咪呀》这样的音乐剧，虽然故事十分简单，但有着非常强烈的矛盾和戏剧悬念，足够把观众的心吊起来。"①日本歌舞伎中戏谑成分对残酷的消解给莫言留下了极为深刻的印象："千军万马的搏斗场面，象征性地像孩童玩耍一般，原本残酷的血腥场面，运用预先做好的道具做了喜剧化处理，冲淡了残酷性，台下的观众不是在害怕，而是在哈哈大笑。"②莫言指出，对于期待"消遣娱乐"的普通观众来讲，通俗、简单的叙事比深奥、复杂的情节更具有吸引力，在这样的情况下，戏剧的文学性和思想性更需要通过丰富、有趣的表达手段与风格来呈现。

在《我们的荆轲》中，莫言将古典语言、流行语言、民间语言和戏谑调侃语言相结合，并运用戏剧间离手法，打破剧场的"第四堵墙"，演员和观众频频互动，在嬉笑戏谑中解构历史，粉碎和重构被固化的英雄形象，指出人性共通的本质，演出的趣味性强，通俗易懂，寓教于乐。新作《鳄鱼》是莫言在成为剧作家道路上一个"大踏步"的前进，在传统现实主义的情节架构下，莫言对象征主义、荒诞派等现代戏剧手法有着前所未有的大胆运用，我们以往会在他小说中看到的一些魔幻现实成分，熟悉又惊喜地出现在这部作品里。一只象征着人类欲望的庞大的鳄鱼登上舞台，它与日俱增地生长，在池中不断地游动和翻腾，并能够开口与主人公对话、向观众宣判主人公的死亡。这样有趣的形式结合深邃的思想统一起来实在引人入胜，可以想象，演员、导演、舞台美术的二度创作一定会令它有更加精彩绝伦的舞台效果。

2023年10月，莫言在北京人民艺术剧院演讲时提到了他正在构思的话剧题材，是关于在20世纪40年代，被掳掠到日本北海道的中国人刘连仁的故事。刘连仁在逃脱后深居山林长达十四年之久，在他回到祖国后，莫言曾经采

---

① 莫言指导博士生论文写作的谈话，2019年9月30日于北京师范大学国际写作中心。
② 莫言指导博士生论文写作的谈话，2019年5月11日于北京师范大学国际写作中心。

访过这位老乡,并产生了许多感触与思考。这次,莫言将以他为原型,探寻人在绝望中诞生的生存本能与精神力量。对于写作风格,莫言说他在力求找到一种"天衣无缝的融合"①。结合易卜生与福瑟的剧作,莫言谈道,福瑟被称为"新易卜生",恐怕是因为两位作家都是挪威籍并皆以剧作享誉欧洲,但是他们的作品风格却相距甚远。福瑟的戏剧简单又深刻,人物的状态仿佛滔滔巨浪中上下浮动的小草,这种戏剧风格拥有独特的思想魅力和相对固定的受众,喜欢它的人会看得废寝忘食非常入迷,不喜欢它的人会认为不知所云。而易卜生的戏,如《玩偶之家》是非常传统的现实主义作品,讲究集中的时空、爆发式冲突与情节的巧合,它剖析和展现了许多重大的社会问题,揭露了社会的黑暗,批判了官僚的腐朽和愚昧,能够引发观众强烈的共鸣。无论是放在当时的欧洲、中国的五四时期还是当今社会,都会赢得许多观众的喜爱。莫言所说的"天衣无缝的融合",就是传统与现代的融合,他希望自己的剧作里既有矛盾冲突、跌宕的情节、酣畅淋漓的台词,满足喜爱传统现实主义戏剧的观众,同时又能纳入不同风格元素、表达哲学的思考、触及观众内心最柔软也最疼痛的地方,满足喜爱现代主义戏剧的那一部分观众。

三、遵循剧作规律与技巧

莫言在总结了处女作《离婚》的经验教训后,重新开始他的戏剧创作,在学习中创作,在创作中学习。他认真地重读中国话剧的经典剧作,也广泛地学习国外的戏剧作品,他的兴趣集中在对戏剧写作的方法和技巧上。由于戏剧受舞台时空所限,因此,必须遵循戏剧特有的规律,集中舞台时空内的戏剧张力,集中情节结构、情境环境和人物关系。

莫言的戏剧作品基本服从戏剧的"三一律",他认为,好的戏剧依然需要瑰丽奇幻的想象力和恢宏隆重的场面,但是,戏剧"三一律"限制了时空跳转的可能性,因此有必要突破"三一律"的藩篱。通过对国内外戏剧的观摩和思考,莫言的舞台时空观念发生了转变。无论是以色列戏剧《安魂曲》,表演者举着一个画框就可以代替运动马车及车内的人;还是歌舞伎中演员利用面具

---

① 莫言:《小说与戏剧》,北京人民艺术剧院演讲,北京人艺小剧场,2023 年 10 月 19 日。

讲述故事，老虎可以破画而出等，这些当代舞台上的象征性的写意表述，都可以在中国民间戏剧中找到根源。不求模仿生活的逼真，而求显示生活的意真，以虚求实，以简代繁，在莫言看来不仅是一种风格，而且是能够打破舞台时空界限的重要戏剧手段。当现实主义戏剧的舞台的束缚难以满足莫言天马行空的想象力时，他再一次"撤退"到中国传统戏剧的土壤中去，汲取国外戏剧的营养，寻找能够实现收纳万水千山，将乾坤万变显现于转瞬之间呈现在舞台上的方式，从而发现并运用了戏剧的根性之一——假定性，以此来展现他的"天马行空"的主观想象，表达丰富多彩的客观世界。

四、强调文学性与思想性

从 20 世纪 60 年代开始，欧洲戏剧进入"导演剧场"的时代，文学不再是戏剧的核心，取而代之的是"行为表演性"。中国戏剧在此思潮的影响下，出现了"去文本中心主义"倾向，文学被边缘化导致了舞台视觉狂欢、剧院"门前冷落鞍马稀"的后果。有趣的是，2019 年、2023 年的诺贝尔文学奖分别授予了彼得·汉克特和约恩·福瑟两位剧作家，这再次提醒世人，戏剧不仅是剧场里舞台上的表演艺术，而且是重要的文学体裁之一。

在题材和人物方面，莫言对戏剧和对其他的文体的观念是高度一致的，他坚信，唯有站在全人类的高度来书写人性、塑造人物，才能够沟通戏剧和观众的感情，引起观众的共鸣，才能赢得戏剧艺术尊严，从而成为经久不衰的传世之作。纵观古今中外的经典戏剧作品，概莫能外。

莫言曾以元杂剧《赵氏孤儿》为例说："西方对《赵氏孤儿》的评价，不亚于莎士比亚的《哈姆雷特》……我们要塑造一个能够在舞台上立起来的，能够让每个人看了以后灵魂受到震撼的这么一个人物形象，或者几个人物形象。……重点放在塑造人物、刻画人物上，通过事件，表现剧中人物那种复杂的精神活动，能够表现出不仅仅是人与人之间的激烈的矛盾冲突，更加表现出人内心深处的自我的矛盾冲突。"①

---

① 莫言：《在高密文艺创作座谈会上的讲话》，高密电视台《魅力高密》栏目组记录整理，2008年 2 月 10 日，见 http://maoqiangxi.blog.tianya.cn/blogger/post_read.asp？BlogID＝1197217&PostID＝18531202。

　　莫言认为,好的戏剧文学,首先是用台词讲述故事,塑造鲜活的人物。亚里士多德在《诗学》中提出戏剧的六要素,即情节、角色、思想、语言、音乐和景观,其中情节、角色、思想皆需要人物的台词来进行表达。对莫言来说,戏剧的核心永远是文学,文学即人学。戏剧就是一场人与人、人与社会、人与自然,特别是人与自我之间的酣畅淋漓的台词交锋。他说:"让角色代替我说话,说出更多更丰富的面相,那种快意比写小说还要强烈。"①这是因为戏剧必须通过动作(包括言语动作)来讲述故事,而非似小说一样利用叙述法,剧作家需要藏匿在人物之后,将动作、态度赋予剧中人物,为演员代言。

　　在莫言的剧作里,不仅主要人物塑造得饱满立体,次要人物也让人过目不忘。塑造多个人物在小说创作里并非难事,但在戏剧的有限时空内,用代言体刻画群像与复杂的人物关系,是非常考验剧作者写作能力与技巧的。《我们的荆轲》中的高渐离、秦舞阳、狗屠、田光、太子丹等人的语言都各有风格,只需一两句台词就能凸显出人物独特的性格色彩与精神风貌,他们在历史中的形象也得到了重塑。《鳄鱼》则是莫言戏剧中篇幅最长、人物最多的作品,而且与《我们的荆轲》和《锦衣》这样人物较多的剧作不同的是,《鳄鱼》中十余个次要人物的出场基本上是从头贯穿到尾的,他们并不完全围绕某一特殊事件而存在,也不针对主要人物产生相应的戏剧动作,这就要求剧作者给每个人物都要设计相对完整的生活经历与个性内涵,并将这些在他们各自的言语动作中体现出来,莫言游刃有余地完成了这样的写作,这得益于他熟读中国古典小说,掌握白描写作手法,能够抓住人物与众不同的样貌特点和语言风格,单刀直入,简洁有力,在对白里塑造人物形象,在冲突中表达人物思想。因此,无论是瘦马、慕飞、牛布还是灯罩,一位位性格鲜活的人物都跃然纸上,在看似插科打诨的日常生活与言语戏谑中,完成了一个众声喧哗、群魔乱舞的时空隐喻。《鳄鱼》也就此成为莫言在群像人物写作上有重要突破的一部剧作。

　　而对于台词的风格,莫言如此说:"我认为从文学的层面上,戏分为两种:一种是特别生活化的语言;一种是文学色彩非常浓郁的语言,它具有浪漫主义

---

　　①　莫言、任鸣:《不是荆轲,是我们——首都剧场〈我们的荆轲〉》,《名汇 FAMOUS》2011 年 9 月,转自"Famous 的博客",http://blog.sina.com.cn/s/blog_684f8a970100yw1b.html#commonComment。

色彩的,像莎士比亚、曹禺、郭沫若的作品。我个人偏好这种文学色彩强的戏剧文学,我认为既然上了舞台,语言就要有诗意,有古典的文采。"①《我们的荆轲》中流光溢彩、气贯长虹的台词确实有莎士比亚台词古典美的遗风,其中几段洋洋洒洒的台词因过于"书面化",经过编剧和导演的沟通与调整,依据当代观众心理,添加了一些日常口语,寻找到了一种更为适应剧场性的平衡。戏剧文学在排演过程中,可集结剧作人员的集体智慧进行调和的性质,让莫言对剧场和观众有了更深的了解和喜爱。

　　莫言对语言和写作技巧的高度关注,其目的是更好地表达思想感情,阐释人生的价值与意义。戏剧自诞生之时就被赋予了阐释人生意义的使命。戏剧评论家丁罗男在"戏剧与文学关系的反思"学术研讨会上指出:"文学性不能局限于表面语言的问题……文学最核心的东西是人文关怀,是一个思想的问题……"②人文思想的缺失,导致当下的一些戏剧作品仅停留在社会学层面,而没有进入哲学、人类学的层面。古代哲人曾经说,形而之下谓之器,形而之上谓之道。戏剧的技巧性属于"器",戏剧的思想性可称之为"道"。莫言对戏剧的关注并没有仅仅停留在摸索戏剧技巧和舞台表达的形式上,而是寻源问道,不断求索。莫言视思想性为戏剧的生命,所有的戏剧技巧都是为思想性服务。从他对莎士比亚剧本的挚爱,以及他创作的几部戏剧,我们可以清楚地看到莫言不满足于戏剧所带来的娱乐趣味,不满足于戏剧中所炫耀的手法技巧,而是强调通过完美的戏剧手段来表达思想性。《我们的荆轲》中荆轲的独白"高人论",非常有代表性地展现了莫言对人类生存状态的忧虑与思考、对人类精神家园的终极关怀。《鳄鱼》里,单无惮在自溺中自省的独白、鳄鱼对单无惮摄人心魄的审判,就好似来自欲望与罪恶的深渊谷底的呼喊与警示。在莫言的戏剧观念中,思想性永远是戏剧的生命,文学性永远是戏剧的核心,只有思想性和文学性完美地结合,才能赋予戏剧内涵的精彩和意义的深远,才能使作品成为绽放永恒光彩的经典。

　　戏剧不仅一直是莫言的兴趣爱好,始终渗透在他的生活与写作中,而且莫

---

①　莫言指导博士生论文写作的谈话,2019 年 5 月 11 日于北京师范大学国际写作中心。
②　转引自金莹:《戏剧与文学:依附还是对抗?》,《文学报》2015 年 7 月 2 日。

言在有意识地、谦逊地以"学徒"心态了解、关心、学习、思考戏剧。在此过程中，一方面，莫言形成了自己独特的戏剧价值观，并在戏剧创作方面得以体现；另一方面，他的戏剧观念和戏剧创作手法和技巧仍然在持续进行的戏剧阅读和观摩过程中更新与提升。

第二章　莫言与"类戏剧"说书艺术

2012 年 12 月 2 日,莫言在瑞典文学院报告大厅发表了诺贝尔文学奖得主演讲《讲故事的人》。在演讲中,莫言提到自己在童年辍学后是用耳朵在阅读的,指的是在集市上听说书人、在村里听老百姓和家人讲历史故事、奇闻轶事的经历。这再一次引起了学者们对传统说书艺术与莫言作品之间紧密连接的关注。

实际上,早在 1999 年,莫言就首次提出了"用耳朵阅读"的概念。之后,他又多次在演讲和访谈(《檀香刑·后记》《我的写作经验》《中国小说传统》《讲故事的人》等)中对其重要性进行了强调说明。莫言认为,从乡野民间听来的口头文学对作家的滋养很可能比纸面阅读带来的影响更为重要。他如此解释道:"书面的东西是别人写出来的,你读了以后不可能直接地变成小说艺术,而我们用耳朵阅读了这些东西,对一个作家来讲是非常宝贵的创作资源。"[①]确实,无论在叙事内容还是表达方式上,说书艺术与纸面文字都有所不同。但莫言提到的"用耳朵阅读"即说书、讲故事,为何是"宝贵的创作资源"呢? 相比文字阅读,说书艺术对于创作者的影响究竟有哪些呢?

李敬泽曾在《莫言与中国精神》中曾提到,传统的说书人需要经过长时间的训练,他可能比做一名现代小说家要难得多,因为"现代小说家可以放纵自己,哪怕把读者吓跑或气跑,而一个说书人的至高伦理是观众必须在,一个都

---

① 　莫言:《细节与真实》,载《用耳朵阅读》,作家出版社 2012 年版,第 117 页。

不能少"①。笔者非常赞同李敬泽的说法,说书人或讲故事的人必须具有极为敏锐的"听众/观众在场意识",这是与小说写作者最大的区别,这种区别产生的根源之一是两者的受众不同。小说文字面对的接受群体是读者,阅读是个人化的体验活动,每个人可以按照自己的喜好来选择性阅读,也可以根据自身情况和具体兴趣随时中断阅读;小说艺术是现场讲述,面对的是听众,尤其是专业说书艺人在面对群体听众时,必须考虑讲述内容的一波三折、精彩生动,从而才能引起听众的兴趣,照顾观众的即刻反应,即便是要在长篇连续故事讲述中做中断,也应是说书人为了听众下次回到书场继续听故事而设置的悬念扣子作为情节的节点。

另外,说书的艺术的独特魅力还在于其表现方式除了讲述之外,还常常会运用一些肢体、神情表演扮演故事中的不同角色。"扮演"不是叙事文学的重点,确实是戏剧艺术的核心。也就是说,说书人要面对的不仅仅是"用耳朵阅读"的听众,而且也是"用眼睛观看"的观众。因此,说书人必须具备"听众/观众在场意识"。

想要探寻说书艺术在叙事功能、人物塑造、文字表达、表演性质等方面对莫言创作的影响,首先要从莫言童年和少年时期接触的说书人谈起。

第一节　莫言生活中接触的两种说书艺术

一、非职业说书:民众间的口口相传

中国的说书艺术起源于民间,最初是人们在劳动过程中或劳动休息时说讲故事的活动。在莫言成长的山东高密大栏乡平安庄,村民们平日里也多忙于农作,文化程度并不高,但那里却是民间故事的宝库,也是便于故事口口相传、代代相继的天然场所。

在成长过程中,莫言身边许多亲近的人都是讲故事的能手,他的母亲就是

---

① 李敬泽:《莫言与中国精神》,《小说评论》2003 年第 1 期。

其中一位。莫言曾回忆过童年听母亲讲过的一个公鸡化为男子与女子恋爱的故事：

> 有一位地主家的姑娘待字闺中,她母亲却经常在半夜听到这姑娘闺房中传出男女谈笑的声音,于是她母亲跑来问女儿这是咋回事?女儿告诉母亲说,一到深夜,就有一个年轻帅气的小伙子来和她幽会,他穿着一身金光闪闪的衣服。母亲对她说这必是妖孽,要她在这小伙子下次来的时候把他的衣服藏起来,女儿听了母亲的话后,真的把小伙子的锦衣藏到了一个柜子里,后来小伙子很无奈地在天明时分走了。第二天,这姑娘打开衣柜一看,柜子里一地鸡毛。①

这故事让人想起《聊斋志异》中有一篇同为"人鸡幻化"的《冯木匠》,讲的是一只红色的鸡因敬慕冯木匠的为人,便化作十六岁少女与之相好,但冯木匠发现他人看不到少女的样子,心生疑虑,请来法师驱邪。少女悲痛欲绝,留下类似"缘分有天数,该去的留不住"的叹息后便与冯告别消失了。

母亲给莫言讲的故事与《冯木匠》很为相似,其中最大的区别是男女主角的性别发生了对调。莫言在当时的年纪是否读过蒲松龄,笔者并不了解,他听到的故事与《冯木匠》之间是怎样的关联也不得而知,但这个充满浓厚奇幻色彩的民间口述故事在他记忆中留下了极为深刻的印象。在母亲的讲述中,这个由公鸡异化的人年轻帅气、金光闪闪、每日按时赴约、与姑娘欢乐谈笑,即便在真实身份被发现后,他也只是带着惋惜离去,从始至终对人类并无恶意。但在人的眼中,它却是妖孽,对其充满了猜忌和恐惧。母亲的讲述很可能比莫言的回忆篇幅更长,细节更为丰富,但总体来说,这个故事短小精悍但又曲折精彩,寥寥数语里包含了不同人物的三次"发现"和随即做出的戏剧动作来推动情节的展开。第一次"发现"是母亲听到女儿的闺房中每夜有谈笑声,便让女儿藏起男孩的衣服;第二次"发现"是男孩发现衣服不见了,也就是"发现"了自己真实身份暴露了,所以无奈离开;第三次"发现"是女孩儿看到满柜子都是鸡毛⋯⋯故事到这里戛然而止,留下一个开放式的结尾,女孩儿接下来的戏

---

① 《莫言谈戏曲文学剧本〈锦衣〉:灵感来自母亲讲的一个故事》,中国作家网对莫言的采访,2017年9月1日,见 https://culture.china.com/art/11159887/20170901/31252321_all.html。

剧动作和故事究竟会如何发展，就要靠听故事的人自己去想象和补充了。在前文中，笔者曾论述自古希腊以来，戏剧就非常重视"发现"与"突转"，即人物对某事从不知情到知情的过程以及在知情后做出戏剧动作，从而使情节走向发生转折，导向结局。从这一点来分析，这个小故事包含了丰富的戏剧性，而且，不同于一般现实主义的叙事，它打破了人与非人之间的界限，将对立的身份、悲喜的交叠、惊奇的转折以及现实、奇幻、浪漫主义色彩融为一体，充满了想象力，留给人无限的遐想和思索空间。

2017 年，莫言创作了戏曲剧本《锦衣》，剧本的故事原型素材便是母亲讲给他的这则故事。《锦衣》讲述的是留日爱国革命党人季星官乔潜回乡，抗衡权贵、伸张正义，后又化身锦羽鸡与春莲相恋，最终修成正果的故事。莫言描述它是一部"革命党举义攻打县城的历史叙事与公鸡变人的鬼怪故事融合在一起，成为亦真亦幻的警世文本"①。剧作采用的结构是双线叙事，如若仅取其中一条线索来讲故事，不免会显得单薄寡淡，也难以撑起一部戏剧，但莫言巧妙地将两者糅合为一体，就形成了既魔幻又厚重的戏剧文本。人鸡幻化的鬼怪故事因历史叙事有了现实时空的载体和深刻的寓意；历史叙事也因鬼怪故事充满了魔幻色彩与象征的含义。

在莫言最亲近的人中，爷爷也是说故事的高手。除了奇幻故事，莫言的爷爷还非常喜爱讲述历史故事、背诵诗词戏文。莫言的大哥管谟贤在《莫言小说中的人和事》里回忆了满腹故事、博闻强记的爷爷："从三皇五帝至民国的历史变迁，改朝换代的名人轶事，他可以一桩桩一件件讲个头头是道；不少诗词戏文他可以背诵。……至于那满肚子的神仙鬼怪故事，名人名胜的传说，更是子孙辈春日河堤上、冬季炕头上百听不厌的精神食粮。我有时候想，爷爷要是有文化，没准也会当作家。"②莫言作品中的大量的民间故事都来源于他的爷爷。譬如《红高粱家族》中的翰林出殡，一口奇重无比的棺材数日里无人能抬，最终引来了一个不同凡响的后生；《爆炸》中，狐狸像扔火球一样在夜里炼丹、点鬼火给夜晚迷路的人带路；《金发婴儿》里的八个泥瓦匠在庙中避雨，但

① 莫言：《锦衣》，《人民文学》2017 年第 9 期。
② 管谟贤：《莫言小说中的人和事》，载《大哥说莫言》，山东人民出版社 2013 年版，第 21 页。

其中一人死在庙外,庙宇也忽然坍塌……在这里,我们并没有摘录莫言小说原文里对这几个场景的具体书写,但即便是剥离小说艺术的再创作与再加工,我们依旧能看到精彩的故事原型内核和情境设置,它们的传奇性和戏剧性超越了很多人的想象力范畴,莫言也感叹自己曾听到的一些故事,比自己写出来的还要精彩得多。"故事"确实在莫言的小说创作理念中占据至关重要的地位,他明确表达过"写小说其实就是讲故事"①、"如果没有一个好故事,语言也无处附丽"②。虽然莫言很小就辍学在家,缺失初高中完整教育,他的母亲、爷爷等亲人也并没有培养他写作能力的文化教育意识,但他们的讲述使莫言时常处在民间故事的浸染中。从这一点上来说,他们正是莫言文学创作道路上最好的启蒙者和领路人。

实际上,不仅莫言的亲人,会讲故事的人在高密乡村遍野皆是,把莫言家乡称为"故事乡"也不算夸张,莫言曾这样描述:"我把周围几个村子里的那几本书读完之后,就与书本脱离了关系。我的知识基本上是用耳朵听来的。……除了我的爷爷奶奶大爷爷之外,村子里凡是上了点岁数的人,都是满肚子的故事,我在与他们相处的几十年里,从他们嘴里听说过的故事实在是难以计数。……也不仅仅是上了岁数的人才开始讲故事,有时候年轻人甚至小孩子也讲故事。"③

莫言的很多小说里都展现了农民讲故事的情景,例如《木匠与狗》《姑妈的宝刀》《草鞋窨子》《生死疲劳》《四十一炮》等。

《木匠与狗》中,终日无所事事的管大爷每日都来钻圈家转悠,因家里的大人们忙于木匠活儿,闲汉管大爷就给年幼的钻圈讲"木匠与狗"的故事。在小说的结尾处,时隔多年后,老年钻圈又把"木匠与狗"讲给了村里围着他听故事的孩子们,其中一个孩子在三十年后写小说《木匠与狗》。狗因为被打记仇,给主人挖了墓穴并与主人搏斗,这个故事在清代赵吉士的《寄园寄所寄》

① 莫言:《用耳朵阅读》,载《用耳朵阅读》,作家出版社2012年版,第57页。
② 莫言:《故乡·梦幻·传说·现实》,载《莫言对话新录》,文化艺术出版社2010年版,第411页。
③ 莫言:《用耳朵阅读·悉尼大学2001年5月17日》,载《用耳朵阅读》,作家出版社2012年版,第56页。

和许奉恩写的一篇《犬妖》里能寻到一些踪迹，在民间也广为流传。莫言很有可能是小时候听了民间传说后记忆深刻，将其丰富后作为他小说的一条线索，而且，这篇小说也从侧面展现了民间百姓一代又一代、不分时间地点将故事口口相传的场景。

在《姑妈的宝刀》里，生产队饲养员张老三和儿子张大力因口才好、出语滑稽，深受村民喜爱。书中描述道：大伙儿经常"坐在第一生产小队的铁钟下，一边看铁匠打铁，一边听张老三讲故事"①、"村里大多数的男孩子，都愿意跟他（张大力）去放牛割草"②。"我"对张大力极为崇拜，不仅因为他讲了"神奇宝刀"和其他许多鬼怪、武侠、神魔故事，而且他讲故事时，有一种让我"折服的力量，似乎他讲述的一切都是他亲眼看到了"③。

《草鞋窨子》展现了村民们夜晚聚在窨子里编织草鞋、讲故事的场景。小说中的小炉匠"小轱辘子"常年串四乡，专讲听来的各种乡间鬼怪故事；往返于北海的虾酱贩于大身则爱讲花事趣事。大伙儿对他们讲的故事很是痴迷："小轱辘子和于大身一下窨子，我马上就有了精神，五叔也停下手，掏出纸、烟盒包卷烟。"讲故事的人绘声绘色，听故事的人聚精会神，大家不时地因故事中或恐怖或神奇的地方发出赞叹和嬉笑之声，原本阴冷的窨子也变成了温暖有趣的故事会场。

类似讲故事的场景描述，在莫言的小说中还有很多。可以看到，娱乐活动严重缺乏的乡村里，在人们劳动间隙的田间地头，在灯光微弱的漫漫长夜，人们热衷于围坐在一起，讲着故事、听着故事，这便是村民日常生活中最日常、最重要的文化娱乐活动。

这些百姓口口相传的"非职业说书"虽然难以达到职业说书的专业水准，但在许多方面，却有着职业说书并不具备的特点与优势：

第一，在题材内容上，"非职业说书"多为民间传闻、历史传奇和鬼怪精灵故事，其中，以鬼怪精灵故事最为普遍和突出。莫言本人也发现，蒲松龄写的很多神鬼故事，他在童年时期都曾经听大人们说过，这是职业说书人较少涉及

---

① 莫言：《木匠与狗》，载《与大师约会》，作家出版社2012年版，第149页。
② 莫言：《木匠与狗》，载《与大师约会》，作家出版社2012年版，第149页。
③ 莫言：《木匠与狗》，载《与大师约会》，作家出版社2012年版，第149页。

的内容。莫言曾谈到这些故事给他的感受:"死人与活人之间没有明确的界限,动物、植物之间也没有明确的界限"。这种宇宙万物皆有灵、万物皆平等的奇幻讲述给莫言留下了"神秘恐怖,但十分迷人"①的印象,对他小说创作的传奇性和魔幻性有着至关重要的影响。

第二,在表现形式上,"非职业说书"是一种无拘无束的讲述,这种讲述即兴、轻松,在内容、形式、篇幅、讲故事的时间、空间等诸多方面都不受任何束缚。随意的内容,自由的时空,开阔的题材,给莫言提供了极为丰富的创作构思资源和天马行空的想象空间。

第三,从讲述者与听众的关系上来看,"非职业说书"构成了自然生动的小剧场场域。虽然这些讲故事的民间百姓并非职业说书人,但讲故事毕竟有别于纸面阅读。讲述者声音的抑扬顿挫、面部表情体现的爱恨情仇、肢体语言的舒缓开合,都是十分鲜活立体的表演。而且,这样的讲述多发生于熟识、亲近的人之间,更容易产生对故事当即的、直接的反应,因而也更容易促成讲与听之间的热烈互动,形成听戏与看戏的小剧场。

二、职业说书:集市说书与盲人说书

胡士莹在《话本小说概论》中总结了说书艺术从起源至清代形成的三种基本形式:(1)纯用散文的长篇说书,如山东快书、各地的评话等;(2)韵散结合的长篇说书,如鼓词、弹词、河南坠子等;(3)基本上纯用韵文的短篇说书,如大鼓、单弦以及弹词、坠子的开篇等②。以上三种形式都是通过说唱讲故事,有的侧重于"说",有的侧重于"唱"。结合莫言的回忆来看,他接触过的说书艺术主要有两种:"纯散文式"说书和"说唱兼并式"说书。

"纯散文式"说书,指的是莫言常提到的出现在集市上的说书人的表演,表演方式一般为左右手各持一鸳鸯板,击板叙说,没有歌唱,说书人依靠语言的节奏感,在模仿时语音语调会产生变化,经典的内容是《武松传》之类的民间英雄故事。这种形式类似于我们现在仍能看到的山东快书,在我国极负盛

---

① 莫言:《用耳朵阅读·悉尼大学 2001 年 5 月 17 日》,载《用耳朵阅读》,作家出版社 2012年版,第 56 页。

② 胡士莹:《话本小说概论》(下),商务印书馆 2011 年版,第 780 页。

名的山东快书表演艺术家高元钧的表演中,可以寻找到一些痕迹。这种说书形式有时还会出现在乡村戏剧开场之前,为了平复观众情绪,消磨延宕开场时间,说书人便会出来说上一两段,作为正戏开场前的一种"垫场"或"热场"。

"说唱兼并"的说书形式,是莫言青少年时期接触的另一种说书——盲人说书,又叫作"盲人大鼓书"。这是一种发源于即墨,流传于山东半岛地区的说唱艺术,它兴盛于清末民初,有近300年历史。它基本上以唱腔为主,中间穿插少量道白。盲人说书人一手持板,一手击鼓,旁边有专人用三弦伴奏。内容则多取材于当地民间喜闻乐见的历史演义、武侠小说,如《西游记》《水浒传》《七侠五义》等。新中国成立后,莫言幼年时听到的多是《林海雪原》《红岩》等红色经典文学内容。

盲人大鼓书的表演形式更加自由,不受场地束缚,莫言依然清晰地记得小时候听说书人讲《红岩》的情形:"常常就是在学校的广场上,老百姓饭后支上一桌子,有时点一盏马灯,有时干脆连灯都不点,说书人就开始唱了"①。虽然这些民间艺术家的文化程度有限,唱词简单易懂,但内容与表演的生动性和感染力是不可忽视的。盲人说书人不仅边演边唱,还会加一些评论。莫言至今都记得说书人在讲到《红岩》里甫志高的时候,停下对情节的描述,对其进行滑稽的讽刺:"这个甫志高,中国爹,美国娘,蒜薹脖子一丈长"②,引得民众们哄堂大笑、议论纷纷。类似的描述我们在他的小说里也可以找到。

在长篇小说《食草家族》里,王先生对孪生兄弟讲述奸臣钱广如此描述道:

> 说有个奸臣名叫钱广,说起钱广这个奸臣,可不是个好东西!他是中国爹美国娘,蒜薹脖子一丈多长,双腿罗圈着好像弹簧。他是吃铁丝拉弹簧——一肚子弯弯肠子,满肚子都是坏水儿。③

在《天堂蒜薹之歌》里,则出现了说书人讲《红岩》的场景:

> 二胡宛转悠扬,张扣顿喉歌唱讲《红岩》:"金壳的手表手上戴,蒜薹脖子一丈多长。这小子还是个虾米腰,这小子是中国爹美国娘,做出了一

---

① 莫言指导博士生论文写作的谈话,2019年5月11日于北京师范大学国际写作中心。
② 莫言指导博士生论文写作的谈话,2019年5月11日于北京师范大学国际写作中心。
③ 莫言:《食草家族》,作家出版社2012年版,第278页。

个活阎王。"①

可见,说书人夸张有趣的言语表达和热闹的现场氛围,深深地刻在了莫言的记忆里,也被他或有意识或下意识地移植到自己的文学创作里。

非职业说书人与职业说书人讲述的故事,给童少年时期的莫言提供了天然的、丰饶的故事宝库。同时,说书时的立体表演与观演关系形成了一个"类戏剧"的环境,为莫言本土性和戏剧性的创作奠定了坚实的基础。说书艺术对莫言陶染留下的痕迹在他的作品中处处可见,有时体现为像《天堂蒜薹之歌》中的张扣,作为重要人物出场,用20多段说唱发出民间之声来完成和丰满叙事;有时候像《司令的女人》中的"我"一样调皮捣蛋、抑扬顿挫的四言韵词;有时候则拓宽为各类民间故事的讲述(莫言的小说中嵌入的民间故事多达79处②)。这些讲述者无论是全知叙述者还是具体人物,转述方式无论是直述、转述还是引述,这些故事的背后都有一个隐藏的现代说书人——莫言。

随着不断地创作,莫言越来越清晰地意识到说书传统的重要性,也更加自觉地从记忆中的说书故事宝库中汲取素材与能量。他说:"从《檀香刑》这部小说开始,我终于从后台跳到了前台。……我感觉到自己是站在一个广场上,面对着许多听众,绘声绘色地讲述。这是世界小说的传统,更是中国小说的传统。"③在《生死疲劳》出版后的采访中,莫言更加明确表示,想要恢复说书人的传统,以说书人的姿态出现。从无意识到有意识地学习和借鉴说书艺术,成为莫言创作的一大优势和特点。

第二节 说书艺术的戏剧性

一、单元性结构:长篇叙事的结构与技巧

2014年10月27日,根据莫言同名小说改编的电视剧《红高粱》在北京、

① 莫言:《天堂蒜薹之歌》,作家出版社2012年版,第19—20页。
② 张相宽:《莫言小说创作与中国口头文学传统》,博士学位论文,山东大学2017年。
③ 莫言、管笑笑、潘耕:《盛典——诺奖之行》,长江文艺出版社2013年版,第80—81页。

山东、上海、浙江四个省级卫视首播。开播后的第二周,收视率均超过 1%,其中山东卫视、北京卫视收视率超过 1.5%;在百度搜索、视频点击方面,也一直高居同时期电视剧榜单的榜首。网络播放量三周即突破 25 亿的成绩,一举刷新电视剧网络播放纪录,成为当之无愧的年度现象级巨制。

莫言不仅是原著作者,而且亲身参与了电视剧的编剧工作,在人物设置和故事叙述上予以具体指导与建议。因原小说的叙述中包含许多的人物心理描写,且一些魔幻色彩的篇章不适于电视剧艺术的视听呈现。莫言认为,电视剧本的改编需要在原小说基础上剥离掉一些内容,另外还必须增添一些人物,扩充许多情节,才能满足五十集电视剧的文学体量。例如,莫言提议加重县长曹梦九(电视剧中名为朱豪三)的戏份,一来在历史上确有其人,二来从能找到的史料上来看,这个人物"有戏可做"。从性格上来说,曹梦九特立独行,自廪生李新斋编的一副形容他的对联"一阵风一阵雨一阵晴天,半是文半是武半是野蛮"中便可得知曹梦九性情不定,让人捉摸不透;从人物行动上来讲,他初来乍到高密做县长时,便决意让老百姓能过上夜不闭户的日子,因此下令禁烟、禁毒、剿匪,并严格惩戒违反者,这样一来,许多人的利益受到了损害,从而能够引发剧烈的矛盾冲突;从人物关系上来讲,他既是县长,与高密各行各业三教九流都有关联,又是九儿的干爹,与九儿、余占鳌有着复杂的恩怨情仇。因此,挖掘和展开对此人物的书写,可以生发许多错综复杂的戏剧冲突与戏剧性情节。

莫言认为,说书艺术、章回体小说和电视剧三种艺术形式,都具有"情节曲折、故事性强"的特点,它们的本质都是"对大型、长篇故事的连续讲述,在篇幅和结构,甚至讲故事的技巧上有相似之处"①。那么,这三者的相似之处究竟是什么呢?

说书艺术在经历了说话技艺、唐传奇、话本等阶段后,发展成为口头文学最成熟的表现形式。话本作为宋代以来说话人讲演故事所用的底本,在书面上形成话本小说,最终发展为中国白话通俗小说,而章回体小说作为中国古典长篇小说的主要形式,亦是由宋元时期的"讲史话本"发展而来的。一部长篇

_____

① 莫言指导博士生论文写作的谈话,2019 年 5 月 11 日于北京师范大学国际写作中心。

大书的说书时间可长达两三个月,情节由大大小小的单元组成。它常常包括几个大的段落,在评书中俗称为"柁子",即一个单元故事(或中心事件,如《水浒传》中的"三打祝家庄");一个"柁子"又分为几个"梁子",每个"梁子"也都会有故事的起承转合;一个"梁子"又会有若干个"小扣子",即戏剧悬念。这种叙事的单元性结构与电视剧极为相似,它非常有利于展现情节跨度大、人物众多、关系错综复杂的叙事,并且接连不断地将故事讲下去。

中央戏剧学院文学系教授杨健在《拉片子》一书中剖析了电视剧的戏剧性结构布局:"电视剧的故事结构,类似于长篇小说,可以展开广阔的生活场景和宏大的思想主题,是一种史诗性的艺术体裁。"①"电视剧作为一种史诗性叙事,明显地带有叙事单元的结构特点……全剧的大结构呈现出以开端、发展、高潮、结局为结构单元的布局,在各部分,也都同构于这一布局……"②

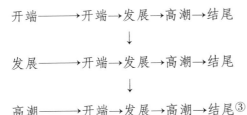

每个戏剧性结构的整体包含开端、发展、高潮、结尾四个部分。而开端/发展/高潮各部之中,又蕴含着各自的开端、发展、高潮、结尾。在这种有机循环运动的叙事结构中,由于叙事单元可以无限分割循环,因此形成了诸多的大小单元的组合——"它们相对独立又相互同构,环环相扣,正是这种有机的构成,才使整个戏剧叙事体系,可能无限地分割或扩展,同时仍然可以构成连接、共融的系统。"④

《水浒传》《三国演义》和《西游记》三部中国小说经典皆以话本作为基础,它们在当代也都被成功地改编成为电视剧。可以说,这三部小说分别代表了不同的长篇故事讲述结构。《水浒传》和《三国演义》是以线性叙事为主的

①　杨健:《拉片子》,作家出版社 2007 年版,第 225 页。
②　杨健:《拉片子》,作家出版社 2007 年版,第 203 页。
③　杨健:《拉片子》,作家出版社 2007 年版,第 204 页。
④　杨健:《拉片子》,作家出版社 2007 年版,第 203—204 页。

"电视连续剧"结构。其中,《水浒传》是"一线多点"的,"一线"是众英雄汇聚梁山的行动线,"多点"是对各路英雄传奇故事的分述;《三国演义》是"多线多点"的,人物数量众多,线索相互交错。《西游记》则混合了线性"电视连续剧"和散点"电视系列剧"结构特点:在"师徒降魔"的情节以线性推进过程中,"徒弟救师父"的周期性情节不断地循环复制。但相同的是,这三部小说都采用了单元性往复循环发展的叙事结构,以此来展开长篇、大型的故事讲述。

莫言的长篇小说同样具备这样的单元性叙事结构。《生死疲劳》是最为鲜明的例子。李敬泽认为,中国古代长篇小说文体章回体在中国现当代文学史中已经成为一种"死掉的文体",而《生死疲劳》则以一种"特定的叙事态度"让章回体"活过来重振尊严"。对此,莫言认为,《生死疲劳》虽然"不完全是一部章回体小说",但他确实"希望让读者通过阅读这部小说怀念中国古典小说",而且"从深层考虑,是想恢复古典小说中说书人的传统。因为章回体小说一般是从话本小说演变而来,是话本小说之后相对成熟的小说形式,作者作为说书人的姿态出现"①。

《生死疲劳》除去"第五部 结局与开端",共五十三章,包含庞杂众多的人物及叙事线索,故事情节贯穿中国五十年历史。莫言在《生死疲劳》创作过程中,为了避免"形式和内容的结合不熨帖"、增强故事的可读性,从技术上向中国古典小说和民间文化寻求灵感,采用了章回体这种说书式的叙事方式:"读者在阅读的时候,章节之间的界限也有些模糊,读着这一章可能就忘记了上一章。后来,我想是不是可以给每一章起个小标题。这倒是我们现代小说里常用的手段,但小标题很难把这一章的内容概括,就想到用章回体,因为章回体的标题字数多,能够全面地把这一章的内容概括出来。"②

章回体作为与说书艺术一脉相承的大型故事讲述形式,具有鲜明而统一的外部结构。它同样是一种"单元性叙事结构",将长篇故事切割为篇幅长度大体相等的若干回,分章回讲述故事。在莫言看来,章回体"不仅仅是一种形

① 莫言、李敬泽:《向中国古典小说致敬》,《当代作家评论》2006年第2期。
② 莫言、李敬泽:《向中国古典小说致敬》,《当代作家评论》2006年第2期。

式,也是叙事的一种节奏,它在编故事的时候,事先想到一种关节,一种转折"①。

莫言运用章回体所做的"技术上的处理"实际上包含了两个问题:其一,提炼概述每章内容。莫言选择七言双句回目,对应每章的前后部分情节,有"列纲题目"之作用,使得复杂多变的情节一目了然。其二,章节回目之间的勾连关系。章回体之所以分章回目,正是因为每一章的内容在情节链上存在着"界限",即每一章有相对独立的起承转合,而在它们彼此之间又有相互交错的镶嵌关系。如《生死疲劳》"第一部 驴折腾"的第十章"受宠爱光荣驮县长,遇不测悲惨折前蹄"与第十一章"英雄相助装义蹄,饥民残杀分驴尸",标题和内容都显示了第十章的下半回的情节延续到下一章上半回,第十一章的上半回回应前一章。诸如此类的情况,章回之间,预叙、转折、照应、递进、承继等关系可以清晰呈现。将章目按照"单元性叙事结构"分布,非常类似于说书人在讲述故事前所做的功课,正如俗话所讲:"说书虽小道,事事有根由;纲目是灵魂,梁柱必须有。梗子要理顺,艺术要讲究;步步往上升,入活吐结构……"在故事梗概厘清之后,明确梁柱即情节线索,衡量讲述规模,而后确立各部分内容的发生、发展、高潮、结局、人物的出场收场,故事情节之间的剪切与衔接,以做到驾轻就熟、吞吐自如。

莫言在《生死疲劳》中对章回体的运用是对传统说书讲述与中国古典小说的回归,是对传统的戏剧性结构的回归,也是对普通大众老百姓读者观者——"听故事的人"的需求的回归,正如李敬泽所描述的莫言的"贡献":"他让我们看到了一种可能性,他重新接通了我们民族伟大叙事传统之间的活生生的血肉联系"②,同时也传达出人在生命的轮转中顽强与坚韧不息的精神力量。

"单元性"结构内部与外部内容紧密连接,环环相扣,不断重复,直至整部小说形成一个稳固齐整的外部结构。结构具有强大的文本构造、凝聚能力,它

---

① 莫言、崔立秋:《不同的声音是好事——莫言回应对〈生死疲劳〉的批评》,《文学报》2012年11月7日。

② 莫言、李敬泽:《向中国古典小说致敬》,《当代作家评论》2006年第2期。

如同一个能够处理、提升叙事完整性、清晰性与章节关系的框架整理器,非常有利于装载史诗性宏大叙事。

二、无扣不成书:戏剧悬念与戏剧节奏

说书艺术是一种现场即兴表演艺术。观众的现场反应,是衡量和检验说书艺术质量的镜子。故事讲得精彩,观众喜闻乐见;故事讲得平淡,便会遭遇冷场甚至听众的离场。因此,面对听众,说书人需要具备自觉的"听众在场意识",故事讲述必须精彩绝伦、一波三折、跌宕起伏,才能留得住听众,赢得满堂喝彩。在叙事上,除了"陈述"情节,说书人还需要适当的"发挥"以引起听众兴趣。

莫言在回忆童年家乡集市上的说书人王登科时,曾阐述说书艺术的魅力:"(说书艺术)包含无数代说书人的智慧,已经有了很高的艺术性……听王登科念书,我可以闭着眼,静静地听,全部的身心是跟着故事走,跟着人物的命运走,这样的听书,已经近于阅读,是一种用耳朵的阅读。当然,这样的书,是在说书人口头讲述的基础上加工整理的,起初是为说书人准备的,因此留有说话的痕迹,起承转合,得胜头回,先声夺人,花开两朵,先正一枝,欲知结局如何,且听下回分解,等等。"①说书艺术的情节关键转折节点和章回小说回目之后都会经常用到的"欲知后事如何? 且听下回分解"是吸引读者和观众注意力的"法宝",这在说书人的术语中叫作"扣子"。俗话讲:"看戏看轴儿,听书听扣儿"。在说书艺术中,"扣子"又称"关子",实际上就是戏剧悬念。李渔在《闲情偶寄》里指出:"戏剧无真假,戏文无工拙,只是使人想不到,猜不着,便是好戏法,好戏文";美国剧作家贝克在《戏剧技巧》中也说过:"引起戏剧兴趣的主要因素是依靠悬念。"②谭霈生认为,悬念指的是"人们对文艺作品中人物命运、情节发展变化的一种期待的心情"③。期待则是文艺作品应给予观众的一种艺术享受,"善于造成正确的悬念,善于让观众由始至终处于有所期待的

---

① 程光炜:《茂腔和说书——莫言家世考证之九》,《现代中文》2016 年第 4 期。
② 转引自谭霈生:《论戏剧性》,北京大学出版社 1984 年版,第 171 页。
③ 谭霈生:《论戏剧性》,北京大学出版社 1984 年版,第 179 页。

心情之中,这是剧作家应该掌握的一种基本技巧。"①

　　戏剧悬念虽然会给文本的戏剧性增光添彩,但却不是所有叙事文学的必备或强调的要素,在诗化散文化的抒情体小说中,相对于对悬念的痴迷,作家更热衷表达静谧的气氛和流动的情绪。然而说书艺术家的"听众在场意识"就是要保证能够在情节或人物命运的关键时刻系上"扣子",留下"扣子",让读者/观众将之萦系于心头。"扣子"有"大扣子""小扣子"之分。"大扣子"以叙述故事为主,划分情节段落;"小扣子"常有讲述或刻画人物、调节气氛节奏等功能。

　　莫言的多数短篇小说都由一个或多个"大扣子"带起整个叙事,如《藏宝图》《怀抱鲜花的女人》《筑路》《拇指铐》《月光斩》等,相对于在结尾处"解扣",莫言更喜爱制造半开放半封闭式结局,给读者留下朦胧的预感和臆测的空间。

　　俯拾皆是的"小扣子"则在叙事内部层叠不断地调动读者的情绪,如短篇小说《长安大道上的骑驴美人》开篇②,莫言运用了"期待式悬念"的写法,在对读者不保密的前提下,对事态的发展制造期待:

　　　　(侯七)取了车,推着走了十几步,然后瞅个空子,笨拙地骑上去,正要随着车流穿越长安街回家,就听到从西边传来一阵喧哗。侯七侧目张望,猛然看到……

　　正当读者的心绪随着侯七的双眼侧目而去时,莫言运用"悬置"的手法岔开一笔:

　　　　还是先说说侯七上班的情况吧……

　　随即,莫言开始不紧不慢地描述侯七看彗星、失望、吃午饭、挤地铁……在一天"流水账"般的记录之后,做出"回扣":

　　　　紧接着发生的事情刚才说过了……侯七侧目张望,猛然看到——

　　莫言再次将话题引回到之前系下的"扣子"上,增强了此事对侯七平淡的一天的冲击和作为读者等着看热闹的期待。

---

① 谭霈生:《论戏剧性》,北京大学出版社1984年版,第171页。
② 莫言:《长安大道上的骑驴美人》,载《与大师约会》,作家出版社2012年版,第202页。

另有一种"突发式悬念"与人物的命运有更紧密的联系。它需要作者对读者保密，先在人物的命运中暗设危机，后制造意料之外的转折，亦称惊奇或惊喜。中篇小说《筑路》在现实的生活场景下制造了几个"突发式悬念"，小说中的人物来书在埋狗骨头时挖到财宝，为接踵而来难以相信的种种巧合而感叹：

> 要不是跟小孙赌牌，小孙就不和自己打架，不打架就惊动不了杨六九，惊动不了杨六九就不会钓狗……不吃出狗骨就不要挖坑去埋……反正是好运气催的，要不为什么偏选在那儿挖？要是挖偏一寸、一厘、一张封窗纸那么薄，铁锹刃就碰不到那个坛子，碰不到坛子就没声响，没响声就不会低头去看……说一千道一万，通通是好运气赶的，好运气就像苍蝇一样围着你，打都打不走。①

作者系了一连串的"扣子"，为"突发式悬念""聚势"：来书私藏的金子是否能够安全？从此，来书如坐针毡，寝食难安，读者的紧张期待情绪也被调起来。在此，莫言利用对悬念"抑制"和"拖延"的艺术手法，暂停来书故事线，运用"干扰"的方式维持读者的兴趣，穿插小孙即将生产的妻子来访的情节。两条线索逐渐纠结在一起，"扣子"解开：来书果然没有挖到私藏的金子，金子被小孙偷走，放在女婴褓褓中被抛弃在土地庙；当读者恍然大悟，情绪稍作缓和时，作者再系"新扣"：妻子发疯似的求小孙找回女婴，女婴命运如何？尖锐的矛盾带来紧张的情绪，作者再次"解扣"：小孙又因忏悔回去寻找，看到女婴被野狗吃掉的场景，吞金自杀。"突发式悬念"带来尖锐的矛盾和紧张的情绪螺旋式升级导向悲剧。当风雨过去，一切恢复平静，莫言又在结尾处呼应开篇预设的悬念，解开马大贵与姑娘关系的秘密。但是，虽然至此故事已经完结，被抛弃的姑娘命运如何、卖韭菜的女孩是不是刘罗锅的女儿、杨六九的下落如何……这些疑惑并没有答案。"筑路"成为一个象征，充满了欲望与死亡的奇风异景，也贯穿着此起彼伏的悲剧和飘忽不定的疑团，然而它依然在延伸、永无尽头，就好似无常的人生。

长篇小说《酒国》展现了双线索、双悬念互相牵制的结构。丁钩儿调查食

---

① 莫言：《筑路》，载《怀抱鲜花的女人》，作家出版社2012年版，第45—46页。

婴案件每逢遇到危机,就被李一斗与莫言的书信往来和李一斗的小说打断;每当李一斗小说正到精彩之处,故事就又被牵回到调查员的线索上去。在关键的情节点上,作者经常有意泄露某些痕迹,但又不完全揭底,读者无暇多做判断,充满期待地跟着人物在光怪陆离、似真似幻的世界中游走,窥视了一场惊心动魄、变幻莫测、成败难定的旅程。

《丰乳肥臀》《生死疲劳》等宏大叙事中更是布满大大小小的悬念。《生死疲劳》致敬章回体,莫言熟悉章回体小说"设悬愚人"技巧的来源和妙处:"我们古典小说里的章回体实际上是集市上说书人所留下的一种痕迹,他要收钱,要卖关子,就且听下回分解,后来就演变成章回体。"①虽然没有写"欲知后事如何,请听下回分解",但莫言像说书人一般常用"惊"与"险"的笔法在章节结束之处系上"扣子","惊笔"让情节奇峰突起,"险笔"使人物命悬一线,采用"设悬愚人"的写法引出妙趣横生,使得读者兴趣盎然,欲罢不能。不仅如此,如果将"单元性结构"比喻成一个大型故事的外在机械结构,那么这些大小"扣子",即可视为将结构的各个零部件有机挂链的"钩子",环环相扣,前后呼应,使整体外部结构毫无缝隙地衔接并自如运行起来,坚固统一,难以攻破。

三、一人饰多角:生动的视听表演艺术

说书不仅具备叙事的能力,还带有说书人的临场即兴发挥;它不仅是一种口头文学,而且还是一种表演艺术。莫言反复强调的"用耳朵阅读"实际上已经暗含了"用眼睛看"(视觉艺术)的艺术。观众在"听"说书时所观的对象不是书面文字,而是圆活灵动的表演。所以,说书艺术是一种视听综合表演艺术,观—演关系是构成说书艺术的核心要素之一。

胡士莹在《话本小说概论》中指出:"'说话'是一个专用名词,主要指用口头语言敷演故事专重讲说的技艺,也就是后来的说书。"②罗烨在《醉翁谈录》中论述宋话本时提到了"敷演"一词:"(说书人)……靠敷演,令看官清耳。""敷演"一词透射出了说唱艺术所蕴含的巨大的戏剧性。百度百科字典对"敷

---

① 莫言、崔立秋:《不同的声音是好事——莫言回应对〈生死疲劳〉的批评》,《文学报》2012年11月7日。

② 胡士莹:《话本小说概论》(上),商务印书馆2011年版,第204页。

演"如此解释:"敷演,是说话技艺的主要创作方法,是以一定的材料或事实作为依据,充分发挥作者叙事想象力和语言表达能力的文学创造。"它包含了两个关键点:陈述并加以发挥。

与表演艺术不同的是,说书艺术以"说"为主、以"演"为辅完成叙事。罗烨在《醉翁谈录·小说开辟》言说书人:"只凭三寸舌,褒贬是非;略团万余言,讲论古今。说收拾寻常有百万套;谈话头动辄是数千回。"①"说"即是用语言进行刻画,大千世界的湖光山色、人物的言谈举止以及自然界的莺声燕语,都要依靠"说"来完成。说书人通过"审音"和"辨物"准确地把握对场景和人物描述的分寸感,"白描"似的立体展现人物的外貌、动作和言语特征,这就需要表演来加以辅助。莫言记忆深处还有一位说书人——"大破锣",便是优秀的表演者:"他嗓音嘶哑,跛一足,渺一目,有两只小蒲扇般的招风耳朵。……他善于表演,动作夸张,由于能够临场发挥,多能吸引听众,并能引发一阵阵的爆笑。"②

说书艺术是一种"独角戏"的艺术形式,书中众多人物,都需要说书人一人来分饰。连阔如先生在《江湖丛谈》中说:"说评书的艺术和唱戏的艺术都是一样的。唱戏的角色分为生、旦、净、末、丑,表情分为喜、乐、悲、欢。文讲做派,武讲刀枪架儿。"③说书人需要通过自己的动作、神态和声音来模仿不同的人物、行当,在角色之间来回跳转。

韩国民间剧团美丑剧团制作的独角戏《墙壁中的精灵》在国际戏剧界广受好评,剧中5—70岁的男女老少角色共32个,全部由演员金星女(Sung Nyo Kim)一人扮演。身为韩国传统说唱艺术盘索里(Pansori)的演员,金星女认为盘索里与独角戏有很多共通之处。盘索里在表演时一个乐师坐以击鼓,一个表演者立以说唱,故事中的所有人物都由表演者一人扮演,与中国的说书艺人极为相似。说书人通过自己极具创造性、表达性的肢体与声情口吻,使观众暂时忘记表演者的存在,而是看到了故事中不同人物的言谈举止、性格特征。这

---

① 金盈之编:《新编醉翁谈录》,辽宁教育出版社1998年版,第3页。
② 莫言:《中国小说传统——从我的三部长篇小说谈起》,载《用耳朵阅读》,作家出版社2012年版,第150—151页。
③ 连阔如:《江湖丛谈》,当代中国出版社2009年版,第261页。

种模拟,正是戏剧的本质。

惟妙惟肖、真实细腻,一人多角、人人不同的表演,是立体的、行动的、夸张的、可视的。情节故事被说书艺人称作"书骨",而不同的表演风格、插科打诨等临场发挥被称作"配饰"。戏曲表演中常见的"科诨"也在说书中穿插运用。陈汝衡指出:"说书艺人的'耍噱头',很可能除运用一般滑稽语言外,还有动作上的打诨,声音上的打诨,随机应变,全在艺人的灵活运用。"①取笑、逗趣或自我解嘲,以此形成亲近的观演关系,引得观众情趣盎然,哄然大笑。这样的表演自然有一种抓神的魔力,如此塑造的人物也更容易比纸面文字给人留下深刻的记忆。

莫言认为:"精准地描写人物的外貌、语言、动作,塑造不同性格的生动的人物,是一个好的作家必须具备的素养。这种类似于古典小说的'白描'手法,是西方作家相对薄弱的地方。"②而说书表演艺术家们也特别注意"分析故事人物的社会身份与性格特征,一方面竭力摹仿其外表(姿势、行为、社会身份),另一方面深入体验着故事人物的内在心理(思维、情感、记忆、动机)。追其形,摹其神"③。

莫言的短篇小说《一匹倒挂在杏树上的狼》以神秘的传说开篇,讲述了大家因为一只不知为何被倒挂在杏树上的狼而引起的议论。喜爱吹牛的许宝在众人的期待中,讲述了一个不知真假的故事。在故事中,"我"与"俺娘"在忽明忽暗的屋里进行着紧张的对话:

> 昨天夜里,我在东间屋里给王金美刻图章,从窗户外边刮来一阵风,把油灯刮灭了。我划着火把灯点燃,这时,俺娘在西屋里说:"宝儿,这么晚了,还点灯熬油的干什么?""给同学刻图章呢。""火油五毛三一斤呢,快睡吧!"俺爹死得早,俺娘一个人把我拉扯大不容易,我不敢惹她生气,就吹灭灯,爬到炕上睡了。我刚要睡着,就听到俺娘在西屋里大叫一声。我没顾得上穿衣服就跑了过去。"娘,怎么啦?""宝儿宝儿快点灯!"我划火点上灯,看到俺娘围着被子坐在炕上,脸色像黄杏子似的。"娘,怎么

---

① 陈汝衡:《宋代说书史》,上海文艺出版社1979年版,第160页。
② 莫言指导博士生论文写作的谈话,2019年5月30日于北京师范大学国际写作中心。
③ 王杰文:《评书、评话表演中演员的身体》,《青海社会科学》2012年第4期。

啦?"俺娘把头往墙上一靠,"哎呀,吓死我了……""什么呀,娘。""你赶快端着灯,炕前锅后的照照,看看有什么东西?"我端着灯,炕前锅后的照了照,什么也没有。"照了,什么都没有。……您肯定是做了噩梦。""我还没睡着呢,做什么噩梦?"娘伸手摸摸脸,"你试试,我的脸上还黏糊糊的呢!""那肯定是您睡着了流出来的口水。""放屁拉臊,我会流出这样的口水?"①

按照小说的前后文来看,"我"(许宝)的讲述实际上就是一场"独角戏"。"我"前后四次从讲述者跳入角色,模仿故事时空中"我"与"母亲"的表情、姿态、动作、对话、心理,这不难让人想到说书的形式。而且,这一段文字中的对话并未分开段落,而是将"我"作为叙事者的讲述、心理活动与作为讲述中人物的"我"和"俺娘"的语言文字都放置在一起,更好地表达了叙述者在不同身份之间的自然切换。

莫言于2020年新出版了短篇小说集《晚熟的人》。其中收录的《表弟叶赛宁》《红唇绿嘴》《澡堂与红床》等多部作品都延续了这种说书人似的讲述方式。在《澡堂与红床》中,可以感受到说书人"一人分饰多角"的讲述痕迹。衣锦还乡的"我"与多年未见的工友在公共澡堂相遇:

> 我轮流与他们握手,在水池中,搅得呼隆隆水响,一个个呼唤着他们的名字。竟然一个都没叫错。都是棉花加工厂的工友。基本上都胖了一圈,基本上都是大肚皮。我忍不住笑,他们当然不知道我为什么笑。
>
> 这么多年没见了,还记得我们!
>
> 而且一个都没记错!
>
> 天才就是天才!
>
> 狗屁,我说。
>
> 然后都坐在水池子台阶上,用毛巾往身上撩着水说话。
>
> 想不到咱这小县城里竟然也有如此豪华的澡堂。我说。
>
> 还有一家更好的呢!
>
> "在水一方"。

---

① 莫言:《一匹倒挂在杏树上的狼》,载《与大师约会》,作家出版社2012年版,第236页。

"罗马温泉"也不错。

但那地方不正经,听说刚被封了。

我们不去不正经的地方。

我想去,但没钱。

我们都到这里来洗。①

莫言隐去了说话者的姓名,直接用对话来展示不同人物。有趣的是,在之前的叙述中,"我"将工友们的名字一个都没有叫错,说明这些人物不同的相貌性格给"我"留下了深刻的记忆。然而从这些工友当下的语言中,令读者难以区分不同的性格,也没有在神态、动作方面的描绘。虽然这与传统的人物白描方式不同,但是它表现了这些工友们在年轻时易于分辨的各样性格,而在这座小城中生活多年后,生存状态趋于相同的窘境。

在进行表演时,说书人需要完全地进入角色,陈汝衡先生曾说:"一个说书艺人要达到艺术上的高度成就,他必要把书中人物和自己打成一片,在献艺时忘记了自己是个代言者,而竟是书中的生、旦、净、丑。只有这样,他在模拟人物动作、语言和神态时,听众们才觉得他是真能形容书中人物,才能引人进入书中所展示的境界。"②在《檀香刑》中,莫言预设了听众的在场,作家的声音和角度隐匿不见,让戏曲行当化的人物自行跳上舞台进行复调性的对话,如李敬泽所言,他选择了"大地般超然客观的叙事立场……他只需要田野,因为任何一种声音、一种角度都不足以覆盖中国灵魂的痛苦、艰难、辽阔和孤独"③。

说书艺术虽然不属于传统戏剧的范畴,但是,它从勾栏瓦舍中脱胎,由话本发展而来,其叙事和表演中所蕴含的丰富的戏剧性,使它成为一种"类戏剧"艺术形式,对莫言的创作产生了直接和间接的影响。

---

① 莫言:《澡堂与红床》,载《晚熟的人》,人民文学出版社 2020 年版,第 175—176 页。

② 陈汝衡:《陈汝衡曲艺文选》,中国曲艺出版社 1985 年版,第 419 页。

③ 李敬泽:《莫言与中国精神》,《小说评论》2003 年第 1 期。

第三章　莫言小说的戏剧文学性呈现

提到"戏剧性",人们总想到精巧的结构、激烈的冲突和跌宕起伏的情节,它满足了普通观众对故事的强烈需求,为百姓所喜闻乐见。然而,对于文人小说来讲,戏剧性叙事过于传统、偏重技巧,甚至含有"造作""俗套"的贬低之意。中国现当代文学史上的两个黄金时代的美学追求,都与"反戏剧性""去戏剧性"相关。

五四时期的中国文学呈现出多样化的发展样态。周作人在引荐俄国小说时说:"内容上必要有悲欢离合,结构上必要有葛藤、极点与收场,才得谓之小说,正如19世纪的戏曲的三一律,已经是过去的东西了。"①"抒情小说"成为新兴的小说形态,它不喜采用起承转合的"纵剖"叙事结构,也不着意于人物性格的刻画、紧张激烈的冲突等戏剧性追求,而是强调采用"横截面"的结构,重视主观性与抒情性。在这种开放性的发展景象之下,中国文坛出现了与戏剧性追求截然相反的美学观念与创作,并逐渐发展成为现代小说中重要的流脉,出现了如郁达夫、废名、沈从文等一些文学家。

20世纪80年代是中国文学史上的一个重要时期。各种风格流派的西方文艺理论、文艺作品纷至沓来,如潮水湍流不可遏制。在此强烈冲击下,文学作品层出不穷,丰茂繁盛,百花齐放,百家争鸣。同时,故事、情节、人物性格等传统的小说元素也再次被边缘化,"小说"与"故事"似乎分开了。

在这个时期,相对比"写什么"来讲,作家们更加注重"如何写"。王蒙、

---

① 周作人译作:《晚间的来客》,转引自钱理群、温儒敏、吴福辉:《中国现代文学三十年》,北京大学出版社1998年版,第58页。

宗璞、余华、苏童、马原、残雪、孙甘露等作家在意识流、象征主义、荒诞派、魔幻现实主义、后现代派等不同表现方式的写作上进行了探索与创新，汇聚成一股先锋小说潮流，莫言也身在其中。他的早期小说《透明的红萝卜》《爆炸》《球状闪电》《红高粱家族》等都或多或少地展现了先锋色彩。这种实验性写作极大地丰富了当代文学的美学体系，但是先锋小说无意识、非理性、反逻辑的特点让它显得有些晦涩，从而逐渐脱离了与社会、与百姓的互动。

在这种情形下，20 世纪 90 年代的中国当代文学出现了整体向现实和故事回归的转向。电影《红高粱》《活着》的成功改编，从一个侧面表明了大众群体对戏剧性叙事的渴求。莫言也调整写作方向，"大踏步地撤退"到中国传统文学和民间故事中去，以"说书人"的姿态，开启了新的小说美学追求。

实际上，通过梳理中国文学和戏剧的关系，可以发现两者在发展过程中一直相互渗透。尤其是宋元话本，从说话技艺中脱胎，经历了唐代变文，在勾栏瓦舍中孕育而生。话本虽然不在文人小说之列，难登大雅之堂，但拥有广泛的群众基础，为百姓大众所喜爱。可以说，话本就是一种为老百姓而作的文学形式。话本中生动传奇的人物、波折起伏的情节、"且听下回分解"的悬念设置等属于戏剧性范畴的讲述技巧，被明清章回体小说大量吸收和继承，对中国文学小说产生了深远的影响。

因受到说书艺术和民间戏曲的影响，故事性、戏剧性对莫言来讲自然是最为熟悉和亲切的叙事手段。莫言从此找到了自己熟悉的创作方法，重新建立起与社会、与百姓的紧密联系。这种"不避俗"的创作姿态和毅然决然地向"戏剧性叙事"回归的勇气，奠定了莫言的文学风格和文学成就。

2019 年，莫言在总结自己的文学作品时说："我的小说是戏剧的富矿。"① 也就是说，莫言的小说中含有非常丰富的戏剧性，容易改编成为舞台戏剧作品，也容易改编成为电影和电视剧。

---

① 莫言指导博士生论文写作的谈话，2019 年 3 月 10 日于北京师范大学国际写作中心。

第一节　戏剧性与自觉意志

一、戏剧与"意志说"

研究戏剧性问题,必须研究戏剧本质和戏剧规律。戏剧规律和戏剧本质是同等程度的概念,都是指戏剧本身所固有的、本质的和必然的联系。19世纪末的法国戏剧评论家布伦退尔是最早探讨"戏剧规律"的学者,他研究发现,所谓"戏剧规律"其实就是"自觉意志"。他在《戏剧的规律》中提出了任何类型和题材的戏剧都必须遵循的"戏剧规律"——"我们要求戏剧的,就是展示向着一个目标而奋斗的意志,以及应用一种手段去实现目标的自觉意志。"①而且,他明确地区分了戏剧与小说在"自觉意志"方面的差别:"一般小说的主人公都是随波逐流,随遇而安,被动的,受环境支配的人物……小说的主人公如果也是意志坚强的,那么这部小说就可以改编成戏剧。"②他还通过对勒萨日的小说《吉尔·布拉斯》和博马舍的剧本《费加罗的婚礼》(根据《吉尔·布拉斯》改编)的比较论证了这一点:"吉尔·布拉斯正像一般人一样,想要活下去,尽可能愉快地活下去。这不是我所谓的一种意志。但费加罗却要求一种特定的东西,那就是要阻止阿勒马维华伯爵对苏珊娜行使封建主的特权……他总是不断地要求他要求的东西,并且这些手段失败后,他一直也没有停止策划新的手段。这就是可以成为意志的东西:立定一个目标,导引每一件事都向着它,并努力使每一件事都跟他一致。"③

布伦退尔的"自觉意志"说是探讨"戏剧性"问题的极其重要、影响深远的学说。此学说在后来的学者,如英国戏剧家威廉·阿契尔、亨利·阿瑟·琼斯,美国剧作家约翰·霍德华·劳逊等人的质疑、补充和扩展过程中,呈现出了更广阔的外延:(1)戏剧人物的斗争不一定是绝对主动型的,"不一定以最

①　转引自罗晓风选编:《编剧艺术》,文化艺术出版社1986年版,第6页。
②　转引自顾仲彝:《谈"戏剧冲突"》,《戏剧艺术》1978年第1期。
③　转引自罗晓风选编:《编剧艺术》,文化艺术出版社1986年版,第6页。

激烈的外在形态表现出来",它可以是契诃夫的戏剧《樱桃园》中朗涅夫斯卡娅的"不行动":"她的不行动正是一种特殊的行动,她的自觉意志强烈且固执"①,也可以是受到潜意识支配的人物行动;(2)自觉意志包括人类物质精神生活的方方面面,它可以是对生存的基本要求,可以是在困境中的某种反抗,也可以是对形而上的理念的追求;(3)意志产生一连串的戏剧动作:"产生这些动作的根源是各个人与他们的环境间的关系——换句话说,即自觉意志和社会必然性之间的关系"②。

剧作家黄维若先生在《剧本剖析——剧作原理与技巧》中列出十六种常见的人物行动目标:(1)获得或拒绝爱情;(2)进行或对抗复仇;(3)获得或保持权利;(4)夺取或保持财产;(5)争取事业成功或抗拒事业失败;(6)维持或瓦解家庭关系;(7)反抗突如其来的困境或屈服于它;(8)对抗敌对生活环境或逃离摆脱这样一种环境;(9)洗清不白之冤或面对冤案宁死不屈;(10)反抗不公平的命运;(11)反抗暴政;(12)追求事物的某种理想化结局;(13)对抗自我中的非肯定因素;(14)追求事业的成功;(15)追求某种政治理想;(16)追求或者论证某种形而上的概念。③ 以上十六种虽无法涵盖所有的人物自觉意志特定目标,但做出了具象化的解释与分类。

"自觉意志"之所以是"戏剧规律",正是因为它能引起、生成戏剧的核心——戏剧动作。顾仲彝教授指出:"舞台上的表演是以行动为主,而行动是意志的产物。没有意志的人是谈不上行动的。"④布伦退尔则认为,人物因自觉意志而有了目标和计划,才可以成为行动的人,并且在克服障碍的过程中产生一系列的动作:"(人物)和命运作斗争,和社会戒律作斗争,和他同属人类的人作斗争,和自然作斗争,如果必要,还和他周围人们的感情、兴趣、偏见、愚行、恶意作斗争"⑤。有了斗争,就有了戏剧冲突,可以更好地塑造并丰满人物的形象。因此,可以说,人物的自觉意志是戏剧的生命之源。

---

① 黄维若:《剧本剖析——剧作原理及技巧》,《剧作家》2010年第5期。

② [美]约翰·霍德华·劳逊:《戏剧与电影的剧作理论与技巧》,邵牧君、齐宙译,中国电影出版社1978年版,第128页。

③ 黄维若:《剧本剖析——剧作原理及技巧》,《剧作家》2010年第5期。

④ 顾仲彝:《编剧理论与技巧》,上海人民出版社2016年版,第104页。

⑤ 转引自顾仲彝:《编剧理论与技巧》,上海人民出版社2016年版,第60页。

但"自觉意志"并非小说之必要因素,如气氛化、散文化的小说,就很抵触人物行动的刻意生成,讲求为文无法,追求营造清新淡远的氛围。但是,在莫言看来,"自觉意志"是重要的,他指出:"自觉意志也就是人物的主观能动性,它不一定是至高无上的准则,但是它会使小说变得集中、强烈,并且可以增强可看性。"①也就是说,莫言遵循了"戏剧规律",从本质上认可并重视戏剧性在小说中的运用。

二、鲜明的自觉意志与戏剧行动的反复

莫言小说中的人物都有一股倔强的抗争意愿。人物强烈的自觉意志常常作为莫言对整部小说的构思的起点,从而构成贯穿小说始终或贯穿小说部分篇章的人物的行动线。《生死疲劳》讲述了土改时期一个被冤杀的地主西门闹,在死后对前世念念不忘,一心想着申冤抗争,因此先后转世变成驴、牛、猪、狗、猴、人,历经六道轮回的故事。西门闹的这种顽强的抗争意识在莫言看来,与中国的上古神话的"原始抗争精神"和中国民间故事中的"顽强表现"一脉相承,莫言说:"中国上古很多神话里面充满了宁死不屈的抗争精神,而西方宗教神话故事里一遇到灾难大家就逆来顺受,躲到船上等待上帝发善心。中国神话里面的人物是跟老天抗争的,太阳太多了,我给你射下来;或夸父追日,当然没有追上,把自己渴死了;嫌大海把父母淹死了,就变成一只鸟,精卫填海,非把海填平了;嫌门前山挡住了道路,西方人肯定搬家,中国人愚公移山,非把山挖平了不行。所以很多上古神话充满了人定胜天的抗争力量,和西方神话不一样。"②

在莫言的小说中,人物的自觉意志非常清晰,没有非此即彼、模棱两可的态度,而是在生活态度与价值观念的支配下,有着自己非常明确的目标和方向。"自觉意志"作为整部作品的"发动机",使时空、情节自如地运转和流动起来。正是莫言小说中的一个个人物的"自觉意志"才"发动"了莫言的一部部小说的戏剧性和悲剧色彩。

---

① 莫言指导博士生论文写作的谈话,2019 年 5 月 30 日于北京师范大学国际写作中心。

② 莫言:《和西方不同,中国神话里充满人定胜天的力量》,"思南读书会:中国文学传统的当代继承与转化"活动实录,2017 年 12 月 26 日,见 https://www.sohu.com/a/212975972_99955745。

莫言善于以生活在底层的劳苦百姓为写作对象,构置窘迫、紧张、危机的戏剧性情境,让人物在极其恶劣、苦难的环境下为了"活下去"而爆发出被迫的,同时又是剧烈的挣扎与反叛性的自觉意识。长篇小说《天堂蒜薹之歌》的核心人物高马由于"自觉意志"而引发了一系列的主要行动,从爱上婚姻不自主的姑娘金菊开始,带金菊私奔、为赚钱娶金菊收购蒜薹、引领暴动、被捕后越狱……完结了他悲剧性的一生。在暴动中,他引领数千蒜农冲进县政府砸掉电话机、焚烧档案。在法庭上,他依然对审判官们大喊:"我恨不得活剥了你们这群贪官污吏的皮!"在监狱中,高马听闻金菊不堪苦难生活上吊自杀,死后仍不得安宁,尸体被方家卖给别人结阴婚,他狂怒不止,最终在试图越狱时被击毙。他的自觉意志可以归结为对自由和正义的"追寻",他是一个高度自觉的"反叛者"。

《红高粱家族》中的戴凤莲和《丰乳肥臀》中的上官鲁氏同样也经历了不自主的婚姻,但相对于金菊的逆来顺受,她们被塑造成对封建社会勇敢反抗的叛逆者,她们的自觉意志形成一系列的主动行动,对故事情节起到了至关重要的推动作用。戴凤莲在单家父子被杀后,并未听从命运的摆布,而是作为酒坊的老板娘生存下去并勇敢追求自己的爱情。电视剧《红高粱》根据九儿的"自觉意志",设置了更多的对立人物,拓展了更加丰富的内容,衍生出更加曲折的情节。《丰乳肥臀》中的上官鲁氏,在丈夫无法生育的情境下,她的"自觉意志"是繁衍生命,自己生出男孩,提高自己在家族中的地位。这是一种十分尴尬的戏剧性个人意识,由此引发了她"像一只母狗一样撅着尾巴到处借种"的主观行为,分别与江湖郎中、和尚、赊小鸭的、牧师等生了八个孩子。在困难的岁月里,上官鲁氏为了养活所有的后代,忍辱负重,艰辛生存。莫言以上官鲁氏为核心,辐射到她的女儿们以及她们所嫁的各种势力头目。各种势力在特殊的历史时期此消彼长,从而构成了《丰乳肥臀》这部百年中国的大传奇。

《檀香刑》可以看作一出"眉娘救父"的大戏。眉娘亲爹因抗德而受刑,公爹是执刑者,干爹是监刑者,错综复杂的矛盾和激烈的冲突,都因眉娘要救父亲的主观意志而引爆。莫言小说的叙事,大多数都紧密围绕着主要人物的自觉意志来展开故事情节,而主人公的自觉意志都可以凝结为一个或几个动词而构成的行动线。

莫言小说的人物总是在行动的重复与自觉意志的强化中,展现出顽强倔强的抗争精神。

很多研究者发现了"重复"的写作手法与戏剧性之间的关联:威廉·莱尔在总结鲁迅小说的特点时认为,"重复和对比"的设计手法,"总是使得结构明晰,使小说产生戏剧性和诗意"。"重复"在威廉·莱尔看来是"民谣式地反复使用同一词汇、道具,以至人物,建立起故事的基本框架"①。顾仲彝同样强调"重复"对于戏剧结构的重要作用,认为它可以在戏剧有限的时空内,使思想更鲜明、人物更生动、剧情更紧凑。谢成功、梁志勇在《戏剧手法例话》里汇集了 76 种戏剧手法,其中也包含"重复"的手法——"一而再再而三"②。老子《道德经·第四十二章》:"道生一,一生二,二生三,三生万物。""三"在中国文化里寓意着多数、多次、循环往复、衍生不息。

"重复"在中国古典小说和古典戏曲中常见,如"三打白骨精""三顾茅庐""三拜堂"等。在文学艺术作品中的"三""再三",就是常通过"重复"来集中读者和观众的注意力,使人物的行动和形象得以强调和突出,具体体现在人物要有"主题思想和体现主题思想的贯串动作"③。"贯串动作"在苏联戏剧大师斯坦尼斯拉夫斯基的表演理论中,是指演员根据自己扮演的角色的生活目标来确定戏剧行动的意图和愿望,并使这种动作意向贯串于全剧的始终,以创作、突出所塑造的人物。歌德曾在《威廉·梅斯托》里说道:"小说的主人公可以是被动的,而一出戏的主人公必须是主动的,因为'一切事情都反对他,他或是清扫他前途的一切障碍,或是成为他们的牺牲品'。"④

《生死疲劳》中的蓝脸就是一个在行动的重复中,自觉意志贯串始终并不断强化的人物。蓝脸在小说中自始至终只有一个目标——无论何人再三地好言相劝或威逼利诱,他始终"拒绝入社"。当农村合作社运动在全国上下如火如荼地展开时,倔强的蓝脸坚持执行毛主席"入社自愿,退社自由"的指示,死

① 转引自乐黛云编:《国外鲁迅研究论集(1960—1981)》,北京大学出版社 1981 年版,第334—335 页。
② 转引自孙淑芳:《鲁迅小说与戏剧》,博士学位论文,华中师范大学,2012 年。
③ 顾仲彝:《编剧理论与技巧》,上海人民出版社 2016 年版,第 215 页。
④ 转引自顾仲彝:《谈"戏剧冲突"》,《戏剧艺术》1978 年第 1 期。

守自己的一亩六分地,成为全国唯一的单干户。正如蓝脸自己所说:"我是癞蛤蟆垫桌腿,硬撑了三十年。"①蓝脸因倔强的意志使他在三十年中,与洪泰岳为敌,两人的意志的冲突贯穿始终;与妻子为敌,妻子和他分居;与养子金龙为敌,金龙用红漆刷了脸并烧死了他的牛;他甚至与整个社会为敌:"那个动荡不安的春天,……消灭最后一个单干户,似乎成了我们西门屯大队,也是我们银河人民公社的一件大事"②。蓝脸承受的所有苦难都因与形势逆流而行。他坚定地守卫着自己的法则,看似一个偏执的背叛者,却充分地展现出一个中国农民就算众叛亲离与全世界为敌,也不愿与足下土地割裂的坚守。围绕"坚持单干"展开的所有矛盾都集中为这一主题服务,并在不断地重复中得到丰富、深化与升华。

实际上,早在 1983 年,莫言的早期短篇小说《流水》中就出现过一个与蓝脸有异曲同工之妙的人物——"老牛"牛阔成。这部短篇小说的背景设置在 1979 年,新生活浪潮下的马桑镇,年轻人摩拳擦掌迎接翻天覆地的变化,而很多老一辈的农民惶惑不安。马桑镇的土地上即将建立甜菜榨糖厂,为了"守责任田",老牛与儿子牛青矛盾重重。莫言巧妙地在父子的一次争吵中,通过牛青的话语,反映出老牛在此事上的反复坚持:"你不答应,你不答应,地是国家的,不是你的,跟你说了一万遍了。"③然而老牛的倔强无法抵抗时代的潮流。很快,马桑镇楔上了木桩,糖厂的建造开始了。但是,连续三个晚上,上百根木桩不翼而飞,青工们最终抓到了"破坏分子"牛阔成。"守责任田"是老牛的自觉意志,"拔木桩"是老牛因自觉意志而产生的具体行动。"三拔木桩"和青工们的"三次围剿"非常像说书和章回体小说的叙事方式,矛盾冲突和充满悬念的故事在人物行动的反复中展开,老牛倔强的性格也逐渐立体起来。

《生死疲劳》中的蓝脸以"守"为行动而"守"土地,《流水》中的老牛以"破坏"为行动而"守"土地,无论以何种方式,两部小说都通过人物反复、贯穿的行动体现了农民对土地的依赖,与土地难以分割的关系。尽管莫言在 20 世纪 80 年代经历先锋写作的探索,但我们还是可以看到,重视自觉意志和人物行

---

① 莫言:《生死疲劳》,作家出版社 2012 年版,第 360 页。
② 莫言:《生死疲劳》,作家出版社 2012 年版,第 106 页。
③ 莫言:《流水》,载《欢乐》,作家出版社 2012 年版,第 332 页。

动的传统的戏剧化写作方式,贯穿于莫言文学创作的始终,并呈现出愈来愈烈之势。

三、自觉意志的转向与悲剧英雄的诞生

戏剧的"自觉意志"在行动过程中由于各种各样的原因往往会出现让人意想不到的转换行动方向,正是这种"转向",使戏剧更具有张力,人物更加丰满,冲突更加激烈,剧情更加起伏,故事更加曲折。由"自觉意志"所发动的故事或许山重水复疑无路,或许柳暗花明又一村,或许奔向康庄大道,或许走进无底深渊。好莱坞编剧教学大师悉德·菲尔德说:"人物的巨大转变对于故事是否好看的重要性在于,它让一个角色拥有了两面或者多面的形象,在有限的时空范围里,变得更加丰富立体。"①在莫言小说中有这样一种情况:主人公原本具备坚定的自觉意志,并在行动的过程中一直与环境相抗争,但却因某一种或多种因素影响,最终出现自觉意志的逐步丧失或转变,并导致悲剧性结局,《酒国》中的丁钩儿和《蛙》中的姑姑万心就属于这类自觉意志"转向"的典型人物。

长篇小说《酒国》采用多元合一的叙事方式,运用双时空结构来支撑小说的叙事,其中有两条线索以叙述主体的行动牵引故事。代表酒国表层样态的故事线,是"王牌侦查员"丁钩儿赴酒国调查"食婴"案件。丁钩儿是以绝对的英雄形象现身的:"他乐之不倦的唯一一件事是侦查破案。他是检察院技压群芳的侦查员。"作为唯一一个可以拯救污秽不堪的酒国的"英雄",在严词拒绝了几杯酒后,丁钩儿开始了他在酒国"三次大醉"的经历:他赴"嫌疑人"金刚钻的酒席,"开枪走火"预示着他自觉意志的偏离。他在无力的反抗下喝醉并进食"红烧婴儿"后在招待所被洗劫一空;酒醒后,丁钩儿拾回自觉意志,认识到这是一场"巧妙的骗局",却在巧遇女司机后再次跌入金刚钻布下的陷阱被灌醉;第二次酒醒后,丁钩儿被女司机蒙蔽与其一同到"一尺酒店"进行侦查,但却在酒醉后跌进一个露天的大茅坑,"理想、正义、尊严、荣誉、爱情等等

---

① [美]悉德·菲尔德:《电影编剧创作指南(修订版)》,魏枫译,世界图书出版公司2012年版,第132页。

诸多神圣的东西,伴随着饱受苦难的高级侦查员,沉入了茅坑的最底层……"①

由丁钩儿的自觉意志"探案"牵动出的"三次酒醒"和"三次醉酒"形成了一个戏剧性结构,基本符合电影理论家悉德·菲尔德总结的好莱坞电影"三段式"戏剧性情节线条(见表2)。

表2 《酒国》的"三段式"叙事结构

建置段落	交代酒国大环境和丁钩儿的身份
第一情节点	丁钩儿的第一次醉酒
对抗段落	丁钩儿与金刚钻、余一尺周旋
第二情节点	丁钩儿的第二次醉酒
结尾段落 (含第三情节点)	侦查失败并跌入茅坑

注:潘耕整理制作。

悉德·菲尔德如此解释"情节点"与人物自觉意志之间的关系:"情节点可以是任何偶然事件、插曲或者事情,它'钩住'情节并将其转向另一个发展方向。"②丁钩儿最初有极为明确、非常坚定的目标,并非听从命运摆布的人物。作者给丁钩儿设置了两次毫无预备的"醉酒事件"作为情节点,虽然在酩酊大醉后丁钩儿立即恢复清醒,继续进行侦查行动,但是酒国各种强大的恶势力,裹挟着人性深层的"恶",形成了一个巨大的旋涡,玷污、吞噬着人世间的高尚:正义、道德、法律等,作为执法人员的丁钩儿就算拥有再强的自觉意志,也根本无法与之抗衡。实际上,开场的"枪走火"就预示了丁钩儿"良马也有失蹄时",其目标必将会产生偏离。甚至在第一次宴席中丁钩儿就已经沦为"吃人"的同谋,同时也变成了"被吃"的对象,主体地位发生移位并不断下坠。丁钩儿本身扮演着解救者的身份,但最终却成了牺牲品。

另一条线索是李一斗与"作家莫言"的书信往来,代表着酒国的深层样

---

① 莫言:《酒国》,作家出版社2012年版,第332页。
② [美]悉德·菲尔德:《电影编剧创作指南(修订版)》,魏枫译,世界图书出版公司2012年版,第170页。

态。李一斗希望实现自己的文学理想,并请莫言到酒国一游。他在自荐九部小说后也转变了其自觉意志,放弃文学理想,甘心走上仕途。而"作家莫言"因怀疑酒国巨大的同化力而前往一探究竟,并想为丁钩儿"寻找一个更好的结局",但一进入酒国,就毫无招架之力地醉倒在桌下,重蹈了丁钩儿的覆辙。理想的光亮如同轮回一般再次于无底深渊中衰落沦丧,蕴含着对现实社会巨大的讽刺。

产科医生"姑姑"在小说《蛙》中的自觉意志是"迎接生命"。她用科学的方法屡次化险为夷,接生了数万生命,就连难产的母牛也被一视同仁,深受百姓爱戴,人称"送子娘娘"。但是在计划生育政策出台后,姑姑变成了政策忠实的支持者和坚定的执行者,对产妇们围追堵截,逼死了一个个怀胎的妇女。她最初的自觉意志彻底丧失,甚至完全反向扭转,变成了"摧毁生命"的人。最终,姑姑的晚年如同《麦克白》中在刺杀邓肯王后夜不能寐最终疯狂的麦克白夫人一般,在恐惧的幻想和对自己灵魂的拷问和煎熬中度日如年。

这样的人物具备亚里士多德的"悲剧英雄"的色彩:他们必须以人性的光辉"首先引起观众的情感依恋",使观众担心角色的悲惨命运。他们是一个在道德品质和正义上并非完美无缺,但由于某种过失或性格的弱点,使其命运从顺境转向逆境的人物,从而引起人们的同情与怜悯。在莫言这两部小说中,执法者、拯救者的主体意识原本清晰明朗,如同黑暗中的光亮,但在特定的环境下,这光亮变得渺小和虚弱,在夹缝绝境中摇曳不定,最终被无情熄灭。"英雄"即便做出抗争,也如螳臂当车,束手无策,他们或者死亡,或者疯狂。主体意识的挣扎和泯灭体现着作者对现实社会巨大的讽刺与批判。

如果将戏剧人物的"自觉意志"在行动的过程中的"转向"分为有价值和无价值的话,"悲剧将人生的有价值的东西毁灭给人看,喜剧将那无价值的撕破给人看"[1]。高尚的人格被摧毁带给人们的具有震撼力的审美感受,其中也蕴含了伴随着人格的衰落和骤变产生的丰富的戏剧性和故事性。

---

[1]　鲁迅:《坟·再论雷峰塔的倒掉》,载《鲁迅全集》第一卷,人民文学出版社1981年版,第192—193页。

第二节　戏剧冲突

　　尽管"何为戏剧性"一直是人们争论不休、至今无定论的话题,但是,"冲突学说"却被人们不断重复并广泛接受。人们越来越愿意接受这样的观点:戏剧不仅包括完整的、有目的性的动作,更为重要的是要有冲突。戏剧的灵魂,不是布局,而是冲突。黑格尔在《美学》中强调:"戏剧动作在本质上须是引起冲突的,而真正的动作争议性只能以完整的动作过程为基础……戏剧体诗则以目的和人物性格的冲突以及这些斗争的必然结局为中心。"①在上一节关于"意志说"的梳理中,我们提到了"意志—冲突"的关系:意志是"因",而冲突是"果",戏剧所表现的是人的意志与神秘力量或自然力量之间的冲突。在"戏剧的核心为冲突"的诸多说法中,戏剧冲动与戏剧动作、自觉意志、戏剧情境等相互交织在一起,它们之间是互为因果、难以割裂的辩证统一的关系。这也是"戏剧性"难以被定义的原因之一。

　　毛泽东在《矛盾论》中指出:"一切事物中包含的矛盾方面的相互依赖和相互斗争,决定一切事物的生命,推动一切事物的发展。没有什么事物是不包含矛盾的,没有矛盾就没有世界。"②这充分说明在历史与现实生活中,处处都充满矛盾的普遍规律。但是,我们只听到人们说"没有冲突就没有戏",却从未听说过"没有冲突就没有小说""没有冲突就没有诗歌"的言论,原因何在?这是因为,戏剧艺术短小精炼的篇幅、集体观演经验等诸多特殊性决定了它必须具备集中性、直观性等特点。所谓"看戏",看的就是戏剧矛盾、戏剧冲突。

　　在莫言看来,小说的可改编性与作品蕴含的戏剧性息息相关。张艺谋是第一位发现并提炼莫言小说戏剧性的电影导演,他在《红高粱·导演阐述》里说明了小说中的两条故事线:一条是"男女情感上的悲悲欢欢",另一条是"庄稼人咽不下被日本人欺负的气,便去拼命"。张艺谋洞中肯綮地察觉到《红高

---

　　①　[德]黑格尔:《美学》第三卷下册,朱光潜译,商务印书馆1981年版,第283页。
　　②　《毛泽东选集》第一卷,人民出版社1991年版,第305页。

粱家族》内涵丰富、大开大合的两组戏剧冲突:情感纠葛与民族矛盾。同时,他特意强调:爱情与战争是"老题",但"观众还是要看"。这一语道破了大众在看电影、看故事的过程中,对戏剧冲突广泛而持久地接受与浓厚的兴趣。

一、冲突的类型和表现方式

戏剧冲突按照其功能、表现形式与强烈程度有多种不同的分类方式。莫言的小说多以现实魔幻的史诗性鸿篇巨作见长,因此,我们首先从宏观上来把握、归类其悲剧与喜剧、历史与现实、厚重与细腻等丰富多样的戏剧冲突及其表现形式。

布伦退尔认为,冲突主要分为:人与人之间的冲突、人内心的冲突。美国戏剧影视理论家劳逊在布伦退尔学说的基础上,还特别强调了"社会环境"因素:"戏剧是处理社会关系的,一次戏剧性冲突必须是一次社会性冲突。"[①]"戏剧的基本特征是社会性冲突——人与人之间、人与集体之间、集体与集体之间、个人或集体与社会或自然力量之间的冲突;在冲突中自觉意志被运用来实现某些特定的、可以理解的目标,它所具有的强度应足以导使冲突到达危机的顶点。"[②]

美国好莱坞编剧、导演、UCLA大学编剧课程教师尼尔·克思认为:"戏剧就是冲突",他归纳出五种被广泛接受的戏剧冲突类型:个人自身的(intrapersonal)、人与人之间的(interpersonal)、意外情况的(situational)、社会的(social)以及利益相关的(relational)。笔者认为,在这其中,"意外情况"的冲突与戏剧的"发现与突转"紧密连接,属于冲突爆发的"培养皿"式的戏剧情境;而"利益相关"的戏剧冲突是人与人之间冲突的一种特殊类型。因此,对戏剧冲突更为清晰扼要的类型划分仍为三种:人与社会、人与人之间、人自身。

这三种戏剧冲突类型非常丰富饱满地展现在莫言的小说作品当中,而且相当紧密与深邃地错落、交叠在一起,充盈在几乎每一个篇章里、每一个人物

---

① [美]约翰·霍德华·劳逊:《戏剧与电影的剧作理论与技巧》,邵牧君、齐宙译,中国电影出版社1978年版,第207页。

② [美]约翰·霍德华·劳逊:《戏剧与电影的剧作理论与技巧》,邵牧君、齐宙译,中国电影出版社1978年版,第213页。

身上。在莫言的写作中,我们基本上看不到游离于社会历史大环境之外生存的人物的小情小爱、琐碎的家长里短,哪怕是片段化、场景化的呈现,也几乎没有这样"小格局"的冲突方式出现。可以说,人与社会(历史、自然)的冲突是莫言作品中最为重要、最为突出的戏剧冲突,是莫言站在"作为老百姓写作""为老百姓写作"立场上的初衷与目的,也是莫言一直以来追求与体现出的"大苦闷、大抱负、大精神、大感悟"的长篇小说的美学特质。从这一点上来讲,莫言的小说可以被看作"社会问题小说",但是,它与五四时期的"问题小说"不同,它不仅仅以社会问题作为唯一的关注点,而是在社会性冲突的大环境下,直指人性深层、永恒的美与丑、善与恶。这样就避免了"问题小说"容易出现的"主题先行"的问题和难以持久散发光彩的弊病,由此得以成为超越时代与地域的世界性经典作品。因此,笔者认为,在莫言的作品中,人与社会的冲突是创作的背景情境、创作动机与终极目标,而人与人之间、人的内心冲突则是具体的表现手段。

　　莫言的大部分小说都设置在异常强烈、尖锐的社会性戏剧情境之中。戏剧情境,指的是"促使人物产生特有动作的客观条件,是戏剧冲突爆发和发展的契机,又是戏剧情节的基础"①。它包含两部分内容:特定的环境和特定的人物关系。谭霈生在《论戏剧性》中如此解释戏剧情境、戏剧动作与戏剧冲突之间的辩证关系:"特定的环境和情况,作用于剧中人物,使人物之间潜在的矛盾关系被披露出来,这样,矛盾中的人物产生特定的动作,使矛盾爆发为冲突。"②

　　长篇小说《十三步》用荒诞离奇的写作手法照见了 20 世纪 80 年代中国知识分子的窘迫境遇;《红树林》书写了中国人在现代化进程中的矛盾与困境;《酒国》讲的是一名特级侦查员前往充斥黑暗与腐败的酒国调查食婴案件的故事;《蛙》表现了中国独生子女政策给人们生活带来的变化……这些作品的戏剧情境无论是现实、荒诞还是魔幻的,万变不离其宗的是其社会性。它们或者取材于中国当代社会中的某一热点时事,或者聚焦在中国近现代历史中

---

① 　谭霈生:《论戏剧性》,北京大学出版社 1984 年版,第 122 页。
② 　谭霈生:《论戏剧性》,北京大学出版社 1984 年版,第 124 页。

的某一时期。莫言敏锐地捕捉到了它们丰厚的戏剧性价值，让它们作为冲突爆发的"土壤"，而后瞄准这些事件或时代下最具典型性与张力的人物和人物关系，抛下极具生命力的"种子"，所有的冲突便会在这样的环境下破土而出，肆无忌惮、势如破竹地"发芽生长"。此外，人物之间与人物内心冲突的爆发、骤变与化解，在莫言的史诗性作品中显得尤为剧烈。莫言善于将人物群像放置于中国社会几十年上百年来的历史舞台上，展现他们如同皮影戏中的傀儡，在无形的历史双手操控下的悲欢离合。

英国戏剧理论家威廉·阿契尔提出，"戏剧的实质是'激变'（Crisis，又译'危机'）"，这是关于戏剧性的一种重要表述。他进一步在"变"的激烈程度方面区分了小说和戏剧的不同："我们可以称戏剧是一种激变的艺术，就像小说是一种渐变的艺术一样。正是这种发展进程的缓慢性，使一部典型的小说有别于一个典型的剧本"。① 余华在《我们生活在巨大的差距里》说："历史的差距让一个中国人只需四十年就经历了欧洲四百多年的动荡万变。"②中国近现代历史在短时间内爆发式的"戏剧性"环境为莫言历史题材创作的戏剧性美学提供了坚实的基础。希克斯所指的"意外的情况（situational）"在莫言的笔下不仅仅体现为一种让人物关系和情节发生扭转的写作技巧，它更加蕴藏着伴随历史起伏波澜、瞬息万变的人类生活中人与人之间冲突裂变性的"意外情况"，及其连带产生的翻转与消解。

《生死疲劳》第三十三章"洪泰岳大醉闹酒场"的背景是在"大包干责任制"政策刚刚实行时，单干户蓝脸的"死对头"洪泰岳"喝得酩酊大醉，嚎啕大哭着"来找蓝脸：

> 洪泰岳悲愤交加，神智昏乱，遍地打滚，忘记了界限，滚到了蓝脸的土地上。其时蓝脸正在割豆，驴打滚一样的洪泰岳把蓝脸的豆荚压爆，豆粒迸出，发出"噼噼啪啪"的响声。蓝脸用镰刀压住洪泰岳的身体，严厉地说：
>
> "你已经滚到我地上了，按照咱们早年立下的规矩，我应该砍断你的

---

① ［英］威廉·阿契尔：《剧作法》，吴钧燮、聂文杞译，中国戏剧出版社 2004 年版，第 34 页。
② 余华：《我们生活在巨大的差距里》，北京十月文艺出版社 2015 年版，第 14 页。

脚筋。但是老子今天高兴,饶过你!"

洪泰岳一个滚儿,滚到旁边的土地上,扶着一棵瘦弱的小桑树站起来说:"我不服,老蓝,闹腾了三十多年,反倒是你,成了正确的,而我们,这些忠心耿耿的,这些辛辛苦苦的,这些流血流汗的,反倒成了错误的……我不服的是,你老蓝脸,明明是块历史的绊脚石,明明是被抛在最后头的,怎么反倒成了先锋?你得意着吧?整个高密东北乡,整个高密县,都在夸你是先知先觉呢!"

蓝脸在三十年后终于站在了上风,他激动得老泪纵横,对洪泰岳说:

"老洪,你这条老狗,疯咬了我半辈子,现在,你终于咬不到我了!我是癞蛤蟆垫桌腿,硬撑了三十年,现在,我终于直起腰来了!……"①

面对翻天覆地的社会变化,一向扬眉吐气、气势汹汹的洪泰岳竟然倒在地上遍地打滚。豆荚被他压得噼里啪啦作响,表现着他感觉天崩地裂的心情;那棵瘦弱的小桑树,寓意着残酷的现实。作为"正确"的一方,洪泰岳和蓝脸争斗了半辈子,现在却成了"错误的"一方。他的问话不是在问蓝脸,而是在问捉弄他命运的人。这里的冲突也不只是二人之间的冲突,它伴随着洪泰岳五味杂陈又万般无奈的心理冲突。蓝脸之前预言"好戏就要开场了"②,这个"好戏"指的是,一夜之间翻天覆地的社会变化及其对每个人生活产生的深刻影响。孰上孰下,孰对孰错,孰是进步孰是落后,没有得到解答,更是无处寻求答案。突如其来的巨大的社会变革不仅没有减缓他们之间的冲突,反而带来了浓重的荒诞戏剧色彩。

在小说《蛙》中,姑姑在计划生育社会背景下,从千家万户人心目中的"英雄"突然变作了产妇们的"仇人"。作为坚定的政策实施者,姑姑在湍急的河流上坚定不移地围堵小狮子,展开生死的冲突较量。但是,当过往的冲突逐渐消散,一切归于平静,晚年的姑姑卸掉了责任与身份,当她独自一人在幽暗中徘徊,反思自己的一生时,她的本我、自我与超我三者猛烈碰撞,产生了激烈的内心矛盾与挣扎。

---

① 莫言:《生死疲劳》,作家出版社2012年版,第359—360页。
② 莫言:《生死疲劳》,作家出版社2012年版,第358页。

《红高粱家族》和《檀香刑》作为"姊妹篇",在结构和戏剧冲突处理上有异曲同工之妙。在建置段落和发展段落中,作者将矛盾冲突聚焦在人物之间:九儿与父亲的老死不相往来、余占鳌和九儿的爱恨情仇、余占鳌与花脖子之间的对决;眉娘与钱丁的情感纠缠、眉娘与公爹赵甲的杀父之仇……在戏剧的高潮和结尾段落,原本作为虚设的背景浮出表面,戏剧冲突发生转向,个人矛盾和自我矛盾松弛缓解,凝聚并升华为中华民族与侵略者之间直接的大型冲突。

虽然莫言作品中的人物的命运总是如提线木偶般被风云莫测的历史无形的双手摆布不休,但他们也展现了人性最残酷也最顽强的搏斗与挣扎,反射出作者对历史、时代深刻的反思。

二、激烈的冲撞与无声的对抗

从戏剧冲突的角度来看待戏剧性,戏剧冲突越强烈越尖锐,戏剧性就越丰满强大;反之,戏剧性则单薄弱小。纵观莫言的小说,无论是前期带有先锋性的小说《欢乐》《爆炸》等,还是"大踏步撤退"之后的《檀香刑》《丰乳肥臀》《蛙》,都保持着高强度、高密度的戏剧冲突特点,但冲突的表现形式却各不相同。

戏剧冲突按照表现方式强弱程度来区分,除了冲突双方势均力敌的"冲撞",还有一种在与矛盾方不构成对等关系时所发生的"抵触"。然而,这两者引起的戏剧效果并没有高低之分。

在莫言的小说中,人物常在戏剧性情境下产生肢体和言语的"冲撞"性矛盾。华裔作家严歌苓曾回忆在美国大学上写作课时所接受的"电影训练法",即在写作中用"动作"去推动情节,展现有效的可视画面,以应对美国好莱坞商业电影文学模式的考验。莫言的《红高粱家族》《丰乳肥臀》等小说里充满了硝烟弥漫的战争场景,《酒国》里有侦查员丁钩儿与酒国黑暗势力之间的枪战场面,它们都为影视改编提供了可视的、震撼的、全景式大型戏剧冲突场景,在此不多做赘述。虽然"爱情"一般不是莫言叙事的核心主题,但他小说中的爱情关系往往也是极为激烈的相爱相杀模式。相爱时,他们惊天地泣鬼神,山盟海誓生死相许;爱情破裂时,他们恨不得恩断义绝,从此不共戴天。

比如电影《红高粱》,它还原了余占鳌和九儿之间轰轰烈烈摧枯拉朽的爱情关系,却没有表现原著里两人面临情感背叛时的你死我活。在原著中,当九儿发现余占鳌与恋儿的私情时,她咬牙切齿、痛不欲生。莫言用两个人物之间剧烈的动作冲突展现了这个场面:

奶奶骑着骡子星夜赶回来。她站在窗外听了一会,便破口大骂起来。

奶奶把恋儿饱满的脸抓出了十几道血口子,又对准爷爷的左腮打了一巴掌。爷爷笑了一声。奶奶又把巴掌举起来,但扇到爷爷的腮帮子附近时,那只手像死了一样,无力地擦着爷爷的肩头滑了下去。爷爷一巴掌把奶奶打翻在地。

奶奶放声大哭。

爷爷带着恋儿走了。①

莫言没有对"奶奶"和"爷爷"进行任何心理和语言的描绘,而是用最简洁、直白的外部动作呈现出九儿在面对破碎的爱情时内心的冰冷绝望,九儿泼辣、敢爱敢恨的形象也跃然纸上。而余占鳌也不甘示弱,与九儿发生了直接的肢体冲撞。

同样是面对背叛与破碎的爱情,在《生死疲劳》第四十五章,莫言则赋予黄合作与九儿不同的外部动作:

"你离开他吧,你去谈恋爱,去结婚,去生孩子,我保证不坏你名誉。"你老婆说,"我黄合作人丑命贱,但说话算数!"你老婆用右手背沾了沾眼睛,然后把食指塞进嘴里,腮上的肌肉鼓成条棱。她把手指从嘴里拖出来,我立即嗅到了血腥味儿。血从她的食指尖上渗出来。她举起食指,在法国梧桐光滑的树皮上写了三个缺点少画的血字:

离开他

庞春苗呻吟一声,捂着嘴巴,扭转身,跌跌撞撞地往前跑。她跑几步,走几步,然后再跑几步,再走几步。这颇似我们狗的运动方式。她的手始终没从嘴巴上拿开。我悲哀地目送着她。她没有进新华书店大门,而是从旁边的一条胡同里拐了进去。②

---

① 莫言:《红高粱家族》,作家出版社 2012 年版,第 272 页。
② 莫言:《生死疲劳》,作家出版社 2012 年版,第 452 页。

九儿面对余占鳌和恋儿时的动作为："抓""打""哭"，是一系列夸张、外放型的"大"动作；而黄合作的动作"沾""塞""拖"，是一连串内收型的"小"动作。九儿的动作更直接地将内心的悲痛外化，与他人形成身体上的激烈冲撞；黄合作与庞春苗虽然没有任何肉体上的接触，不构成真正的外部动作冲突，但她的动作所体现出的内心挣扎却不亚于九儿，甚至更加凄惨与痛楚。庞春苗则因身份的弱势，体现出一种"抵触"的状态，而这种"抵触"的戏剧性在于其复杂激烈的内心活动。可见，并不是外部冲突越激烈，戏剧性就越激烈。

在《四十一炮》中，罗小通滔滔不绝地叙述，描绘了在 20 世纪 90 年代农村改革时期，以罗通和老兰为代表的理想主义和利己主义这两种不同的观念之间的冲突。同时，也诉说了父亲罗通与母亲杨玉珍之间，因种种不可调和的原因产生的撕裂关系。在离家五年后，罗通带着他与"野骡子"的私生女敲响了家门。母亲因私生女偷喝自家的水这一件小事，再也无法压制内心的怒火：

母亲抬手扇了女孩一巴掌，骂道：

"小狐狸精，这里没有你喝的水！"

……父亲猛地站了起来，浑身哆嗦，双手攥成了拳头。我很不孝子地希望父亲给母亲一拳，但父亲的拳头慢慢地松开了。父亲揽住女孩，低声说：

"杨玉珍，你对我有千仇万恨，可以用刀剁了我，可以用枪崩了我，但你不应该打一个没娘的孩子……"

母亲退后几步，眼睛里又结了冰。她的目光定在女孩头上，好久好久，才抬起头，看着父亲，问：

"她怎么了？"

父亲低着头，说：

"其实也没大病，拉肚子，拉了三天，就那么死了……"

母亲脸上出现了一种善良的表情，但她还是狠狠地说：

"报应，这是老天爷报应你们！"①

父亲和母亲之间没有形成冲撞。母亲打私生女来发泄内心的痛苦，而父

---

① 莫言：《四十一炮》，作家出版社 2012 年版，第 63—64 页。

亲的惭愧与内疚也没有令他有任何肢体和言语上的对抗。当父亲说出了"野骡子"死去的事,母亲仍然说着充满怨愤的语言,脸上却出现了"一种善良的表情",并给私生女饼干吃。在二人的关系有所缓解的同时,母亲的内心冲突:怨恨心与慈悲心、爆发与隐忍,却在强烈地斗争着。

"抵触"的极致,是无声的对抗。在莫言的小说世界中,充满了对身边环境与他人根本无力抵抗的人物,最显著的就是以"黑孩儿"为代表的沉默的孩童群体。在莫言的成名作中篇小说《透明的红萝卜》中,黑孩儿与成人社会格格不入的戏剧冲突境况通过黑孩儿倔强的动作和紧抿的嘴唇表现出来;《拇指铐》中的阿义,是一个被无缘无故地铐在树上无法动弹的可怜的孩子。而莫言却认为,《拇指铐》是自己最适合改编成舞台剧的短篇小说之一。美国百老汇剧作家黄哲伦指出这部作品的戏剧性正是因为阿义的"沉默":"《拇指铐》的改编难度也正是它的戏剧性所在之处。我从来没有看到舞台上展现过一个不能行动的主人公,而他对这个世界的抵抗是那么的坚决有力量。"①

这两部小说中的孩童基本上从头到尾都处于失声的状态。他们是幼小的、懵懂的,是社会的观察者,还不足以形成对抗的力量。但他们的心理是敏感而丰富、脆弱又强大的。

小说《大嘴》的主人公儿童大嘴本是一个多嘴多舌的孩子。正因为大嘴总说实话,给家人惹了不少麻烦。故事的背景是:因为大嘴的父亲在年少时曾为了吃两个包子,稀里糊涂地被拉去参加了"还乡团",这件事让他们全家人受到了不公正的待遇,却一直不敢言语。针对此事,大嘴的妈妈一再嘱咐他:

"今后无论到了哪里,大人说话,小孩儿,带着耳朵听就行了,不要插嘴,听到了没有?"

"听到了。"大嘴说。②

但是大嘴还是没有忍住,喋喋不休地痛说冤屈,埋怨杜主任。当哥哥为了制止大嘴,打了他一巴掌,并斥责"不许说话"后,大嘴从此闭上了嘴,而做出了奇异的行为:

---

① 黄哲伦与潘耕谈关于莫言短篇小说《拇指铐》的话剧改编,2018 年 4 月于美国哥伦比亚大学艺术学院戏剧系。

② 莫言:《大嘴》,载《与大师约会》,作家出版社 2012 年版,第 480 页。

他感到心中充满了怒火,仿佛只有把拳头塞进嘴里,才可以缓解那种让他几乎要发疯的激烈情绪。塞,他感到嘴角慢慢地裂开,拳头上的骨节顶得口腔胀痛,牙齿也划破了手掌上的冻疮,嘴巴里全是血腥的气味。塞啊,终于把整个的拳头,全部塞进去了。①

大嘴将整个拳头都塞入口中来表达对世界无言却激烈的反抗,也由此产生了传奇和魔幻的色彩。莫言笔下许多魔幻色彩的情节也正是人物在进行"抵触"过程当中一种特别的戏剧动作,如《透明的红萝卜》里黑孩儿视角中奇幻、意象化的世界;《拇指铐》中阿义看到的草房子……将戏剧冲突中外在环境和人的"抵触"转化为人物主观世界的魔幻现象,这是莫言处理戏剧冲突非常独特的手法。

第三节 传奇叙事

"传奇"在中国文学中是一个内涵丰富、难以被定义的概念。它最早作为一本小说集的书名出现在唐代,后来在不同时代的文化语境中,不断被注入新元素,纳入新文体,所以它不仅指唐传奇,还指宋元话本及戏曲,也包含了明清的各种题材的章回体小说。它早已超越了某一时代的某一种文学的样式,成为中国小说发展中重要的叙事方式和审美特征。

张清华联系中国和西方的传奇样式,在《传奇——当代小说诗学关键词之三》一文中指出传奇叙事的三个特点:从内容上来说,传奇"不只是'谈神论鬼'与'英雄侠客'的专利,更是对历史沧桑与世态人情的真实演绎";在写法上,"讽喻现实与寄寓人心";在美学上,"既包含了'才子佳人式'的喜剧形态,又囊括了'奇书'叙事的悲剧形态,因此也可以说是中国古典小说美学风格与神韵的一个总称"②。张清华有关传奇的观点在人物、主题、寓言性与整体美学风格上,总结了"传奇叙事"的关键特点,拓宽了"传奇"一词的美学边沿,对

---

① 莫言:《大嘴》,载《与大师约会》,作家出版社 2012 年版,第 487—488 页。

② 张清华:《传奇——当代小说诗学关键词之三》,《小说评论》2012 年第 3 期。

分析莫言小说中传奇叙事与戏剧性的关系具有启发意义。

"传奇"虽然也是一个难以一言以蔽之精髓的概念，但它的部分内核是与戏剧性有所连接和重叠的，比如人物因具备独特性格而带动的令人惊叹的事件、人物命运在巨大的冲突与激变中展现转向等。这一节我们从莫言小说中人物性格的独特与奇异、人物行为的极致与异化两个方面，来阐述莫言创作中传奇性与戏剧性的关联。

一、奇与现实：独特性格与传奇人生

莫言小说中的"奇人"构成了他独特的传奇叙事色彩。在莫言的笔下，"奇人族群"异常庞大，如《良医》中医术高超的"神医"陈抱缺和"良医""大咬人"；《红树林》中珍珠仙子的代言人、神通广大的万奶奶；《藏宝图》中年龄加起来有 300 岁，自称给皇帝做过饺子且能预知死亡的老夫妻；《酒国》中的红衣小儿虽状如婴孩，实已十多岁，少年老成，带领肉孩们造反；神出鬼没、偷富济贫的鱼鳞小子……百余位具有传奇色彩的人物出入莫言的小说世界，但是否每一位奇人都具备"奇人品格"，与戏剧性叙事有所连接？是否所有的传奇色彩情节都适合当下的现实主义的影视剧改编？显然并非如此。在此，我们试图从戏剧性叙事的角度出发，将"传奇人物"聚焦在莫言笔下那些在品格上某一方面有着超乎寻常人的特征，并且与现实世界紧密关联的人身上。

"奇"的基本意思是稀罕少见、不同寻常、出人意料等。著有文学经典"二拍"的明代文学家凌濛初关于"奇"的论述是这样的："夫蜃楼海市，焰山火并，观非不奇，然非耳目经见之事，未免为疑冰之虫。故夫天下之真奇，未有不出于庸常者也。"① 按照他的观点，"奇"需要与现实生活、与真实性相关联，才能体现出"奇"的真正意义。

我们发现，在莫言的小说中有很多叙事与鬼神传说并无关联，但它依然散发出极为"奇"的审美效果。无论是在生理、脾气秉性抑或能力上，这些传奇人物都有着与常人不同的特点。他们的独特、孤独和不合时宜，使他们成为"奇人"，"奇"的品性使他们做出"奇"的行为，带动"奇"的事件，并与整个情

① 转引自丁锡根编：《中国历代小说序跋集》中册，人民文学出版社 1996 年版，第 793 页。

境因"隔"而产生了强烈的戏剧性。短篇小说《神嫖》中,"我爷爷"回忆了关于季范先生的奇闻轶事。季范先生既是腰缠万贯、从不过问田地里的事的"百分之百的玩主",同时又是乐善好施,参透万事万物的圣贤。一天他心血来潮,兴师动众地请来全高密的妓女"神嫖",然而,他所谓的"神嫖",无非是让28个妓女脱光衣服,然后在她们肚皮上走了一遍。这种让人目瞪口呆的非常规行为,让小说中的"我"抛出"他是不是有神经病""他不是神经病,为什么要干那些稀奇古怪的事"的疑问。

单单从"奇"的角度上来看,季范先生既没有奇异的天赋,也与怪力乱神并无瓜葛,但《神嫖》依然充满了传奇色彩。季范的"奇"表现在他既玩世不恭,又带有魏晋名士风度,参透了宇宙间道理的个性上。他在大年三十做出的奇异行为,并未与任何人产生矛盾冲突,但却是对四仰八叉、忸怩作态的妓女们和不能理解其行为的"我"最大的嘲弄,而"我"在这里代表了所有听故事的普通听众。

人物"奇"的品性,使其产生"奇"的行为,从而带动"奇"的事件。从创作思维和具体写作上来讲,整个过程即塑造戏剧性人物、做出戏剧性行动、带动戏剧性叙事。"奇"的艺术效果在叙事链条的进行中不断生成。

莫言小说中的"奇女子"光彩夺目、豪迈不群。戴凤莲、上官鲁氏、孙眉娘、姑姑等女性人物都有着强烈的传奇性,让人过目不忘。她们身上的诸多传奇叙事,归根结底还是来源于她们或离经叛道或忍辱负重的奇人品格。上官鲁氏在丈夫没有生育能力的情况下,数次"借种"生子以保家族地位,这本身也是一种"奇"。上官鲁氏经历了饥饿、战争、痛失爱女等众多人生苦难,以自己超人的顽强毅力养活了婆婆、外甥、儿子、女儿等一大家人。饥荒年代,为让孩子们活命,上官鲁氏在去推磨干活时,偷取豌豆先自己吃下,回家后再用"反哺"的方法,将豆子吐出后喂养孩子。八姐玉女吃出了豆子的血腥味,听到母亲呕吐的声音,她无法忍受母亲以摧残肉体的方式来养活自己,最终投河自尽。上官鲁氏就是用这样"呕心沥血"的方式阐释了母亲的无私与伟大。莫言曾说过,他就是因为在生活中听说过"反哺"的故事,受到强烈的震撼,将其写进小说。这样的传奇叙事是完全可以展现在电影、电视剧中的。

小说《红高粱家族》中有许多传奇性叙事。但是电影《红高粱》既没有选择原著里"人狗大战"的情节段落,也没有选择九儿去"死孩子夼"猜花会的神

秘事件,而是主要在九儿和余占鳌的爱情故事和他们与日本侵略者的战斗中
展开传奇书写。在嫁鸡随鸡嫁狗随狗的传统社会,九儿与余占鳌的"野合"就
是一种"奇";在女人地位低下的年代,九儿在单家人死后,大胆地接过酒坊的
钥匙,当起老板娘,也是一种"奇";虽然知道余占鳌为自己杀了单家人,却在
余占鳌再次登门时接受了他,也是一种"奇"。诸如此类让人感到不可思议的
事件共同构成了九儿的传奇人生,书中的人物无一不为她的所思所想、所作所
为而感到佩服。

余占鳌性格的内在矛盾性,也具有强烈的戏剧性。他自小就与众不同,在
少年时期,当知道母亲与和尚有染的事实后,他毫无同情心地杀死了和尚,显
示出土匪的潜质。但在余占鳌眼里,杀死和尚并不是滥杀无辜,因为和尚的行
为逾越了道德的底线。后来余占鳌又在杀死单扁郎后入住单家,这胆大奇特
的行为令人吃惊。之后余占鳌又苦练七点梅花枪,击毙了自己的死对头花脖
子,最终在墨水河大桥上伏击日本人为罗汉大爷报仇。我们难以用简单的
"好""坏"标准来判断余占鳌其人,他丰富的性格内涵使他充满了传奇色彩。
《丰乳肥臀》中的司马库与余占鳌同属一种"英雄好汉王八蛋"的传奇人物。
他既是一个杀人无数的恶棍,又是一位抗日的英雄;他既有自私自利的一面,
又有面对死亡的大无畏精神。

"奇"为罕见也。在"种的退化"进程中,依然保持顽强生命力的人是罕见
的;在"一犬吠形,百犬吠声"的强大的集体无意识社会中,依然和而不同、随
而不流的人是罕见的;在所有人都哭的时候,那个不哭的人,也是罕见的。因
此,与普通人的传统认识、观念有截然不同的巨大反差,并且能付诸行动的人,
就可以被认为是具有传奇性格的人。这种品格在具体情境下必将引发与他
人、与社会的巨大矛盾,即使没有冲突发生,读者也能感知到他们与现实社会
巨大的冲突和对立,足以产生强烈的震撼力。

二、奇与超现实:极致行为与人的异变

莫言善于将现实世界中的奇人品格夸张、推向极致,使他成为充满虚构色
彩的狂人、怪人、精神异质的人,从而构成情节故事的荒诞离奇,形成一种超现
实的戏剧性色彩。《丰乳肥臀》中患有"恋乳癖"的上官金童和《四十一炮》中

的"肉神"罗小通是最为显著的代表。上官金童对乳房痴迷至极,他依靠母亲的乳汁,躲过时代的狂风暴雨,几位姐姐也为他改变甚至结束了自己的命运。他一生都无法割舍对乳房的极端依恋,最终在孤独与痛苦中产生幻觉,看到了形态各样、大小不一的乳房,在酒神般的沉醉幻觉中得到了精神上的安慰。罗小通在"吃肉"上有极其强烈的欲望与能力。他不仅食量惊人,而且能与肉交流对话,被人们奉为"肉神"。莫言抓住了他们性格与能力中的一点,将其夸张、放大到极致,让人在瞠目结舌的同时,也产生了一种象征性和寓言性。

还有一些人物也在思维与行为走向极端的过程中,由现实世界走向自己的心灵幻境。如《檀香刑》里将实施酷刑视为艺术享受的赵甲、《十三步》中蹲坐在铁笼里大吃粉笔的叙述者、《酒国》里身怀绝技"壁虎功"的余一尺、《丰乳肥臀》里的捕鸟天才鹦鹉韩、《铁孩》里将铁锅铁枪吃得津津有味的铁孩子。他们或在现实社会中因具有超人的本领而与众不同,或在自己的精神世界中如痴如狂,或在幻象与现实世界的对照与反差中偷生。总而言之,莫言通过极致的描绘给他们披上了一层超现实色彩的外衣,赋予他们一种戏剧性的狂欢风格。莫言也在这种传奇叙事中,打开虚构的想象世界,拥有了叙事内容与形式双向度的自由。

在莫言的笔下,戏剧性的"突转"也会带来传奇的叙事。生活的偶然性因素能够使情节发展具有一种不以人的意志为转移的奇特力量,在此情境下,人物的内心必定会受到巨大的冲击。莫言擅长用"变形"的方式,以人的异化来表现传奇性。

在《红高粱家族》的结尾处,莫言描述了"二奶奶"嘶吼复活诈尸,骂不绝口的神奇事件。她被日本侵略者轮奸后失去了生命。余占鳌将她接回家中,为她准备葬礼。莫言以一只在屋脊上徜徉着的黑猫及其发出的令人胆寒的凄厉叫声,将读者从现实带入一种魔幻的叙事中:

> 二奶奶忽然睁大了眼睛,眼珠不转,眼皮却像密集的雨点一样眨动起来。她腮上的肌肉也紧张地抽搐着,两片厚嘴唇一扭一扭又一扭,三扭之后,一声比猫叫春还难听的声音,从她的嘴里冲出来。①

① 莫言:《红高粱家族》,作家出版社 2012 年版,第 345 页。

众人发现"二奶奶"是被邪魔附了体,想方设法驱魔。在她片刻的平息后,黑猫再次发出走动的声响,"二奶奶"开始了她的痛骂:

　　二奶奶僵死的脸上又绽开迷人的笑容。她的脖子像打鸣的公鸡一样死劲抻着,皮肤都抻得透亮,随着几声尖叫,一股浑浊的水从她的嘴里喷出来。水柱直上直下,到二尺多高时,突然散开,水点像菊花的瓣儿一样,跌落在她崭新的送老衣裳上。

　　二奶奶的喷水游戏吓得那四个伙计拔腿就跑;二奶奶高声喊叫:"跑,跑,跑,到底跑不了,跑了和尚跑不了庙。"

　　……

　　"……余占鳌,我要吃黄腿小公鸡!"①

这惊人的一幕让当场的人都魂飞魄散。被黄鼠狼附身的"二奶奶"魔力高强,余占鳌请来驱魔人李山人也无法将其镇住。这个事件无疑给小说带来了极为魔幻传奇的色彩,但我们还是要分析小说中人物之所以产生异变,被邪魔附体的原因。几天前的凌晨,"二奶奶"与她的孩子正在睡梦中时,日本人突然闯入了她的家。他们不仅轮奸了她,还当着她的面用刺刀戳穿了她的孩子。这突如其来的厄运令孩子命丧黄泉,"二奶奶"的命运也产生了巨大的改变。"二奶奶"因无法承受惨烈的突变,死也无法瞑目。为了表达人物难以言表的心情,莫言用奇特的手笔令其复活。人物在变成鬼怪后,才利用痛骂的方式宣泄出自己内心的痛苦与悲凉。这样的叙事给读者带来的强烈感受,不仅是震惊,更多的是对人物的怜悯与同情。

在《丰乳肥臀》中,三姐领弟一直深爱着捕鸟高手鸟儿韩。依靠鸟儿韩不断地猎鸟、送鸟给上官家,一家人才勉强度过了饥饿的岁月。当鸟儿韩突然被俘虏去日本后,领弟精神错乱,化作鸟仙。莫言顺着鸟仙这一人物,展开了极为传奇的叙事。鸟仙动作、神态都如同鸟儿一样,就连吃的也是鸟食。她让母亲为她设立了神坛,五湖四海的人都来此算卦问诊。领弟的异化,使她具备了超乎现实的思维、行动和能量。莫言如此赋予她传奇的色彩,来表达她对爱情的守护。

---

① 莫言:《红高粱家族》,作家出版社 2012 年版,第 347—348 页。

莫言以表现人物形象与人物丰富的内心与核心，以传奇书写作为通道，通过对一个个奇特、奇异故事的讲述，将我们引入了他浑厚博远、神奇瑰丽的艺术世界。

第四节　戏剧性语言

从话剧《霸王别姬》开始，就有不少学者对莫言创作方向从小说向戏剧转移过程中的便捷与障碍产生了兴趣。对此，莫言特别提出了"语言"的问题。他认为，从小说创作到剧本创作，自己几乎没有感到什么障碍。最根本的原因之一，就是自己的小说对"对话"是非常重视的，这来源于他对中国古典小说的大量阅读和深切体会。

莫言曾指出中国古典小说"白描"写作手法对人物塑造的重要性，他这样说："许多年轻作家不爱写对话，这也是西方作家的特点，他们不擅长中国的白描，因为白描是要通过对话和动作把人物的性格表现出来。西方就直接运用意识流来刻画心理。后者的难度实际上要比前者小。我认为学习我们的古典小说主要的就是学习写对话，扩大点说就是学习白描的功夫。"①莫言曾用中国的古典四大名著举例，指出它们无一不是通过语言来塑造人物性格，并着重解释了《红楼梦》中人物的"语言体系"与人物性格塑造之间的关联："王熙凤有王熙凤的语言体系，林黛玉有林黛玉的语言体系，贾母、赵姨娘、刘姥姥……每个人都有自己的语言体系。她们的性格正是通过她们的语言体系去表达的。"②而中国的长篇章回体小说形成于话本小说的基础之上，话本小说与中国戏曲在历史的发展进程中，一直相辅相成，相互滋养、渗透、影响，有一种既分离又紧密的亲缘关系。

实际上，中国古典小说的"白描"在写作形式上非常类似剧本。"白描"就是用最简单的文字描写人物的外貌、动作、语言，栩栩如生地勾勒人物形象，展

---

① 莫言、王尧：《从〈红高粱〉到〈檀香刑〉》，《当代作家评论》2002 年第 1 期。
② 莫言指导博士生论文写作的谈话，2019 年 1 月 14 日于北京师范大学国际写作中心。

现人物性格。而戏剧文学的根本特性之一,也是通过对话和动作描绘人物。剧本的构成分为两部分,舞台提示和台词。舞台提示也就是对布景、人物动作、人物做出简洁不加修饰的描绘;台词也就是对话、独白和旁白。

戏剧是动作的艺术,戏剧语言也极其强调动作性。亚里士多德对于悲剧的定义是这样的:"悲剧是对一个严肃、完整、有一定长度的行动的摹仿;它的媒介是经过'装饰'的语言,……它的摹仿方式是借助人物的行动,而不是叙述。"①在这个定义中有两个关键词:模仿和语言。模仿是一个严肃、完整、有一定长度的行动模仿,而不是轻佻、零碎和短暂的行动模仿,这种行动模仿,其实就是戏剧动作;语言不是常规化的语言,而是经过装饰的语言,其实也就是戏剧文学语言。如此看来,模仿、动作是戏剧性极为重要的特征,也是区别于其他文学形式的明显标识。但是,戏剧动作与语言之间有何关联?长期以来,一些学者重视了戏剧动作而忽视了戏剧动作的内涵。戏剧动作,并不等同于肢体动作,还包括内心动作、语言动作、静止动作等。

与小说中的叙述性语言相比,戏剧性语言带来最大的艺术效果就是直观性和临场感。此节我们就通过莫言小说中的对话和独白说明其戏剧性特征。

一、引发变化的戏剧性对话

德国戏剧浪漫派理论家奥·威·史雷格尔在解释"什么是戏剧性"时,正是从对话谈起的。在他看来,戏剧性对话与非戏剧性对话的界限,就在于对话本身是否具备动作性:"如果剧中人物彼此之间尽管表现了思想和感情,但是互不影响对话的一方,而双方的心情自始至终没有变化,那么,即便对话的内容值得注意,也引不起戏剧的兴趣"②。也就是说,对话作为戏剧动作的一种方式,不仅应该体现出人物潜在的意愿,而且需要对谈话的另一方具有一定的冲击力或影响力。谭霈生如此解释:"对话本身就意味着双方的交往。但是真正具有戏剧性的对话,应该是两颗心灵的交往及影响;对话的结果,必须使双方的关系有所变化,有所发展,因而成为剧情发展的一个组成部分。"③

---

① ［古希腊］亚里士多德:《诗学》,陈中梅译,商务印书馆 1996 年版,第 63 页。
② 转引自谭霈生:《论戏剧性》,北京大学出版社 1984 年版,第 40 页。
③ 谭霈生:《论戏剧性》,北京大学出版社 1984 年版,第 41 页。

从《红高粱家族》开始，莫言的多部小说都受到了影视工作者的关注。莫言也曾说过："如果改编成电影、戏剧，我小说中的很多对话是可以直接挪用的。我想，这也是我的作品适合改编的原因之一。"①用人物的对话来树立鲜活的人物形象，是莫言非常重视并擅长的写作技能。在莫言的大部分小说中，我们都可以见到在形式与本质上与戏剧对话非常相似的对话，甚至可以说完全等同于戏剧对话。这些对话不仅符合对话双方人物的社会地位和性格特征，还常常显示出紧凑、剧烈的人物关系张力。

《生死疲劳》的第十九章"金龙排戏迎新年　蓝脸宁死守旧志"，从蓝解放到牛棚去找蓝脸开始，莫言就开启了"戏剧性对话"写作模式。这部分情节一共包含了三个紧密衔接更替的戏剧场面：

1."我"（蓝解放）去找"爹"（蓝脸），希望他跟自己一起入社，却被严词拒绝；

2."我"告诉金龙，自己决定入社，但"爹"坚持不入，金龙大怒；

3.金龙去找"爹"，威逼其入社不成，歹毒地告诉他不入社不如自己上吊。

戏剧场面1、2：

"爹，为什么，到底为什么？"我带着哭腔喊，"你一人单干下去，到底有什么意义？"

爹平静地说："是没有什么意义了，我就是想图个清静，想自己做自己的主，不愿意被别人管着！"

我找到金龙，对他说：

"哥，我跟爹商量好了，入社。"

他兴奋地将双手攥成拳头，在胸前碰了一下，说：

"好，太好了，又是一个'文化大革命'的伟大成果！全县唯一的单干户，终于走上了社会主义道路。这是特大喜讯，我们要向县革委会报喜！"

"但是爹不加入，"我说，"我一个入，带着一亩六分地，扛着那幅木犁，还有一盘耧。"

---

①　莫言指导博士生论文写作的谈话，2019 年 5 月 11 日于北京师范大学国际写作中心。

"怎么搞的?"金龙的脸阴沉下来,冷冷地说,"他到底想干什么呢?"

"爹说,他没想干什么,他就是一个人清静惯了,不愿意听别人支派。"

"简直是个老混蛋!"哥将拳头猛地擂到那张破旧的八仙桌子上,差点没震翻桌上的墨水瓶。

黄互助安慰道:"金龙,你不要着急。"

"我怎能不急?"金龙低声道,"我原准备春节前向常副主任、向县革委会献上两份厚礼,一份是我们屯子排成了《红灯记》,一份是我们消灭了全县唯一、也许是全省、全国唯一的单干户,洪泰岳没做到的,我做到了,这样,我上上下下都树立了威信。可是,你入他不入,等于还是留下一个单干户! 不行,走,我跟他说!"

金龙气冲冲地走进牛棚,这也是他多年没踏足之地。①

从戏剧场面 1、2 可以看出,作者运用了非常类似于剧本中台词加舞台提示的文本形式,即全部由人物对话和简单的人物动作、状态和语气构成。两个场面之间的时空转换也仅由"我找到金龙,对他说"一句话描述完成,并用"金龙气冲冲地走进牛棚"来衔接下一场面,它仿佛戏剧舞台上通过灯光切换时空场景,不仅加速了戏剧节奏,而且表现出金龙坚定的决心和将与父亲决裂的潜在危险。戏剧矛盾在这场对话中形成过渡和铺垫,并在第 3 个场面达到高潮:

戏剧场面 3:

金龙气冲冲地走进牛棚,这也是他多年没踏足之地。

"爹,"金龙说,"尽管你不配我叫爹,但我还是叫你一声爹。"

爹摆摆手说:"别叫,千万别叫,我担当不起。"

"蓝脸,"金龙说,"我只说一句话,为了解放,也为了你自己,你们俩一起入社。我现在说了算,入社之后,绝不让你干一天重活,如果轻活也不想干,那您就歇着,您也这么大年纪了,该享点清福了。"

"我没有那福气。"爹冷淡地说。

"你爬上平台往四下里望望,"金龙说,"您望望高密县,望望山东省,

---

① 莫言:《生死疲劳》,作家出版社 2006 年版,第 183—184 页。

望望除了台湾之外的全国二十九个省、市、自治区,全国山河一片红了,只有咱西门屯有一个黑点,这个黑点就是你!"

"我真他娘的光荣,全中国的一个黑点!"爹说。

"我们要抹掉你这个黑点!"金龙说。

爹从牛槽下摸出一条沾着牛粪的麻绳子,扔在金龙面前,说:

"你不是要把我吊到杏树上吗?请吧!"

……

"那也好,"金龙说,"你以为我不敢把你吊到杏树上吗?"

"你敢,"爹说,"你什么都敢。"

"你不要打断我的话,"金龙说,"我是看在娘的面子上,放你一马。你不入社,我们也不强求,从来就没有无产阶级向资产阶级求情的事。"金龙说,"明天,我们就召开大会,欢迎蓝解放入社,土地要带上,木犁带上,耧带上,牛也要带上。我们要给解放披红戴花,给牛披红戴花。那个时候,这牛棚里,只剩下你一个人。外边敲锣打鼓,鞭炮齐鸣,面对着空了的牛棚,你心里会很难受。你是众叛亲离,老婆与你分居,亲生儿子也离你而去,唯一不会背叛你的牛也被强行拉走,你活着还有什么意思?如果我是你,"金龙踢了一脚那条绳子,看一眼牛棚上的横梁说,"我要是你就把绳子搭到梁上,自己把自己吊死!"

金龙抽身而走。

"你这个歹毒的杂种啊——"爹跳了一下,骂一句,便颓然地萎在牛槽前的草堆里。①

场面3依然是一个以对话为主的戏剧性场面,展现了父子之间异常尖锐的、剑拔弩张的矛盾。但是,是否激烈争吵的双方进行的对话就一定具有戏剧性?别林斯基在《诗的分类和分科》中详细地阐解了此问题:"如果两个人争吵一件什么事情,这里还不单没有戏,也没有戏剧因素;可是,当吵架的人互相都想着占对方的上风,力图损伤对方性格的某一方面,或者触痛对方脆弱的心弦的时候,当他们在争吵中表露出他们的性格,争吵的结果又使他们处于一种

---

① 莫言:《生死疲劳》,作家出版社 2006 年版,第 184—186 页。

相互间新的关系的时候,这就已经是一种戏了。"①在中国传统封建社会"君为臣纲,父为子纲"的观念下,当子女的个人意识与父母发生冲突时,要表现出绝对的归顺与服从。而在这个场面中,蓝脸和金龙的父子关系,从蓝脸对父子关系的否认——金龙要抹掉蓝脸这个黑点——金龙希望蓝脸自己吊死,血脉相连的父子不仅视对方为生命中最大的敌人,而且步步紧逼,用最歹毒的话语刻意刺痛对方的灵魂,甚至连最忌讳的诅咒都口无遮拦,这完全打破了子对父以"孝"为首的家庭伦理秩序。

以上《生死疲劳》中的三个场面,篇幅共三千字左右,几乎全部由对话构成,齐整地犹如三组戏剧中的"对子戏"(即两个人之间的戏)②并列出现,如果直接作为影视剧中的台词对话,不加删改也会是非常精彩的段落。

虽然对话对于小说很重要,但小说毕竟是以叙述和描写为根本诗学特征的艺术类别,对话并不是必不可少的元素。像莫言小说中这样集中、大篇幅地出现人物对话的情况更为少见。珀西·卢伯克等在《小说技巧》中说:"戏剧性场面是小说家笔下最精彩的场面。"③在这三组对话中,主观的作者视角完全被客观的人物视角所代替;叙述、议论、心理描绘等小说创作常用手段被人物的对话、动作所代替;间接、缓慢、留给读者的想象空间的表达,被直接、紧张、鲜活的现场展现所代替,从而形成了与一般小说的叙述语言迥然相异的效果——极具张力的戏剧性品质。

受到中国古典小说的影响,莫言初期阶段的创作就显示出对戏剧性对话的重视和掌控能力。张艺谋在谈到小说《红高粱家族》对他的吸引力时,运用了两个词汇来表达这部小说的特质:"写意"和"有力"。"写意"指"对画面对色彩的描述";"有力"指"人和人之间的行为都非常有力量,故事也非常有力量,这特别吸引我"④。这两点正说明了莫言小说的鲜明特质:诗性和戏剧性

---

① 〔俄〕别林斯基:《诗的分类和分科》,载《别林斯基选集》第三卷,辛未艾译,上海译文出版社1980年版,第84页。

② 黄维若:《剧本剖析——剧作原理及技巧》,《剧作家》2010年第5期。

③ 〔英〕珀西·卢伯克等:《小说技巧》,载《小说美学经典三种》,方土人、罗婉华译,上海文艺出版社1992年版,第230—231页。

④ 《选择的艺术——大江健三郎与莫言、张艺谋的对话》,载《碎语文学》,作家出版社2012年版,第17页。

的结合。小说中充满大量诗意的天马行空、令人眩目的对景色、色彩和人物心理的描绘,戏剧性的叙述表达和直接的行动与对话带来更多的气势与力量。尽管电影需要依靠镜头语汇来讲述故事,电影《红高粱》对原著也进行了很多压缩和改编,但仍然在某些场面保留了莫言原文中的戏剧性对白。如在九儿被土匪绑票后,余占鳌独身赴酒馆会土匪时的对话,下面列出原文与电影台本进行比较说明:

小说《高粱酒》:

"掌柜的,来斤酒!"余占鳌坐在条凳上说。

胖老头一动也不动,只把那两只灰色的眼珠子转了转。

"掌柜的!"余占鳌喊。

胖老头掀开狗皮下了炕。他盖着一张黑狗皮,铺着一张白狗皮。余占鳌还看到墙上钉着一张绿狗皮,一张蓝狗皮,一张花狗皮。

胖老头从柜台的空洞里摸出来一个酱红色的大碗,用酒提儿往碗里打酒。

"用什么下酒?"余占鳌问。

"狗头!"胖老头恶狠狠地说。

"我要吃狗肉!"余占鳌说。

"只有狗头!"胖老头说。

"狗头就狗头!"余占鳌说。

胖老头揭开锅盖,余占鳌看到锅里煮着一条整狗。

"我要吃狗肉!"余占鳌喊。

……

胖老头把狗头往柜台上一掼,怒冲冲地说:"吃就吃,不吃就滚!"

"你敢骂我?"

"安稳地坐着去,后生!"胖老头说,"你也配吃狗肉? 狗肉是给花脖子留的。"[1]

---

[1]　莫言:《红高粱家族》,作家出版社 2012 年版,第 91—92 页。

《红高粱》电影剧本①基本保留了这些对话,但在细节上略有改动。而从最终拍摄成电影的版本来看,影片中的对话内容则比电影剧本更加贴近小说原文(以下内容为1987年西安电影制片厂摄制的电影《红高粱》中的对话台词,布景、人物动作等省去):

余占鳌:"掌柜的,来斤酒!"

余占鳌:"有会出气儿的没有?"

余占鳌:"拿什么下酒?"

掌柜的:"就有牛头。"

余占鳌:"我想吃牛肉。"

掌柜的:"就牛头。"

余占鳌:"好,牛头就牛头。"

余占鳌:"爷爷我要吃牛肉!"

掌柜的:"吃就吃,不吃就滚!"

余占鳌:"你他妈敢骂我! 我今儿还非吃牛肉不可!"

掌柜的:"你安稳地坐着吧。后生,你也配吃牛肉? 牛肉是给三炮留的。"②

在原小说中,余占鳌吃完肉之后,再次与胖老头纠缠:

"一块大洋。"胖老头说。

"我只有七个铜板。"余占鳌抠出七个铜板,摔在八仙桌上。

"一块大洋!"

"我只有七个铜板!"

"后生,你到这里来吃俏食?"

"我只有七个铜板。"余占鳌起身欲走,胖老头跑出柜台,拉住了余占鳌。正撕掳着,见一个高大汉子走进店来。③

---

①　陈剑雨、朱伟、莫言:《红高粱》(根据莫言小说《红高粱》《高粱酒》改编,西安电影制片厂根据本剧本于1987年摄制成影片),《中国电影剧本选集14》,中国电影出版社1994年版。

②　电影《红高粱》中的台词(40分—41分21秒),1987年西安电影制片厂拍摄,导演:张艺谋。

③　莫言:《红高粱家族》,作家出版社2012年版,第92页。

而在电影中，这段对话几乎原模原样地出现：

掌柜的："一块大洋。"

余占鳌："就仨铜板。"

掌柜的："一块大洋。"

余占鳌："爷爷就仨铜板。"

掌柜的："后生，你来吃俏食啊？"①

一般来讲，影视剧本从成文出版的版本到最终拍摄的版本，中间还需要再经历一个针对拍摄进行改动和调整的过程。从张艺谋导演的影片《红高粱》中使用的对话来看，比剧本更贴近小说原文，这个细节从侧面说明了小说中的这组对话非常适合电影场景化的展现。这组对话异常简单，内容仅聚焦在"吃肉""一块大洋""几个铜板"上；语句精炼、短促，却充分展现出余占鳌羽翼未丰却充满英雄气与匪气，粗横执拗、无所畏惧的性格。正如老舍所言："在人物头一次开口，便显示出他的性格来……闻其声，知其人。""始终把眼睛盯在人物的性格与生活上，以其开口就响，闻其声知其人，三言五语就勾出一个人物形象的轮廓来。"②余占鳌与酒馆老板之间冲撞性很强的矛盾较量通过两人重复性的三言两语展现出来，同时也营造了紧张、杀机暗藏的气氛。简短的对话展示了动作、冲突、悬念、人物性格、人物关系等一系列戏剧性元素，显示出莫言对话写作的深厚功力。

除了显著的戏剧性对话，莫言的小说中还大量存在着"隐藏式戏剧性对话"。隐藏式戏剧性对话，是指一些戏剧性对话不以剧本式的对话形式出现，而是蕴藏在叙述文字之中，但本质与对话并无区别。这种情况在莫言的小说中大量出现，如《藏宝图》。《藏宝图》中丰富的戏剧性再次受到电影制作者的青睐，同名电影正在制作当中。莫言认为，选中这部小说，正是因为其中蕴含着"传奇色彩与丰富的对话"③。

在这篇小说中，作者的声音完全隐匿不见，通篇运用"隐藏式对话"的形

---

① 电影《红高粱》中的台词（42 分 19 秒—43 分），1987 年西安电影制片厂拍摄，导演：张艺谋。

② 老舍：《对话浅论》，《电影艺术》1961 年第 1 期。

③ 莫言指导博士生论文写作的谈话，2019 年 5 月 11 日于北京师范大学国际写作中心。

式来进行叙事。"马可"作为"讲故事的人",不仅在现实时空中与"我""老太太""老头子"对话,而且还在自己讲述的故事中,通过扮演,进行人物之间的对话:

> 六十未曾开口,眼睛里先喷出火来,但他强压怒火,故意用轻松愉快的口气说:恩公难道忘了吗? 五年前的春天,四月初八日,我十五岁时,去南山贩了一车白棉布,走到您家祖坟,实在拿捏不住了,在那里拉了一泡屎……财主的脸色突变,似乎有夺门而出的意图。六十娘说:恩公不必害怕,我儿子这五年里走遍天下拜师学艺,练出了一手飞刀绝技,天上飞着一只燕子,他一扬手,那燕子就掉下来了。他如果想取您的性命,您已经死在大集上两个时辰了。六十娘接着就把那柄闪闪发光的匕首从怀里摸出来,冷汗涔涔从财主的头上流下。六十娘一扬手,把匕首钉在了梁头上,她的动作刚健有力,与她的年龄极不相称,一看就是个会家子。她的动作不但让财主大吃一惊,连六十也吃了一惊。六十后来对他的后代说,真是真人不露相,露相不真人,我和你奶奶生活了几十年,还不知道她有一身好功夫。财主原本还存在着侥幸之心,想打个暗号把外边的保镖叫进来,一看到六十娘的出手,他就明白该怎么做了。他将衣袖一甩,跪在了六十和他娘的面前,说:老夫人,大公子,在下一时糊涂,犯下了不可饶恕的罪过,今日落在了你们手里,要杀要砍悉听尊便! 六十娘上前把财主拉起来,说:恩公快快起来,过去的事儿何必再提? 财主拱手道:多谢老夫人不杀之恩,在下可否告辞? 六十急巴巴地看着他娘,说:不能放他走!他娘却说:我儿,送恩公出去吧! 财主到了院子里,道:老夫人,大少爷,后会有期! 财主走了,六十对母亲很不满,对财主更不满。他娘笑道,孩子,用不了十天,他还会回来的。①

以上文字,是《藏宝图》套层叙述结构故事中的一段。作者赋予了"马可"说书人的口吻语气、叙述姿态和跳进跳出叙事框架的自由。看似叙述性的文字,其本质却是戏仿与对话。"马可"在故事中分裂成男孩儿"六十""母亲""财主"等角色,如独角戏一般一人分饰多角,进行充满戏剧动作、矛盾冲突的

---

① 莫言:《藏宝图》,载《师傅越来越幽默》,作家出版社 2012 年版,第 360 页。

对话。因为没有运用对话的格式,而是不分段落地将语句放置在一起,加强了文字的稠密度,反而从语言和行文上造成一种更为集中、浓烈、紧锣密鼓的阅读感受。

谭霈生在《论戏剧性》中这样总结小说和戏剧的主要区别:"前者(小说)是对人物动作的叙述、描写,后者(戏剧)是对动作的直观再现。"①山东地方茂腔戏和民间说书两种艺术形式皆是以对人物的动作和语言的直接模仿作为主要表达方式来再现历史和当下生活。受这两种民间艺术的熏陶,莫言习惯了用耳朵听、用眼睛看,去真实地体感故事人物的行动与对话。这种比纸面叙述文字更加生动、立体、直观的艺术活力潜移默化地被莫言吸收与借鉴,融入他的小说创作中,使小说叙事语言属性脱离并突破了平面的叙述和描写。精神世界深度释放的人物在莫言的笔下进行着平等、激烈的对话,在小说中绽放着充满灵性的动态立体的美感。

二、揭露隐秘的戏剧性独白

在戏剧语言中,除了对白,还有旁白与独白。独白是人物在舞台上抒发内心情感、表达意愿时的语言,一般有一定的长度和自主度。

相比对白来说,独白似乎显得没有那么重要。黑格尔认为:"全面适用的戏剧形式是对话。只有通过对话,剧中人物才能互相传达自己的性格和目的……这种针锋相对的斗争促使实际动作向前发展。"②德国当代文学理论家斯丛狄也明确指出戏剧的"语言媒介是对白"③。这是因为对白可以在塑造人物的同时,建立起人物之间的关系,造成戏剧冲突,并在人物关系的发展变化中推进情节。而独白,是人物的独自言说,往往被认为是无法建立有效的人物关系的,是静止的,难以推动剧情。许多戏剧作家和理论家在肯定独白在披露人物内心纠葛方面的重要性的同时,认为独白使剧情停滞,中断了故事的情节脉络,弱化了戏剧激烈感、紧凑感,因而反对独白在戏剧中的大量使用。但是

---

① 谭霈生:《论戏剧性》,北京大学出版社 1984 年版,第 14 页。
② [德]黑格尔:《美学》(第三卷下),朱光潜译,商务印书馆 1981 年版,第 259 页。
③ [德]斯丛狄:《现代戏剧理论(1880—1950)》,王建译,北京大学出版社 2006 年版,第8 页。

独白真的是静滞的吗？

在一些戏剧经典中，独白却被认为是极其富有戏剧性的语言。在中国古典戏曲和西方歌剧中，大段的唱词、唱段是人物内心活动的特殊表达方式。莎士比亚也是运用独白最为优秀的剧作家之一，《哈姆雷特》《麦克白》《李尔王》的每一幕都有很长的独白。它们不仅揭示出人物灵魂深处的隐秘，并且构成了全剧情节发展的潜流。

莫言小说中，戏剧性独白是介绍故事背景、表现人物身份、展示人物内心情感的重要手段。《檀香刑》是体现戏剧性独白最为显著的小说。《檀香刑》的"凤头"部分为四章，分别是：眉娘浪语、赵甲狂言、小甲傻话、钱丁恨声。这部小说虽然每一章节都充满大量的精彩叙事，但凤头部分章节形式就好像中国戏曲中旁白加独白式的"自报家门"，从每个人的视角进行故事讲述，形成复调结构。

《檀香刑》中的"眉娘浪语"以孙眉娘的口吻，诉说了她眼中事件的来龙去脉和她与其他主要人物的关系与纠葛。孙眉娘在舞台上滔滔不绝地讲述，她埋怨亲爹孙丙顽固不化招致杀身之祸，也因为干爹钱丁的冷酷无情而失落；她对剑子手公爹赵甲心生恐惧，对丈夫小甲嗤之以鼻。在眉娘的独白中，整个故事的背景逐渐清晰地显现在读者眼前。之后，赵甲、小甲、钱丁等人物陆续登场进行独白，不断地丰富事件的样态，从而完成小说故事的叙述。

独白不仅能够叙事，还有利于表达人物内心的撕裂性冲突，体现本我、自我与超我激烈的斗争。《檀香刑》的第六章"比脚"中，有一段眉娘对钱丁极为热烈的爱意表达：

> 她在衙前打转，她那沙涩的骚情笑声引逗得门前站岗的兵丁们抓耳挠腮。她恨不得对着深深的衙门大声喊叫，把憋在心中的那些骚话全都喊出来，让大老爷听到，但她只能低声地嘟哝着：
>
> "我的亲亲……我的心肝……我快要把你想死了……你行行好……可怜可怜我吧……知县好比仙桃样，长得实在强！看你一眼就爱上，三生也难忘。馋得心痒痒。好果子偏偏长在高枝上，还在那叶里藏。小奴家干瞪着眼儿往上望，日夜把你想。单相思捞不着把味尝，口水三尺长。哈时节搂着树干死劲儿晃，掉不下桃来俺就把树上……"

　　滚烫的情话在她的心中变成了猫腔的痴情调儿被反复地吟唱,她脸上神采飞扬,目光流盼,宛若飞蛾在明亮的火焰上做着激情之舞。①

　　独白对于解释人物复杂、隐秘的内在心理有着其他手段无法比拟的优势。莫言不仅描绘出一个深陷爱情之中,却迫于身份只能将感情压抑、自我消解的女人炙热又苦涩的内心,还用生动、俏皮、舞台化的语言表达出一种极端的情绪。而且,形成的主体内心表达并非静止不动,它所造成的人物内心剧烈的冲突会推动人物的行动,从而导致主体间关系的变化乃至最终的结局。

　　莫言常常在叙事的过程中按下暂停键,插入长篇的、华丽的甚至时而非常繁复的内心独白,由此而赤裸地揭示出他笔下的人物深藏在内心的思想感情,使之成为具有辽阔而复杂的内心世界的立体形象。戏剧性独白并非在《檀香刑》这部戏剧化的小说中才开始出现,在莫言以前的小说中也广泛存在,比如《红蝗》《欢乐》《天堂蒜薹之歌》《四十一炮》等。《红高粱家族》中九儿在死前的大段独白,也给人们留下了极为深刻的印象:

　　奶奶感到疲乏极了,那个滑溜溜的现在的把柄,人生世界的把柄,就要从她手里滑脱。这就是死吗?我就要死了吗?再也见不到这天,这地,这高粱,这儿子,这正在带兵打仗的情人?枪声响得那么遥远,一切都隔着一层厚重的烟雾。豆官!豆官!我的儿,你来帮娘一把,你拉住娘,娘不想死,天哪!天……天赐我情人,天赐我儿子,天赐我财富,天赐我三十年红高粱般充实的生活。天,你既然给了我,就不要再收回,你宽恕了我吧,你放了我吧!天,你认为我有罪吗?你认为我跟一个麻风病人同枕交颈,生出一窝癞皮烂肉的魔鬼,使这个美丽的世界污秽不堪是对还是错?天,什么叫贞洁?什么叫正道?什么是善良?什么是邪恶?你一直没有告诉过我,我只有按着我自己的想法去办,我爱幸福,我爱力量,我爱美,我的身体是我的,我为自己做主,我不怕罪,不怕罚,我不怕进你的十八层地狱。我该做的都做了,该干的都干了,我什么都不怕。但我不想死,我要活,我要多看几眼这个世界,我的天哪……②

_____

① 莫言:《檀香刑》,作家出版社 2012 年版,第 155—156 页。
② 莫言:《红高粱家族》,作家出版社 2012 年版,第 64—65 页。

按照逻辑来讲,这种文学色彩浓郁、充满思辨性和浪漫色彩的独白不可能出自九儿之口。但是,它不仅没有影响九儿的个性塑造,还添加了人物强烈的内心冲突的层次。无论改成任何形式的舞台剧,这都会是非常精彩的独白段落,充满了直观的感染力和震撼力。

另外,莫言小说中多种语言拼贴、并置的特征在人物的戏剧性独白中有着充分的体现。季红真敏锐地觉察到莫言小说语言的杂语特征。她认为莫言小说的语言分为两个语言系统,"其一,是与全部乡土社会生活传统相关联的北方民间口语;其二,则是与城市文化相关联,浸透着现代人自我意识的当代书面语"①。

莫言深受民间说书的影响。民间说书艺术本身就是一个杂语的世界。除了民间故事外,还有历史传奇、谜语、笑话、歌谣等内容。除了民间说书,我们还能在莫言的小说的独白中看到更多的杂糅形式,如将文明语言、低俗语言、古典诗词、现代语言、网络语言糅合、并置,形成了众语平等、众声喧哗的语言的狂欢色彩。

在小说《丰乳肥臀》中,上官金童糊里糊涂地跟自己仇人的女儿汪银芝结了婚,不仅如此,自己经营的"独角兽乳罩大世界"却很快被架空。但是他天性胆小懦弱,只能在独白中发泄自己心中复杂的心情:

> 我们是会号叫的一代,尽管时时都被扼住咽喉!……我们是要号叫的一代,嘶哑的喉咙镶着青铜,声音里掺杂着古老文明。……我本是一条荒原狼,为何成为都市狗?呜溜呜溜呜溜,原本对着山林吼,如今从垃圾堆里找骨头。呜溜呜溜呜溜溜,不楞冬冬不楞冬。好啊!啪!丰富的泡沫溢出罐子,狠狠地咀嚼着红肠。……黄鹤一去不复还,待到天黑落日头,啊欧啊欧啊欧。这是破碎的时代,谁来缝合我的伤口?乱糟糟一堆羽毛,是谁给你装成枕头?好!他们疯够了,摇摇晃晃站起来,学着野狼嗥,用易拉罐投掷海报。夜间巡警骑着马冲来,马蹄声碎。从城市边缘的松树林子里,传来杜鹃的夜啼。布谷,布谷,不够,不够,一天一个糠窝头。一九六〇年,真是不平凡,吃着茅草饼,喝着地瓜蔓。要说校园歌曲,这才

① 季红真:《现代人的民族民间神话——莫言散论之二》,《当代作家评论》1988 年第 1 期。

是最早的。我是一个兵,来自老百姓。我是一张饼,中间卷大葱。我是一个兵,拉屎不擦腚。篡改革命歌曲,家庭出身富农,杜游子倒了大霉。①

高雅浪漫的词汇满目皆是,野蛮粗野的语言也令人目不暇接。既有阳春白雪,又有人间烟火,这种语言做到了真正的"雅俗共存"。丰富多变的语言拼贴、叠加、糅合在一起,生发出一种独特的语言碰撞,形成语言的矛盾美和狂欢的品质,这也是戏剧性语言的一种体现,而且是莫言语言的重要特点。这不仅与莫言充分汲取中国民间养分又饱读西方文学经典的经历与持续努力地学习相关,不仅与他对语言风格的不断探索有关,也与他的世界观价值观紧密相连。这种杂糅狂欢的戏剧性独白风格不仅大量展现在莫言的小说中,在他的戏剧作品里也有着非常突出的体现。

---

① 莫言:《丰乳肥臀》,作家出版社 2012 年版,第 558—559 页。

第四章　莫言小说的戏剧舞台性呈现

　　前面分析总结了戏剧文学性在莫言小说中的呈现,这也是学者们对于"莫言小说戏剧性"关注和探讨比较多的问题。莫言小说在空间设置、人物生存状态等诸多方面,总能带给人们一种强烈的"舞台感",而这种"舞台感"所体现出的戏剧性,是动作、冲突等戏剧性元素所不能全面覆盖的。这是因为戏剧是文学性与舞台性集合的综合艺术。在谈到"戏剧性"时,我们无法绕开戏剧属于舞台的那一部分特点。自古以来,确实也有许多文艺理论家,认为"舞台性"才是戏剧最为根本的品质。

　　在《空的空间》一书中,英国戏剧家彼得·布鲁克提出了关于"什么是戏剧"的一鸣惊人的说法:"我可以把任何一个空的空间,当作空的舞台,一个人走过空的空间,另一个人看着,这就已经是戏了。"①他排除了戏剧中一切如幕布、灯光等繁复的元素,他甚至认为文学也不一定是绝对必要的内容。他只留下了三个要素:空的空间、表演者、观看者。在彼得·布鲁克看来,只要有以上三点,戏剧就形成了。

　　有趣的是,莫言在谈到自己的作品中的戏剧性特质时,同样也强调了这三个元素:"在我的小说中,处处都是舞台,人人都是演员,行动皆是表演,出口即是台词。"②这很难不引起我们对莫言小说与戏剧的"舞台性"关系的关注。因此,本章主要探寻、剖析戏剧舞台性在莫言小说中的流露与表达,进而论述莫言小说戏剧性的丰富与独特。

---

① 　[英]彼得·布鲁克:《空的空间》,王翀译,中国友谊出版公司 2019 年版,第 3 页。
② 　莫言指导博士生论文写作的谈话,2018 年 10 月于北京师范大学国际写作中心。

第一节　莫言小说中的特殊空间：舞台

任何文学写作，都离不开对空间的建构与绘制，即对现实世界或想象世界的构建与描绘。无论是在宏观的视野上，还是在微观的体察中，我们都会发现莫言小说中存在着一些带有"舞台"特色的空间体。其中，体积最为完整和辽阔的就是莫言精心打造的"文学王国"——"高密东北乡"。莫言从20世纪80年代开始创建"高密东北乡"，他借鉴马尔克斯、福克纳对乡土空间无限开掘的理念与写作技巧，开垦出一块具有自己独特艺术个性的土地，引起了诸多学者的关注。这块土地随着莫言勤恳不辍的开发变得异常肥沃，早已超越了"乡土"所能涵盖的内容，延展出更加宏阔的文学舞台。

2005年5月，莫言在韩国"东亚文学大会"上的演讲中，把"高密东北乡"形容成自己的"小说舞台"，他说："我感到自从把'高密东北乡'作为自己的小说舞台后，我就从'乞丐'变成了'国王'"[1]。随着对这个文学空间的开拓，莫言不仅逐渐感受到了一种写作的自如——他可以如同导演、国王一般指挥、操控笔下的人物；同时，他也体会到了一种"富有"——"小说舞台"是包罗万象、一应俱全的，大千世界、奇人怪事都可以在这里展现。"舞台"，似乎成为一个比"王国"更能体现"高密东北乡"空间特性的词语。

后来，莫言又谈到自己作品中"处处是舞台"[2]。也就是说，在莫言看来，他作品中具有舞台特性的空间不只是广义的"高密东北乡"，还有更多的具备这种特质的具体空间广泛、普遍存在。莫言对空间的选取与设置非常独特，而且有很多空间在他的小说中反复出现，如广场、打谷场、集市、庙宇、监狱、庭院等。这些场地是否就是莫言所说的"舞台"？在进入具体的文本分析之前，首先还是要确定究竟什么样的空间具备舞台的特质。

---

[1]　莫言：《〈没有个性就没有共性〉——在韩国"东亚文学大会"上的演讲》，载《用耳朵阅读》，作家出版社2012年版，第136页。

[2]　莫言指导博士生论文写作的谈话，2018年10月于北京师范大学国际写作中心。

20 世纪以来,很多西方现代派戏剧家都提倡排除舞台上一切繁复的道具、剥离掉戏剧一切不必要的限制,来寻找戏剧舞台的本质。除了认为戏剧的根基是"空的空间"的彼得·布鲁克,还有强调"赤裸的舞台"的"现代哑剧之父"德克鲁、提出"贫困戏剧"(或译为"质朴戏剧",Poor Theatre)概念的格洛托夫斯基等。他们对"舞台"的认知是:空、赤裸、质朴。舞台的"一无所有",反而让它具备了更加无限的内涵与外延。这些看似前卫的舞台观念革新了当时的欧美剧场,但实际上,它们指向的是戏剧在初始阶段的样态特征。古希腊舞台上,没有任何布景装饰;中国戏曲舞台上的"一桌二椅"沿用至今。戏剧舞台在经历了两千余年的发展后,其根本的魅力终究在于它所具有的开放性、集中性和假定性。具体来说,"舞台"作为一个独特的空间,应当具备以下几个特征:

1. 聚集性和固定性。舞台是由长度、宽度、高度构成四方天地,是相对固定的场所,便于将人物和事件聚集在一起。

2. 假定性和包容性。戏剧舞台的假定性决定了世间万物皆可以被模仿并搬上舞台。因此,舞台是海纳百川、包容万物的。

3. 任意性和流动性。戏剧舞台不必局限在狭义的剧场里,可以发生在任何地方,空间可小可大,场地也可以转换。

4. 时间性和空间性。舞台展现的既是时间也是空间,既指现在也指未来。相对比文学所带来的"回忆的模式",戏剧舞台带来的是"命运的模式"①。

以上几个关于空间舞台化的特征,在莫言的小说中都有着充分的体现。这些"舞台"有大型的,有小型的;有封闭的,有开放的;有真实的,有虚拟的;有像戏剧场幕更迭一般,顺序排列叙事的,也有层层叠合的多重叙事空间。风云怪诞、纷繁复杂的人物在这些大小不一的舞台上轮流登场,构成了一个体系庞大、众声喧哗的大舞台,彰显着扬善惩恶的优秀文化观念,讲述人世间丰富多彩的故事,展现着戏剧文学的力量,闪烁着人性的光辉。

---

① ［美］苏珊·朗格:《情感与形式》,刘大基等译,中国社会科学出版社 1986 年版,第356 页。

一、聚集性中小型舞台：场景化空间

（一）戏剧性主导空间

尽管舞台包罗万象、无所不容，但戏剧艺术毕竟受到物理条件的制约，需要演员在有限的时间和相对固定的场景内展现故事。因此剧作者也需要"戴着镣铐跳舞"，在与时间和空间制约的"搏斗"中来完成叙事。尤其在创作一些现实主义戏剧时，为了在舞台上客观细致地再现生活，剧作者必须将故事设置在非常少的空间内，一来使叙事集中，二来可以极大地减少更换演出场景所带来的麻烦。

小说家在时空的选择上则几乎不受任何限制，拥有极大的自由。他们不仅可以在写作时连接天南海北的任何地点，而且还可以根据写作需要，任意地进行空间转换。2018年，莫言在与笔者谈到他的戏剧创作时表示，可能是因一直写小说的创作习惯，在构思、写作话剧时，常常因为舞台空间的局限性所带来的创作不便而感到头疼①。尽管如此，我们发现，莫言的很多小说在空间的选择和设置上，其实都具有比较集中、凝练的戏剧性特点。

现代主义小说的作者为了充分体现人类丰富的潜层心理和精神世界，在写作时常常打破时间逻辑的线索，比较频繁地转换空间。因此，这类小说在空间的设计必然出现碎片化和跳跃性的特征。莫言早期的一些探索小说，如《球状闪电》《欢乐》《你的行为令我们恐惧》等，以人的主观情感和生存状态为线索，空间分布也出现比较均匀、转换比较自由的情况。但是，从莫言小说创作的整体来看，他并没有沉溺于小说写作带来的这种空间选择的"自由"中，而是注重开掘重点场景，深入细腻地刻画人物和事件。因此，他的小说里有一些使用频率很高的戏剧性主导空间，用以汇聚主要人物、主要事件，以及展开主要的戏剧冲突。很多小说的名字就是以主要空间来命名的，比如《红树林》《酒国》《筑路》《草鞋窨子》《鱼市》《白杨林里的战斗》《澡堂与红床》等。它们是这些小说里人物活动的主要场所，也是承载人生喜怒哀乐的舞台。

中国传统长篇小说往往都有一个时空跨度巨大的结构框架，莫言的长篇

---

① 莫言指导博士生论文写作的谈话，2018年10月于北京师范大学国际写作中心。

小说也不例外。莫言在《捍卫长篇小说的尊严》中，阐明过自己的"长篇胸怀"："'长篇胸怀'者，胸中有大沟壑、大山脉、大气象之谓也。要有莽荡之气，要有容纳百川之涵"，并认为长篇小说"犹如长江大河般的波澜壮阔之美，却是那些精巧的篇什所不具备的"①。虽然莫言创作的那些横跨数十年、上百年的"史诗性"鸿篇巨作，仿佛与传统戏剧有关"统一、集中"的审美要求背道而驰，但它们主要的戏剧性事件在空间分布上依然是比较集中的，比如《红高粱家族》中的高粱地和酒坊、《丰乳肥臀》中上官家的院子、《檀香刑》中的眉娘家、监狱、刑场……另有很多场景如集市、打谷场、演讲台等，高频、重复地出现在莫言的多部长篇小说中。而玲珑精悍的中短篇小说，在篇幅上本身就更利于叙事空间的集中。莫言的一些短篇小说就采用了类似戏剧"三一律"式的写作方法，在非常集中的空间里来讲述故事。

在西方戏剧史上，由文艺复兴时期意大利戏剧理论家钦提奥约提出的"三一律"（classical unities）结构曾一度被人们认为是至高无上、不可侵犯的金科玉律，其准则总结性地反映在 17 世纪法国古典主义戏剧理论家布瓦洛的《诗的艺术》中："要用一地、一天内完成的一个故事从开头直到末尾维持着舞台的充实。"②虽然它曾经因绝对化和僵化被诟病为戏剧发展的束缚，但"三一律"这种结构紧凑的写作技巧被很多小说家汲取，"三一律"对结构的严谨要求也成就了不少伟大的剧作家和作品，如高乃依的《熙德》、莫里哀的《伪君子》、易卜生的《玩偶之家》和曹禺的《雷雨》等。

鲁迅在 1934 年翻译西班牙小说家 P.马罗哈的《少年行》之后，提出了"用戏剧似的形式来写新形式的小说"③的创作观念，也在自己的作品中实际地践行了此方法。比如《在酒楼上》就是一篇"三一律"结构的小说。它的地点是在"酒楼"一地，时间为"中午"，人物是"我"和吕纬甫，叙述形式就是通过戏剧式的对话展开人物之间的思想冲突。鲁迅的其他小说，如《药》《示众》《在酒楼上》等也有着这样的结构特征。沈从文、汪曾祺等作家的小说也都展现出时空、矛盾集中的品质，这与他们都有戏剧研究、写作的背景不无关联。可

---

① 莫言：《捍卫长篇小说的尊严》，《当代作家评论》2006 年第 1 期。
② ［法］布瓦洛：《诗的艺术（增补本）》，范希衡译，人民文学出版社 2010 年版，第 32—33 页。
③ 转引自张向东：《戏剧化的中国现代小说》，《比较戏剧》1998 年第 6 期。

以说,文体的"戏剧化"在小说中最显著的特征就是集中性。

日本作家大江健三郎曾说过:"如果在世界上给短篇小说排出前五名的话,莫言的应该算进去。"短篇小说的篇幅限制决定了作家需要在凝练的文体中对叙事具备强有力的开拓能力。莫言的不少短篇小说在中国现代小说的"戏剧化"基础上都有继承与发展。为了更加清晰、直接地论述莫言小说中的戏剧性主导空间问题,笔者选取莫言几篇典型的短篇小说为例进行分析。它们基本采用了"三一律"式的结构,利用非常有限的空间凝聚人物与时间,而且这些空间都具有很强的隐喻色彩,比如小说《鱼市》《与大师约会》《拇指铐》《一匹倒挂在杏树上的狼》《倒立》《天下太平》等。其中《与大师约会》已被改编成舞台剧上演,《拇指铐》《倒立》《一匹倒挂在杏树上的狼》也被莫言认为是"适合改编为独幕剧"①的小说。

实际上,这几篇小说的场景并不止一个。《拇指铐》先写了阿义在家中受生病的母亲的嘱咐,匆忙跑去药店的情节;《倒立》描述了"我"在修自行车时听到聚会的消息前去赴宴,在穿过富丽堂皇的酒店时紧张兴奋的状态;《与大师约会》展现了几位青年在大师家小区门口和在美术馆里对大师的疯狂崇拜……但是,这几部小说的戏剧性事件都发生在一个空间内,其他的场景仅仅是过渡性的情节交代。为一目了然地看清这六部短篇小说在时间、地点、人物和事件上的集中性,下面用表3进行说明:

表3　六部短篇小说的集中性

小说名称	时间	主要地点	人物	主要事件
鱼市	凌晨	鱼市(鱼香酒馆、街道)	凤珠、刘队长、德生等	凤珠在鱼市等来了死的消息。
与大师约会	晚上	"蓝帽子"酒吧	一群艺术生	一群艺术生在观看展览后等待"大师"的到来。
拇指铐	黎明——夜晚	翰林墓地(一棵树前)	阿义、老Q、黑皮女子、大P、女人	被人铐在树上的阿义等待被救,最终咬断了自己的拇指而逃脱。

---

① 莫言指导博士生论文写作的谈话,2018年10月于北京师范大学国际写作中心。

续表

小说名称	时间	主要地点	人物	主要事件
一匹倒挂在杏树上的狼	上午	许宝家的院子（一棵树前）	我、许宝、章古巴	村民对一匹倒挂在杏树上的狼的来历展开了传奇性叙说。
倒立	黄昏	五号包厢	我、孙大盛、"小茅房"、谢兰英	同学聚会上谢兰英表演倒立。
天下太平	白天	太平村村西大湾	小奥、爷爷、打鱼人、张二昏等	小奥被老鳖咬住手指，最终在众人帮助下得救。

注：潘耕整理制作。

可以看出，首先，这几篇小说的情节内容并非按照作者的意图线性或跳跃式发展，而是依据人物自身的戏剧性行动建立固定的立体空间。在短小精悍的篇幅内，莫言精心选择和构建着"类舞台"场景，人物的主要活动空间构成都非常像是一个小型的"舞台"：酒吧、一棵树前、餐厅包厢、大湾旁等，这些区域的实际空间面积与真实的剧场内的舞台面积没有太大分别。这六部短篇小说大体上都符合"三一律"的戏剧性结构模式，完全可以直接将它们看作是一个个幕启、幕落、起承转合的独幕剧来阅读：在一个相对固定的小范围空间内，人物所经历的事件不超过24小时，且大多数篇目的内容凝聚在仅几个小时的时间里。但在狭小的空间和短促的时间内，浓缩汇聚众多人物，矛盾此起彼伏，并在冲突爆发的边缘或刚刚爆发的节点上展现出丰富的人生景观，可以看作是"戏剧体小说"。可以想象，如果作者将笔力平均分布在不同的空间，不仅小说的结构会变得零散，更重要的是，对每个场景中人物事件的描绘都只能是浅尝辄止，戏剧性效果也会因此付诸东流。选择重点场景进行深度开掘，需要作者具有丰富的生活积累和精雕细琢的写作能力。

这些空间不仅在现实层面上有集中性特征，而且还具有象征和隐喻的现代性意味，它们可以被看成一个个"微观社会模型"，展现着一幅幅"社会百态图"。无论是《鱼市》《一匹倒挂在杏树上的狼》《拇指铐》《倒立》还是《天下太平》，这些"类舞台"空间场景都汇聚了来自四面八方三教九流的人们，比如在《鱼市》中的描写：

　　这一段铺着青石的街道是高密东北乡著名的鱼市街,浓重的鱼腥味借着潮气大量挥发出来。南海的风和北海的风你吹来我出去,南海的鱼和北海的鱼在这里汇聚。北街上的青石滋足了鱼的鼻涕,虾的汁液,蟹的涎水……

　　又过了一阵子,青石街上热闹起来。鱼贩子们大批拥来,鱼篓上的生皮扣子摩擦变淡发出悦耳的吱悠声。鱼贩子们相互之间的大声问询,响了半条街。银灰的带鱼、蓝白的青鱼、暗红的黄鱼、紫灰的鲳鱼,粘粘糊糊的乌贼、披甲执锐的龙虾,摆满了街道两侧;浓烈生冷的鱼腥味儿混浊了街上的空气。"扁担六"来了。"王老五"来了。"大黑驴"来了。"程秀才"来了。"老法海"来了。"猴子猫"来了……街上晃动着许多熟悉的面孔,独独缺少两张她最熟悉的面孔——老耿和他儿子小耿的面孔。①

这两段文字先是描述了鱼市的地理样貌,而后说明了接连在此出现的各样人物,以及女主人公——"鱼香酒馆"老板娘凤珠,她一直在等待着老耿和小耿的出现。我们仿佛能通过文字嗅到臭鱼烂虾扑面而来的味道与危机四伏的气息。果然,在后面的情节中,如同"青石街鱼市里的寄生蛔虫"②的十多个"兵爷爷"到处欺行霸市,以权谋私。领头的刘队长那"鳗鱼般粘稠的手指"③在凤珠身上随意揩油,但凤珠严词拒绝,并表示自己在等待这鱼市上唯一的老实人老耿回来,她坚定地说道:"诸般杂鱼都经过,才知道金枪鱼最珍贵"④,也因此遭到了刘队长的冷笑和忌恨。紧接着,王阿狗、猴子猫、小元等人在鱼市上粉墨登场,他们之间有各式各样的冲突矛盾,但只要兵爷爷一出场,大伙儿就都通通乖乖服从,嬉皮笑脸地插科打诨,在刘队长的掌控和制约之下生存着。这个腥臭的鱼市,不仅是地理上南来北往的商业汇聚地,也是渔民们如提线木偶般被他人操控着命运的舞台。这里表面上管理有序,大伙儿一团和气,实则兵匪勾结,藏污纳垢,暗藏杀机。无论身边是何种乱象,凤珠还是心潮难平、满怀希望地探身出窗,她看到了耿氏父子的毛驴披着初升太阳的万丈光芒

---

①　莫言:《鱼市》,载《与大师约会》,作家出版社2012年版,第37—38页。
②　莫言:《鱼市》,载《与大师约会》,作家出版社2012年版,第38页。
③　莫言:《鱼市》,载《与大师约会》,作家出版社2012年版,第38页。
④　莫言:《鱼市》,载《与大师约会》,作家出版社2012年版,第40页。

走了过来，但小说却在她的一声嚎叫中猝然收场：

　　小毛驴无精打采地穿过鱼市，停在了她的窗前的石板街上。驴垂着头，一动不动。鱼贩子们都把惊诧的目光投过来。

　　她从窗口跃出来，揭开了毛驴肚腹两侧的驮篓盖子。

　　她嚎叫一声，萎软在驴身旁。

　　驮篓里没有鱼。左边驮篓里是老耿的头，右边驮篓里是小耿的头。①

小说首尾相应，从凤珠的"开窗"的动作开始，在凤珠"跳出窗"的动作下结束。读者与凤珠一样，一直期待着耿氏父子的登场，而最后出现的却只有这只小毛驴，以及如同海货一般搁置在它背脊上箩筐里的老耿父子的首级。渔民们观看着这场悲剧却对此无能为力，所有人都提心吊胆地活着，因为不管是谁，在这种险恶的环境下都有可能落得这般"人为刀俎，我为鱼肉"的结局。

短篇小说《倒立》描绘的场景是同学聚会。二十多年前的中学老同学已是今非昔比，分化生存在社会的不同阶层里，上有刚提拔的组织部副部长孙大盛，中有新华书店经理"小茅房"和他的老婆——曾经的班花谢兰英，下有已下岗十年、修自行车谋生的"我"。小说的主要内容是非常日常化的，围绕着大家毕业多年后在一间豪华包间的一顿晚餐展开。"餐桌"是在诸多戏剧、影视中大量出现的场景，它被认为是一个很好的展现人物的"舞台"。譬如戏剧专业出身的华人电影导演李安就是一位有着"餐桌戏情结"的艺术家，由他自己编剧和导演的早期作品"父亲三部曲"：《喜宴》《饮食男女》《推手》中，都数次拍摄家人吃饭的场景，并将最强烈的戏剧冲突放置在餐桌上展开。《倒立》里展现了非常具有中国特色的圆形餐桌与酒文化，每个人物按照社会等级排位入座，看似聊的是年少趣事和琐碎生活，实际上大家却以孙大盛为中心，潜台词里都是一唱一和与阿谀奉承。小说的结尾极具讽刺内涵，孙大盛突然提议年少时常登台跳舞的谢兰英表演倒立，大家立即起哄附和。可谢兰英已是半老徐娘，她尴尬地一再推辞，却被自己的丈夫推上了台：

　　"给我们个面子嘛！"孙大盛说。

　　"你们这些人呐……"

---

① 莫言：《鱼市》，载《与大师约会》，作家出版社2012年版，第42页。

"让你来你就来嘛。""小茅房"说。

"你怎么不来?!"谢兰英说。

"我能来早就来了,""小茅房"说,"孙部长难得跟我们一聚,二十多年了,才有这一次。"

"真不行了……"

"你真是狗头上不了金托盘!""小茅房"说。

"说得轻巧,你来试试!"

"我能试早就试了。"

谢兰英站起来,说:"你们非要耍我的猴!"

"谁敢?"孙大盛说。

谢兰英走到那个小舞台上,抻抻胳膊,提提裙子,说:"多少年没练了……"

"我揭发,""小茅房"说,"她每天在床上都练拿大顶!"

谢兰英骂着,无奈之下只好拉开架势,抡起双腿倒立。于是:

> 她腿上的裙子就像剥开的香蕉皮一样翻下去,遮住了她的上身,露出了她的两条丰满的大腿和鲜红的短裤。大家热烈地鼓起掌来。谢兰英马上就觉悟了,她慌忙站起,双手捂着脸,歪歪斜斜地跑出了房间。包了皮革的房门在她的身后自动地关上了。①

在此之后,包间里安静了片刻,"小茅房"端起酒杯,眼里泛着泪光对孙大盛表示了自己一门心思想要进步的决心,小说也这样结束了。在这段描述中,莫言运用"小舞台"来形容谢兰英表演倒立的场地,用对比制造出当下与过去的反差。同样是登台演出,同样是看完演出大家热烈鼓掌,不同的是,年少时期谢兰英在舞台上是光鲜靓丽的,观众是欣赏和仰望的;而当下她却是被动尴尬的,观众捧场也是看笑话或另有企图的心态。另外,这个"舞台"不仅是谢兰英出丑的舞台,也是她的丈夫为了升官,牺牲妻子的尊严,向权贵婢膝奴颜地拍马献媚的舞台。因此,从这个角度上说,以"小茅房"为主的所有人都在表演着"倒立",是与非、美与丑、高尚与低下、道德与无德,全部都在权力和现

---

① 莫言:《倒立》,载《与大师约会》,作家出版社 2012 年版,第 394 页。

实面前颠倒错乱,好似一部荒诞无稽的黑色悲喜剧。

在《一匹倒挂在杏树上的狼》《拇指铐》《天下太平》中,村民都因一个静滞的物体(人、动物)而来,在对物体的观察、观看、解救等一系列行动过程中,或者尽情地夸夸其谈表现自我,或者被动地展现自己的冷漠和自私。莫言构建的这种"类舞台"社会模型虽小,却拥有极大的包容性和承载力。塞缪尔·贝克特的《等待戈多》作为荒诞戏剧的经典,虽然人物的台词支离破碎、逻辑混乱,谁是戈多,何时会来等问题自始至终都没有解答,但是"等待"所带来的焦躁不安本身就成为最具戏剧性的意义本身。纵观戏剧史,我们发现许多著名的剧作都围绕"等待"这一主题和行动来完成叙事,除了《等待戈多》,还有奥尼尔《送冰的人来了》、约恩·福斯《有人将至》等。《鱼市》《与大师约会》《拇指铐》和《天下太平》四篇小说中,也都存在着一个"等待"的命题,场上人物对不在场者的持续等待,既提供了明确的戏剧行动指向、紧张的戏剧氛围与浓郁的戏剧悬念,也易于使人物形象突出,冲突爆发得更加强烈。

莫言的短篇小说因其显著而独特的戏剧性特征,引起了不少戏剧工作者浓厚的改编兴趣和热情,《与大师约会》就是首部成功改编上演的先例。这部舞台剧于2018年10月由中央音乐学院、中央戏剧学院和北京舞蹈学院联合改编制作完成,是一部非营利性质的、多种艺术形式相结合的"浸入式"音乐戏剧。时为中央音乐学院制作专业本科三年级学生的王若曦在阅读过原著后,大胆地向莫言发起了合作的邀请,并凭借自己对艺术的热忱与执着打动了莫言,争取到了授权,于是学生们就有了这次名副其实又与众不同的"与大师约会"。四大艺术院校的学生大胆尝试,集合数字媒体、现代舞、音乐、装置艺术等多种艺术形式,充分地将文字转换为舞台上的视觉冲击,展现出现实迷幻的美学风格。虽然在莫言小说浩瀚的改编世界里,它并非一处宏大耀眼的景观,它仅仅是一朵小花、一汪小溪,但这朵小花开得风姿绰约,遗世独立;这条小溪波光粼粼,涓涓不绝。

在莫言众多短篇小说中,学生们选择《与大师约会》作为戏剧改编对象,首先就在于它独特的空间设计。从结构上来看,《与大师约会》同样是一部"戏剧化"的短篇小说,符合时间、空间、人物行动高度统一的"三一律"戏剧性结构模式:夜晚,一群狂热的艺术爱好者在看完"大师"金十两的艺术展后,在

"蓝帽子酒吧"等待"大师"的到来。这部改编作品的作者,毕业于中央戏剧学院的戏剧创作博士、国家话剧院专职编剧钟海清表示:"莫言老师的原著小说人物鲜明、动作激烈,提供了极好的从小说变成戏剧化舞台语言的基础。特别是'蓝帽子酒吧'这个空间具有很强的凝聚力,大师经常出现在这里,而现在它汇聚了一群追随他的年轻人,因未出场的大师等待、争论、进行思想理念的碰撞,具有强烈的反讽意味。"①

"大师"金十两的功能,有如曹禺《日出》中的金巴,虽然从未真正出场,但全程影响、操控着舞台上的人物行动与人物关系。与其说金十两是一位真实的艺术"大师",不如说他其实是"名誉、金钱、地位"虚幻的化身;当大师的来电在"蓝帽子酒吧"响起,这些艺术爱好者如同"豹子扑羚羊一样窜过去"的行为,也只不过是对名利急切而盲目的追求。在他们焦灼的等待中,外来者"长发男子"闯入,并对金十两进行了彻头彻尾的否定,艺术爱好者与他发生了激烈的冲突,这种戏剧冲突也不仅因金十两本人而起,而更多的是他们在幻想破灭后对真实与虚假、自我价值与社会价值等认知所产生的深深的疑虑、彷徨与恐惧,从而陷入了更深一层的矛盾——自我内心的抵触与纠缠。从这层意义上来讲,"大师"从始至终的不到来,也寓意着虚无缥缈的假象与真真切切的现实之间难以逾越的隔阂,对当今社会有着强烈的讽刺。

另外,艺术类大学生选择改编《与大师约会》,也从侧面表达了高校学生对名家文学作品的接受与诉求。在莫言获得诺贝尔文学奖后,山东大学做过一次"当前大学生对莫言接受状况调查"②的研究,在"您喜欢莫言的作品是因为——"的多选题中,"人性刻画的深度(占19.3%)","作为老百姓写作的立场(占18.4%)"是选择比较多的选项。而这种具备思想深度、贴近百姓生活的戏剧选题正是在文学逐渐被边缘化的当代剧场所稀缺的。

在莫言众多的小说中,《与大师约会》是罕见的以城市为背景的小说,"酒吧"更是莫言笔下极其少见的场景,它与城市人的生存状态、大学生面临步入社会前的迷茫息息相关。通过辛辣的笔触,莫言对当下社会中那些对金钱、名

① 潘耕对"浸入式"音乐剧《与大师约会》编剧钟海清的采访,2019年10月20日于中国音乐学院。
② 张学军:《当前大学生对莫言接受状况调查》,《文艺争鸣》2014年第2期。

利趋之若鹜的人们进行了深刻的描绘与剖析。编剧表示,在读小说时,他感到莫言对于戏剧化的写作非常熟悉,他善于在固定的空间内,用对话和独白刻画人物,因此编剧保留、还原许多犀利并富有哲思的场景和对人物描绘,比如:一票难求的艺术展览竟然是博人眼球的龌龊不堪的表演;奖项等身的"大师"不过是一个靠抄袭他人作品上位的败类;仰慕者对"大师"激动的表白和盲目的呵护;在"大师"斑斑劣迹暴露无遗时,粉丝们又一边倒地发出"连牲畜都不如""无耻者无所耻"的鄙夷的惊叫……

在三个怀有梦想的艺术热爱者的设定上,编剧将他们更加具象化、当下化了。在篇幅有限的小说中,这三个人物的背景是比较模糊的,编剧在第一场戏中即让三个人通过"自报家门"的方式述说了自己碌碌无为的过往,其中有一人更是被设定为是来自莫言老家山东高密,怀有艺术家抱负却终日不得所求的青年。编剧发扬了原作里"现实批判"的成分,拉近人物与观众的距离,甚至直指诺奖后一大批做着好高骛远的白日梦却不能脚踏实地奋斗的青年人,以及那些空有"大师"名号的滑稽的表演者。

短篇小说《拇指铐》也经莫言授权,已完成剧本改编工作。在这篇小说里,男孩阿义在给妈妈抓药回家的路上,无缘由地被人用拇指铐捆在一棵树下。在一天一夜的时间,路过的人有的只是过来看看热闹,有的想帮助他却无能为力。最后,他在半真半幻的状态中自断拇指挣脱束缚,回到了母亲的身边。莫言曾说这部短篇小说适合做改编最主要的原因,就是因为基本符合"三一律"的戏剧性规则。作为此部的编剧,笔者非常赞同,它的情境设计令它具备很好的独幕剧或多场次戏剧的改编基础,并且,细读小说会发现,这个小说的时空背景并非完全具象和写实的,核心段落也不是环环相扣的剧情,因此它具有极佳的开拓性和延展力。莫言指出:"改编在空间上不必拘泥于原小说,路过人也可以是任何人,可以是城里的,乡村的……改编者完全可以将自己熟悉的生活中的人物拉至这个舞台上呈现世间百态。"①

笔者在受到鼓舞后,也大胆地融入自己的人生经历与社会观察进行改编,

---

① 莫言与潘耕谈关于短篇小说《拇指铐》的话剧改编,2015 年于北京师范大学国际写作中心。

添加"说书人"一角色来引发悬念、交代前情、增加连贯性。因为笔者当时在美国纽约哥伦比亚大学戏剧系做访问学者项目,研究的课题正是"中国当代小说改编戏剧作品的海外接受",所以就将此小说和改编剧本翻译成英文,在学校内进行了两轮剧本朗读。在剧本朗读后,大家进行了深入的探讨,令人感到惊喜的是,剧本朗读的演员虽然来自世界各地,但他们都对原著和剧本十分喜爱。通过阅读和饰演角色,大家感同身受地理解阿义的遭遇,并且能够联想到自己的生活困境。哥伦比亚大学戏剧系教授、美国华裔剧作家、托尼奖最佳编剧获得者黄哲伦教授在看过《拇指铐》的小说和剧本后这样说:"原小说是让人震惊的。阿义在一棵树下的等待,让人想到贝克特的名作《等待戈多》。但谁都不会想到,《拇指铐》的中心人物竟然是一个被捆绑住无法动弹的孩子,可以想象,这棵树和阿义将会是舞台上唯一中心和支点,我们很少看到这样的戏剧。而每一个路过的人其实也是主角,因为我感到,我们每个人都或多或少地被生活所困,看完我会问自己,如果我碰到阿义会怎样呢,如果我是阿义会怎样呢?让我感动的是阿义非常有勇气的,他不仅救赎了自己,他还要把药拾起去救赎他人。这不仅是一个展示人类狭隘和冷漠的故事,它更多地展现了力量和人性的光亮。是的,它是展现人性的舞台。"①

（二）莫言小说的空间性质与戏剧性功能

在阅读中我们发现,莫言小说中的很多戏剧性主导空间场景,不仅独特,而且多次反复地出现。莫言曾说过:"场景的独特性是小说成功的一个重要因素,高明的小说家总是让他的人物活动在不断变换的场景中。"②一些学者关注到这个问题,在叙事氛围、叙事策略、文化象征等方面深化了对莫言小说的理解。在这里,我们以莫言小说中三类比较有代表性的空间:公共空间、半私密半公共空间、戏中戏的空间为例,来论述莫言对不同性质空间的设定与其戏剧性的功能之间的紧密联系。

1. 公共空间:广场、集市及其他

无论是以"高密东北乡"为背景的反映农村生活的"乡土小说",还是《酒

---

① 黄哲伦与潘耕谈关于莫言短篇小说《拇指铐》的话剧改编,2018 年 3 月于美国哥伦比亚大学艺术学院戏剧系。

② 莫言:《酒国》,作家出版社 2012 年版,第 337 页。

国》等"城市小说",在莫言的长篇小说中都存在一些"公共空间",如广场、集市等。

公共空间,在广义上是指"一般社会成员均可自由进入并不受约束地进行正常活动的地方场所"①,它具有以下几个特点:

(1)它是开放流动的场所,可以是已搭建好的戏台,也可以是因民众的聚集而随时随地形成的场地,如广场、街头、集市等,它可以随着民众的移动而流动,类似于"环境戏剧"在空间上具有随意性、流动性和卷入感;

(2)在这些场所里进行的活动,一般是有组织的或民众自发的日常休闲娱乐活动,如政治集会、节日庆典、集市买卖等;

(3)它是一个令全民身份趋近平等的民间活动空间;

(4)它不仅是一个地理的概念,更是民众精神思想相互碰撞、交流、互动的场所。

对"公共空间"的选择、建立和氛围营造,是莫言在写作中非常突出的特点。莫言小说中最常见的"公共空间"有以下几种:广场(如《天堂蒜薹之歌》中的县政府广场、《檀香刑》中的书院广场、《生死疲劳》中的西门屯广场),集市(如《丰乳肥臀》中的县城集市、《生死疲劳》中的西门屯集市),庙宇(如《四十一炮》中的肉神庙、《蛙》中的娘娘庙)等。除此之外,还有一些反复出现的重要的公共空间,如打谷场、刑场、高粱地、河堤、道路等。这些公共空间在展现百姓生活多样性的同时,也成为民间狂欢的舞台。

古希腊戏剧起源于酒神祭祀狂欢活动,酒神祭祀的活动场所可以被视为最早的"流动的舞台"。在莫言的小说中,他不仅运用这种"流动的舞台"展现了民众生活中常见的节日庆典活动,如婚礼及清明节、中秋节、春节等,还创造出一些带有怪诞色彩的喜剧狂欢场景:如《食草家族》中的"祭蝗仪式"、《檀香刑》中的"叫花子节"、《酒国》中的"猿酒节"、《丰乳肥臀》中的"雪集"和"独角兽乳罩大世界庆典"、《生死疲劳》中的"养猪现场会"等。与此同时,莫言也书写了很多充满悲剧色彩的沉重的历史性狂欢场景,如《红高粱》中的罗汉被

---

① 全国科学技术名词审定委员会:《地理学名词》(第二版),科学出版社 2006 年版,第168 页。

剥皮、《檀香刑》中赵甲执行酷刑等。这些活动场景,每一个都可以成为完整、独立的戏剧场面,而民众之间的"观和演"是这种狂欢性公共空间形成的基础和意义所在。

2. 半私密半公共空间:以家庭院落为例

公共空间是完全开放、无门槛限制、全民皆可往来的聚集地。除此之外,莫言还在小说中设置了很多"半私密半公共空间"。在为人物家族树碑立传的作品里,"院子"就是一个最常用的地点,比如:庭院(《食草家族》)、单家大院(《红高粱家族》)、上官家的院子(《丰乳肥臀》)、西门家的院子(《生死疲劳》)。这些空间作为小说主要的故事发生地,既是私密性的:可以闭门对内,作为家庭的一部分;又是公共性的:可以相对敞开,对外联系社会。这使它非常有利于凝聚和开展以家庭、家族为核心的内部戏剧冲突和外部戏剧冲突。

莫言的《红高粱家族》已经被改编成电影、电视剧、舞剧、豫剧、晋剧、评剧、茂腔(大型现代舞台剧)等多种艺术形式,但无论以何种艺术形式呈现,高粱地和单家大院都是难以更改的故事发生空间。高粱地,正如莫言在小说中所形容的,是"一队队暗红色的人……演出过一幕幕英勇悲壮的舞剧"①的舞台,那么单家大院那几十间"先庇护了单家父子发财致富,后庇护了爷爷放火杀人,又庇护着奶奶爷爷父亲罗汉大爷与众伙计们多少恩恩怨怨的房屋",则是见证"红高粱家族"在历史变迁中起伏兴衰的话剧舞台。

2002 年,莫言在与大江健三郎、张艺谋的对谈中说:"任何小说被改编成电影或其他的艺术样式,实际上是一个选择的艺术。一部长篇几十万字,改成电影或话剧,时间长度是有限的,不可能把所有的人物、情节全部利用起来,只能选取他认为最重要的部分把它发扬光大,进行特别强调。"②电影艺术因为篇幅、人力、财力等诸多方面原因,难以像小说一样任意选择过多和过于复杂的场景。张艺谋在场景的选择上就保留了单家院子作为最主要的空间之一。九儿出嫁、单扁郎被杀、九儿重整家业、余占鳌闯入被九儿接受、大家送别罗汉、众人拜酒神立誓报仇等重要情节都发生在这里。根据在这个空间所发生

① 莫言:《红高粱家族》,作家出版社 2012 年版,第 4 页。
② 《选择的艺术——大江健三郎与莫言、张艺谋的对话》,载《碎语文学》,作家出版社 2012 年版,第 18 页。

的情节排列,可以清晰地看到整个故事线索的起承转合。

同理,无论《丰乳肥臀》和《生死疲劳》等长篇小说在未来进行任何戏剧影视形式的改编,"院子"都将会是最主要的故事发展空间之一。下面,我们就以《丰乳肥臀》第二卷中第十五至十七章的内容为例,列表分析"上官家院子"所涵纳的人物、主要事件及其导致的故事结局(见表4)。

表4　"上官家院子"所涵纳的人物、主要事件及故事结局

章目/上官家院子	外来者	主要事件	结局
第十五章	来弟送来新生儿沙枣花	1. 卖掉七姐求弟; 2. 四姐想弟卖身。	为了养活沙枣花,鲁氏痛失两女。
第十六章	爆炸大队鲁政委、哑巴等	1. 爆炸大队的暂住使上官家暂时脱离了饥荒; 2. 五姐盼弟加入爆炸大队; 3. 哑巴在上官家强奸三姐领弟。	哑巴与三姐领弟结婚。
第十七章	来弟、沙月亮	沙月亮与鲁政的地雷阵对峙。	沙月亮在上官家自杀。

注:潘耕整理制作。

以上每一章的开篇处,都有一个或多个"外来者"突如其来地闯入而带来新的故事。其中,有襁褓中的婴儿(第十五章):

> 回到家中,我们第一眼便看到鸟仙怀抱着一个紫貂大衣缠成的包裹,在院子里走来走去。母亲手扶着门框,几乎跌倒。三姐走过来,把紫貂皮包裹递给母亲。母亲问:"这是什么?"三姐用比较纯粹的人的声音说:"孩子。"①

有爆炸大队的官兵(第十六章):

> 我们原以为一进门就会发现上官领弟和上官吕氏的尸首,但眼前的情境与我们想象的大相径庭。院子里热闹非凡……②

有多年未归的来弟(第十七章):

> 一个瘦长的黑影子突然从炕前站起来。母亲惊叫一声。六姐也惊叫

---

① 莫言:《丰乳肥臀》,作家出版社2012年版,第128页。
② 莫言:《丰乳肥臀》,作家出版社2012年版,第138页。

一声。那黑影扑上炕，捂住了母亲的嘴巴。母亲挣扎着摸起菜刀正要劈，就听到那黑影说："娘，我是来弟……我是来弟呀……"①

从具体情节段落的功能性上来看，"上官家的院子"就是一个半开放性的舞台。固定空间内的"外来者"在带来短暂、强烈的戏剧悬念的同时，如同走马灯一般频繁地上场、下场，这使上官家暂时化解危机或使其陷入毫无预备的无奈困境，给人物的生存模式、人物关系、人物命运带来集中的、翻天覆地的改变。

这非常类似很多史诗性话剧的集中性场景，如老舍的《茶馆》。它以一家叫裕泰的大茶馆的兴衰变迁为背景，展示了从清末到北洋军阀时期再到抗战胜利以后的近50年间北京的社会风貌和各阶层人物的生活变迁。老舍这样阐释"茶馆"的空间意义："茶馆是三教九流会面之处，可以容纳各色人物。一个大茶馆就是一个小社会……我只认识一些小人物，这些人物是经常下茶馆的。那么，我要把他们集合到一个茶馆里，用他们生活上的变迁反映社会的变迁。"②莫言小说中的"院子"也有这样的功能，它既是家族史的主要舞台，同时也是历史大舞台的一个侧剖面。

另外，在莫言很多小说的情节段落里，都写到了民间戏剧演出和电影拍摄的片场。这些场景不但反映出莫言对于戏剧影视艺术活动的熟悉与热爱，还具有其他重要的功能和意义。

第一，虽然小说是虚构的艺术，但莫言小说里对戏剧场面的描绘还是从一定程度上反映了戏剧在日常生活中的演出原因、演出的气氛、舞台的形式规模、民众反应等演出状况。这些演出基本上属于祭祀或庆祝活动的一部分，功能有如祭拜神灵、庆祝胜利、庆祝新年等。舞台有原本就搭建好的，有临时搭建的，也有的就是在空地上演出。乡村环境简陋的舞台，造成较近同时也较为随意的观演关系。在这种情况下，也就有了《丰乳肥臀》中为了庆祝扒铁桥胜仗，司马库、招弟与戏班一起演出的新编茂腔戏，母亲难辨真假而闹出笑话的情节。

---

① 莫言：《丰乳肥臀》，作家出版社2012年版，第154页。
② 老舍：《答复有关〈茶馆〉的几个问题》，《剧本》1958年第5期。

第二，小说叙事因戏剧演出和电影拍摄情节得以更加丰满完整，人物性格也有了展示和深化的空间。"金龙排戏迎新年""解放春苗假戏真唱"是《生死疲劳》章回的名称，直观地道明了情节内容，故事由此展开并起到了承前启后的作用。其中，"金龙排戏迎新年"讲的是在春节前夕的夜晚，金龙组织大家在革委会办公室里排演《红灯记》前后的故事。虽然不是真正的演出，但从解放叙说围绕着"选角色""抢角色"的角度生动鲜明、充满趣味性地刻画了人物和人物关系：

> 铁梅自然是互助，如前所述，她的大辫子正好派上了用场，李玉和原是我哥，因我哥嗓子倒了仓，唱出来仿佛猫叫，只好把这个主角让给马良才。凭良心而论，马良才比我哥更像李玉和。我哥当然不愿扮演鸠山，更不愿扮演王连举，只好扮演了那个跳车送密电码的交通员，出场一次就壮烈牺牲。为革命牺牲，倒也合我哥的脾胃。①

庆新年戏剧演出引起了屯子里所有人的浓厚兴趣，但同时也揭露出残酷的历史事实："正是上天入地、翻江倒海年龄"的十六岁的解放，鼓起极大勇气恳求与自己有深仇大恨的哥哥，希望出演"没有人想演的叛徒王连举"，却因"单干户"的身份被金龙一口回绝。解放低贱的愿望无法实现，被全民狂欢性的庆典活动排除在外，继而导致了他与父亲蓝脸强烈的冲突和他义无反顾"盼爹入社"的下文。

第三，"戏"的虚构和生活真实相互交融，展现出如戏的人生。《四十一炮》里，老兰为了感恩神灵，请来民间戏班子演出。在《斩五通》上演之前，兰大官跳上舞台，与四十一个女人交合后被洋人射杀倒地。随即，马通神像坍塌，灯光也同时熄灭了。《斩五通》的情节提前成为现实，戏与人生贴合为一体。在《生死疲劳》"解放春苗假戏真唱"的章节中，现实中是解放母亲迎春肃穆阴郁的殡葬仪式，"戏中戏"是解放和春苗拍摄的电视连续剧，内容是假死的母亲从棺材里坐起劝降。六年未见母亲的解放看着戏中棺材里的"母亲"，产生了"幻觉"，一瞬间泪水裹挟着无尽的羞愧、思念"喷洒而出"，几乎哭晕过去。莫言设置了同一时间内，一个真实的空间与一个戏剧性的平行空间，让两

① 莫言：《生死疲劳》，作家出版社2012年版，第179页。

条故事线索齐头并进,给读者营造出亦真亦幻、悲喜剧交错的美学体验。

二、开放性的大舞台:"高密东北乡"

2017 年 12 月 10 日,在获得诺贝尔文学奖五周年时,莫言在上海与复旦大学中文系陈思和教授围绕"中国文学传统的当代继承与转化"主题展开对谈。针对莫言 2017 年在《收获》发表的"小说新作"《故乡人事》系列短篇小说,陈思和认为,莫言在保持以往创作风格的基础上,"对农村、对社会、对文学命运做出了自己新的思考与解答"。然而,承载这些新的思考与解答的空间,依然是莫言的故乡高密:"建立在故乡基础上的小说本身是充满开放性的,永远不会封闭"①。

纵观中外文坛,很多耀眼的作家都以自己的故乡为蓝本,创造出独特的文学艺术王国。在莫言的"高密东北乡"之前,就有鲁迅笔下的"鲁镇",沈从文书中的"边城",加西亚·马尔克斯的"马孔多小镇"、福克纳的"约克纳帕塔法县"……这些"王国"的实际地理区域范畴并不一定是广袤无边田连阡陌,如同福克纳所述,它也许像"邮票那样大小";它们的景致风光也不见得多么千姿百态绚烂斑斓,莫言也曾笑谈道,那些到"高密东北乡"寻找遍野辉煌的红高粱和他笔下景物的人们,总是"满怀希望而来,满心失望而去",因为那里除了处处可见的平凡景物,可以说"几乎什么都没有"②。然而这些奇特的地理概念,囊括着人世间的千情万物,丰腴饱满华丽浓烈得远远超出了人类的想象。

在莫言初入文坛时,"高密东北乡"还仿佛是一块未被开垦的荒寂的土地,沉睡在莫言的记忆里。当这片土地时不时地翻涌在莫言的脑海和心中时,他甚至有意地努力摆脱它,试图开辟若干个远离故土的"小舞台",将写作的背景设置在海边、山峦、军营中,寻找一个可以落足、扎根,大张旗鼓地宣泄才情的地方。在此过程中,他写下了《春夜雨霏霏》《丑兵》《岛上的风》……但很快,莫言就发现了这些小说创作中的问题。他曾写信给大哥做自我批评:

---

① 莫言:《真正的作家,一定来自现实生活》,《解放日报》2017 年 12 月 18 日。
② 莫言:《我的高密》,中国青年出版社 2011 年版,第 2 页。

"浓厚的小资情调,明显的模仿,都是非常露骨的毛病。"①莫言清醒地意识到问题的根源在于他所描绘的人和景物,与自己"没有丝毫感情上的联系","没有爱,亦没有恨",这让他难以持续地深入拓展这些"小舞台"。莫言苦苦思索,艰难地探索。终于,福克纳的"约克纳帕塔法县"对他创建"高密东北乡"这一文学地理舞台产生了重要影响。莫言说:"我清楚地记得那是 1984 年 12 月里一个大雪纷飞的下午,我从同学那里借到了一本福克纳的《喧哗与骚动》……读了福克纳之后,我感到如梦初醒,原来小说可以这样地胡说八道,原来农村里发生的那些鸡毛蒜皮的小事也可以堂而皇之地写成小说。他的约克纳帕塔法县尤其让我明白了,一个作家,不但可以虚构人物,虚构故事,而且可以虚构地理。于是我把他的书扔到了一边,拿起笔来写自己的小说了。受他的约克纳帕塔法县的启示,我大着胆子把我的'高密东北乡'写到了稿纸上。"②

　　1984 年,莫言在短篇小说《秋水》③里,首次响亮地打出"高密东北乡"的旗号,这个"舞台"被莫言正式建立、启用了。莫言如此说道:"在《白狗秋千架》之后,(高密东北乡)在很多小说里面都变成了舞台。就是说从这以后,我的小说就有了这么一个固定的场所,我的故事中所有的人物、所有的场景,都是在高密东北乡这个文学舞台上展开的。"④在这里,莫言指出"舞台"至关重要的特点与功能——"局限性",其中包含了两点:舞台的"聚集性"与"假定性"。"聚集性"是指舞台是一个固定、集中、有边界的空间,它代表着一种束缚,同时也意味着因束缚而产生的能量;而"假定性"是一种对"真实"的预设

---

① 魏一平:《莫言与故乡》,《三联生活周刊》2012 年第 42 期。

② 莫言:《福克纳大叔,你好吗——在加州大学柏克莱校区的演讲》,载《用耳朵阅读》,作家出版社 2012 年版,第 26 页。

③ 管谟贤于 2014 年 10 月 24 日在北京师范大学国际写作中心举办的"莫言与中国当代文学国际学术研讨会"开幕式上指出:莫言作品中第一次提出"高密东北乡"概念是在莫言的文章《秋水》中,但有评论文章认为出自《白狗秋千架》,这并不正确。虽然两篇小说都是莫言于 1984 年创作,但由于刊物生产周期的原因,《秋水》创作时间要略早。莫言说:"我记得自己在 1984 年曾经写过一篇叫《秋水》的短篇小说,其中第一次出现了'高密东北乡'这五个字。"(见莫言、杨义、朱寿桐:《语言的魅力与限度——关于汉语新闻学的成就、发展与传播的对话》,《文艺研究》2016 年第 2 期。)

④ 转引自王恒升:《莫言在〈白狗秋千架〉中的矛盾性书写》,《小说评论》2016 年第 1 期。

性——我们假设一切艺术的内容都是对生活的真实反映，无论它看上去是否真实。舞台的"局限性"决定了这个空间所能释放的能量和涵盖的内容几乎不可度量。

实际上，从20世纪80年代初创作《民间音乐》开始①，莫言就开始构置"局限性"空间——"马桑镇"，作为"高密东北乡"的缩影或别称，也在另外的几部小说《牛》《筑路》《檀香刑》中作为故事的背景发生地。无论是"高密东北乡"还是"马桑镇"，之所以探究莫言所说的"舞台之意"，之所以用"大舞台"来对莫言小说中贯通存在的"大"的空间进行描述、界说，意在结合戏剧舞台特性的基础上，挖掘莫言"文学王国"空间的戏剧性。

（一）舞台的开放性：有限的空间与无限的时空

"高密东北乡"的现实地理位置，指的是山东高密东北隅的大栏乡。它地势低洼，有一马平川的土地，有胶河、墨水河静谧流淌，它的名称沿用了明清和民国时的称呼。但作为文学地理概念上的"高密东北乡"，随着莫言笔耕的开拓，逐渐远超了"原乡"的概念，颠覆了自五四以来传统的乡土小说的故乡写作模式。"高密东北乡"是真实、想象与人物心理、精神家园等多层次、多维度空间的集合体，它不仅是中国的缩影，更发展成为人类的生存和发展的空间。

"高密东北乡"在承载空间的同时，也在时间的维度上包含了"历史和当下"。莫言笔下的"高密东北乡"的历史从《秋水》开始讲起，"据说，爷爷年轻时，杀死三个人，放起一把火，拐着一个姑娘，从河北保定府逃到了这里，成为了高密东北乡最早的开拓者。"②之后，它作为各种故事的背景，历经了义和团运动、民国、抗日战争、新中国成立、土改、反右、"大跃进"、"文化大革命"、拨乱反正、改革开放、当下时代。一个多世纪瞬息万变、波谲云诡的中国历史缩聚、凝结在这个舞台上。当然，"高密东北乡"在传说和民间故事中追溯，拥有更遥远的历史；在想象的层面上的叙事里，构置了现实中不存在的时间。这个大舞台，容纳了"高密东北乡"人（中国人／人类）于漫长历史中精神上的种种喜怒哀乐，有对过去的追忆和向往，有对当下痛苦和欢愉的批判，也有对虚无

① 莫言的短篇小说《民间音乐》发表于《莲池》1983年第5期。
② 莫言：《秋水》，载《白狗秋千架》，作家出版社2012年版，第204页。

缥缈的未来的焦虑和不安。

雨果在《克伦威尔·序》中这样解释"舞台"的包容性:"舞台是一个视觉的集中点。世界上、历史上、生活里和人类中的一切,都应该且能够在其中得到反映。"①虽然"高密东北乡"是一个虚构的、有限"舞台"空间,却有着包含无限的时空延展和开发的可能性,可以说,它不会面临枯本竭源、山穷水尽的问题。这就是"舞台"与"王国"作为时空体本质上的不同。

(二) 舞台的假定性:人、神、鬼、兽众生共处的魔幻空间

"高密东北乡"之所以成为一个超越现实的、奇幻瑰丽的大舞台,正是因为莫言不仅将"人"搁置于此,如果按照佛教的"六道"概念来说,莫言是让六道众生都汇聚在了这里。在他的小说里,"高密东北乡"充斥着众声的喧哗之音:神仙佛祖、牲畜百兽、魑魅魍魉……闹闹哄哄、喧喧嚷嚷,虚实相生,共同构成了充满东方神秘色彩的魔幻空间。

当然,"人"是莫言赞颂与批判的核心。"高密东北乡"的舞台上首先有形形色色的人物登台出场,上演了一幕幕精彩的大戏。莫言以"高密东北乡"为背景的小说人物众多,关系繁杂,有从《秋水》延伸到《红高粱家族》的"我爷爷""我奶奶",他们是"高密东北乡"的开创者,激烈张扬、粗犷蓬勃的红高粱精神的奠基者;有《丰乳肥臀》的"母亲"上官鲁氏,她在历史跌宕流离中忍辱负重、坚忍顽强地养育九个子女;有《生死疲劳》里六道轮回成各种动物的西门闹和孤独倔强的反叛者"单干户"蓝脸;有《蛙》里起先荣光万丈而后在罪与罚的精神折磨中苦苦度日的"姑姑";也有《透明的红萝卜》里沉默无言、敏感纤细的"黑孩儿"和《四十一炮》里滔滔不绝诉说的"罗小通"……以这些"高密东北乡"最核心的人物为基础,扩散、辐射出庞大纷乱、不同身份行业、洋洋大观的人物群体:县长、土匪、军人、医生、农民、乞丐、说书人、演员、知识分子等。莫言不仅写中国人,还有很多外国人与混血出现在"高密东北乡"土地上:《丰乳肥臀》里的牧师、俄罗斯贵妇、美国飞行员;《蛙》里陈鼻的俄国母亲,万足退休返乡后外国元素更加密集,各种外资工厂和来自世界各地的游客络

---

① [法]维克多·雨果:《克伦威尔·序》,载《雨果文集10·戏剧集》,柳鸣九译,人民文学出版社1999年版,第4页。

绎不绝……这些活跃在高密东北乡,来自四面八方的人物,没有因地域性、阶级性而被贴上"高""下""好""坏"的简单标签,莫言深入人的本性和根性,饱含悲悯地看待和书写每一个人。回望历史,"高密东北乡"就是一个世界历史的舞台,海纳百川、并容遍覆,任何生命的诞生与成长、消逝与死亡,都是值得被尊重的。

2019年10月,莫言在与2008年诺贝尔文学奖得主勒·克莱齐奥关于"故事:历史、民间与未来"的对谈中说,"历史有大历史与小历史之分。每个人都有从自己视角经历的'小历史',这些'个人化的历史'构成了宏观上的'大历史'"。正是这些个性鲜明的人物在不同历史阶段登台、展示、下场,充满了自由、华丽、残酷、死亡等交织交错的种种意象,拼贴组合出气象万千、瑰丽丰饶的"高密东北乡"史和悲壮雄浑的中华民族史。

戏剧是模仿的艺术。从戏剧的发展来看,戏剧"模仿"的对象从来都不仅仅限于"人",戏剧模仿和假定的本质决定了一切有情众生都可以被展示在舞台上。戏剧的起源本身就与巫术和动物模仿相关。汪晓云在《神·鬼·人:戏曲形象探源》一书中以中国戏曲的原生性为出发点,探究了戏曲的发生和发展过程与神、鬼、人共处一个舞台的种种形态。在古希腊戏剧的起源——酒神祭祀活动上就出现了人对动物形象的模仿:合唱队的演员身穿羊皮,头戴羊角,一同合唱酒神赞美歌。中国戏曲舞台上的动物则通过面具、"套头"、"形儿"、"簪形"、脸谱和"磕脑"六种方式灵活展现。在今天的百老汇舞台上,更是有以动物为主题的音乐剧《猫》《狮子王》直观地呈现千鸟群飞、万兽群奔的动物王国。英国舞台剧《战马》则以演员的身躯支撑起结构复杂的巨型马偶,准确地展示马在运动时的骨骼变化、一呼一吸等微妙的形体和情感变化。戏剧的舞台也能够无所畏惧地给无情众生甚至物品赋予灵魂和生命:草木、花朵、桌椅、乐器、餐具等。因此,戏剧不仅是模仿人类行为和生活的艺术,而且是对现实世界和想象世界的全方位的直观模仿艺术。

莫言在小说里不仅写"人",在发现"高密东北乡"这个神奇舞台的那一刻开始,他就毫不吝惜地将神界、鬼界和动物界的林林总总众生"请"上这个舞台。在以它们的视角来观察体会人间百态、展现奇异魔幻世界的同时,又增添了历史的又一维度。其中,"动物"是莫言笔下一个瞩目的群体。张清华教授曾说:"在当代,没有哪一个作家能像莫言这样多地写到动物,这是莫言'推己及物'的结果,人类学的生物学视角使他对动物的理解是如此丰富,并成为隐喻人类自己身上的生物性的一个角度。"①莫言汲取《聊斋志异》的精髓,在中国古典动物叙事的基础上加入自己的叙事特色。在"高密东北乡"舞台初建时期的作品《秋水》结尾处,莫言就通过一首儿歌勾勒出一个赤地千里、荒烟蔓草的大舞台基调。万物看似平静如秋水,却暗藏一条残酷斗争的食物链,相生相克又周而复始。它是昆虫鸟兽的舞台,更是人的舞台。此后,莫言文学作品里出现过上百种动物。有学者曾经统计过:"高频率出现的动物比如狗、牛、马、羊、蛇、猪等等就有 30 多种,其中在文章篇名中直接涉及动物的有 23 篇。"②这些动物都是有灵性的,它们形象的体现方式,主要可以分为三种情况:

1. 现实中的动物。它们是人物生活空间里客观的存在,它们的主要功能是人类的"配角"或"道具"。莫言时而赋予它们深层的隐喻,如中篇小说《牛》,在"我"和杜大爷将生命垂危的双脊送往兽医站的路上,杜大爷和男青年调侃"我怎么不能把你比喻成牛? 天地生万物,人畜是一理",看似一句玩笑话,却道出在特殊历史时期人畜命运同等的感叹;有时这些动物作为一种意象出现,如短篇小说《白狗秋千架》中的白狗,寓意着遥远苍凉的守候、召唤与作者剪不断的乡愁。

2. 幻想中的动物。它们并非真实的存在,而是随着人物的主观想象出现、转换和消失。在长篇小说《檀香刑》第三章"小甲傻话"中,从痴儿小甲得到一根假"虎须"开始,从其主观视角出发,将动物与人物一一对位,通过他喋喋不休、咕哝不已的"独白",展现了一个疯狂的"动物世界"。眉娘是一条体态绵软、遍体鳞片的白蛇;赵甲是一匹瘦骨嶙峋、炯目机警的黑豹;钱丁是一头身材魁梧、威风凛凛的白虎……这是一种非常戏剧性的描述展示,类似戏曲中模仿动物惯用的"脸谱"和"形儿",直观地撕开人的皮肉,露出动物性的内在品质。莫言借小甲疯癫恐惧的幻想,犀利地洞悉着人物的本性,形象地展现人物之间

① 张清华:《叙述的极限——论莫言》,《当代作家评论》2003 年第 2 期。
② 白晓阳、贺昱:《论莫言动物叙事中的魔幻书写》,《大众文艺》2019 年第 3 期。

的关系,并剖露出一个凶残险恶、危机四伏的生存空间。在长篇小说《蛙》的第四部,姑姑已从曾经的"送子观音"堕成了一个扼杀无数婴儿命运的"女魔"。当她夜行至一片洼地,群蛙齐鸣的场景来自姑姑"无中生有"的主观臆想:

> 从那些茂密的芦苇深处,从那些银光闪闪的水浮莲的叶片之间,无数的青蛙跳跃出来。它们有的浑身碧绿,有的通体金黄,有的生着两只红豆般的眼睛。它们波浪般涌上来,它们愤怒地鸣叫着从四面八方涌上来,把她团团围住。①

这些青蛙抓咬姑姑,她号叫着逃跑,在回头观望时看到了令她魂飞魄散的恐怖景象:

> 千万只青蛙组成了一支浩浩荡荡的大军,叫着,跳着,碰撞着,拥挤着,像一股浊流,快速地往前涌动。而且,路边还不时有青蛙跳出,有的在姑姑面前排成阵势,试图拦截姑姑的去路,有的则从路边的草丛中猛然地跳起来,对姑姑发起突然袭击……②

"蛙"音同"娃",同时也是生殖崇拜的图腾。群蛙象征着旺盛的繁衍,也是无数婴儿孤魂的象征。这个场景和其中的群蛙是姑姑的主观想象,也是她永远无法摆脱的梦魇。

3. 人兽共体的动物。这种动物在小说中是以真实的动物形象出现的,但是它们同时拥有人性与兽性。它们往往是作品的主角,是作家想象世界中一种特别的存在。莫言在长篇小说《食草家族》里有这样一句话:"人都是不彻底的。人与兽之间藕断丝连。生与死之间藕断丝连。爱与恨之间藕断丝连。"③这句话揭示了人类在发展过程中,人性与兽性搏斗、纠葛不息的永恒的命题。

2012年,莫言在斯德哥尔摩大学为他举办的文学讲座上,朗读了自己的一篇微型小说——《小说九段》中的《狼》,并由瑞典演员约翰·拉贝尤斯朗读了它的瑞典语版本。同时在场的汉学家罗多弼认为这是莫言最好的短篇小说

---

① 莫言:《蛙》,作家出版社 2012 年版,第 221—222 页。
② 莫言:《蛙》,作家出版社 2012 年版,第 222—223 页。
③ 莫言:《食草家族》,作家出版社 2012 年版,第 218 页。

（或称"闪小说"，Flash novel），令他想起中国东晋史学家干宝著录的笔记体志怪小说集《搜神记》和蒲松龄的《聊斋志异》，它们共同的特点都是在较短的篇幅内讲述神怪故事和民间传说：

　　那匹狼偷拍了我家那头肥猪的照片。我知道它会拿到桥头的照相馆去冲印，就提前去了那里，躲在门后等待着。我家的狗也跟着我，蹲在我的身旁，脖子上的毛耸着，喉咙里发出呜呜的声音。照相馆的女营业员一边用鸡毛掸子掸着柜台上的灰尘，一边恼怒地喊叫："把狗轰出去。"我对狗说："老黑，你出去。"但我的狗很固执，不动。我揪着它的耳朵往外拖它，它恼了，在我的裤子上咬了一口。我指着裤子上的窟窿对那个女营业员说："你看到了吧？它不走。"女营业员看看它，没说什么。上午十点来钟，狼来了。它变成了一个白脸的中年男子，穿着一套洗得发了白的蓝色咔叽布中山服，衣袖上还沾着一些粉笔末子，看上去很像一个中学里的数学老师。我知道它是狼。它无论怎么变化也瞒不了我的眼睛。它俯身在柜台前，从怀里摸出胶卷，刚要递给营业员。我的狗冲上去，对准它的屁股咬了一口。它大叫一声，声音很凄厉。它的尾巴在裤子里边膨胀开来，但随即就平复了。我于是知道它已经道行很深，能够在瞬间稳住心神。我的狗松开口就跑了。我一个箭步冲上去，一把就将胶卷夺了过来。柜台后的营业员惊讶地看着我，打抱不平地说："你这个人，怎么这样霸道？"我大声说："它是狼！"它装出一副可怜巴巴的样子，无声地苦笑着，还将两只手伸出来，表示它的无辜和无奈。营业员大声喊叫着："把胶卷还给人家！"但是它已经转身往门口走去。我知道只要它一出门就会消失得无影无踪，果然，等我追到门口时，大街上空空荡荡，连一个人影也没有，只有一只麻雀在啄着一摊热腾腾的马粪。从不成个的马粪上，我知道这匹马肠胃出了问题，喂一升炒麸皮就会好……

　　等我回到家里时，那头肥猪已经被狼开了膛。我的狗，受了重伤，蹲在墙角，一边哼哼着，一边舔舐伤口。①

在这篇微小说中，莫言用寥寥数语描绘了一个荒诞离奇的故事——"我"

———————

① 莫言：《小说九段》，载《与大师约会》，作家出版社2012年版，第522—523页。

带着"狗"去洗印店堵截一只给家里"肥猪"偷拍照片的"狼"。但是"狼"非常狡猾,先是装扮成中学教师,故作可怜,后又调虎离山,返回家中将肥猪吃掉。莫言借助"狼"的意象成功地向读者传递了人类本性扭曲、异化的现象。狼"扮演"成的"人"充满了戏剧性:一张白面、穿着发白的蓝色中山服、身上沾着白粉的笔末……"白"在中国古典戏曲中带有特殊的含义:"白面"在戏剧的脸谱里,一般代表不以真相示人的阴险、多谋的奸臣形象,如曹操、潘仁美等。让"狼"戴上类似戏剧中"白面人"的面具,在欲遮蔽兽性之时,却显露出比兽性更加幽深难测的人性的一面。接着,莫言又朗读了《生死疲劳》中西门闹被小鬼押送回人间转世变驴的片段。"人兽共体"的戏剧性动物形象在长篇小说《生死疲劳》里得到了集中、极致的展现。地主西门闹在死后,轮回为驴、牛、猪、狗、猴,追求正义与真理的人性逐渐退化,对食、色、性的贪念与执着逐渐增强,继而又被人类驯服。一双双动物的眼睛,像镜子一般折射出洪月泰、西门金龙等人"动物性"的一面。"高密东北乡"在这个特殊的历史时期变成了一个人兽混杂同居的世界,动物道与人道两个异度空间的隔膜被冲破,人性与兽性此消彼长,人不如兽,兽好比人,成就了一个光怪陆离的世界。

因为篇幅原因,莫言写的"高密东北乡"土地上的神灵、鬼怪在此节里暂不涉及,但借用郭沫若对《聊斋志异》的评语:"写鬼写妖高人一筹,刺贪刺虐入木三分"来说明莫言写动物、神鬼、精灵的特点和意义。从以上莫言写动物的内容和手法就能看出,他写一切"人"以外的生物的根本目的,还是为了写"人"本身,而且是为了更加凌厉、深刻、犀利地对人性进行剖析和反思。

戏剧学家林克欢在《戏剧表现的观念与技法》一书中写道:"在有限的、封闭的物理空间中,创造出无限的、开放的美学空间,以自己特有的艺术形式,表现无限广阔的社会生活场景,正是戏剧艺术的伟大创造和它的空间特征。"①"高密东北乡"正是这样一个空间,它在字面上是一个具体的地理区间,但无论是在时空的开合度上,还是在展现众生的多样性方面,此空间的维度和容量都是宽广无垠、包罗万象的。莫言以他特有的艺术敏感度和观察力,调动童年乡土生活记忆和民间鲜活故事资源的储备,建立、完善着这个历史与当下,魔

———————

① 林克欢:《戏剧表现的观念与技法》,北京联合出版公司 2018 年版,第 93 页。

幻与现实,人、神、牲畜交织共存的戏剧大舞台。对这个戏剧大舞台的精心打造,也体现出莫言以一种超然的角度、审美的方式来看待世间百态的大悲悯的写作态度。

<h2 style="text-align:center">第二节 我们皆是面具下的人:
莫言小说中的"表演者"</h2>

一、人类表演学视野下的"表演者"

从《檀香刑》开始,很多学者关注到在莫言的小说里,有许多像孙丙一样的唱戏者、表演者。实际上,莫言的早期写作中就出现了一些会唱戏的人,如《大风》中的爷爷、《透明的红萝卜》里的老铁匠、《红高粱家族》中的外曾祖父,他们仿佛都将戏词烂熟于心,随口就能吼出几句悲凉苍劲的茂腔。《茂腔与戏迷》则集中讲述了县茂腔剧团下乡演出的故事,其主角就是一个目光炯炯、跟头连翻,迷倒全村姑娘的茂腔小武生。另有一些小说也写到了茂腔戏演员、电影演员等角色。但是,莫言小说中的"表演者"远不止这些人物。

从词频来看,笔者发现诸如"表演""演员""演戏"等与戏剧表演相关词汇反复地出现在莫言的小说文字当中。经笔者统计:长篇小说《丰乳肥臀》中,"演员"一词出现的频率为24次,"表演"一词出现的频率为25次,"扮演"一词出现的频率为3次;长篇小说《生死疲劳》中,"演员"一词出现的频率为7次,"表演"一词出现的频率为23次,"扮演"一词出现的频率为11次;长篇小说《蛙》中,"表演"一词出现了7次,"演员"一词出现了14次,"扮演"一词出现的频率为8次。这是一个非常有趣的现象,因为这三部长篇小说里虽然有少量演戏、拍戏的场景,可它们并不是以讲述演戏为核心情节内容的作品,而"表演""演员""扮演"这些与戏剧相关的词汇却频繁、均匀地分散在各个章节中。不但如此,正如莫言所说:"在我的小说里,人人是'演员'。"[1]"表演"的意识、欲望与具体的行动成为莫言文学作品中人物的一种普遍的现象,也形

---

[1] 莫言指导博士生论文写作的谈话,2018年10月20日于北京师范大学国际写作中心。

成其文本戏剧性审美特征的重要表达之一。那么,这些"表演者"都是怎样的人?他们在进行着怎样的"表演"?他们与莫言作品的戏剧性有着怎样的连接?这些叙事的意义和价值又是什么?

人类表演学(Performance Studies)无疑丰富和拓宽了大众传统认知里"表演"的概念领域。一般地,"表演",就是指狭义的影视剧、舞台剧等表演,而人类表演学的表演则是日常生活中的表演,即人类在生活中无时无刻不在进行着的有意识地展示自己的行动。谢克纳这样加以说明:"当我仅仅在街上走路的时候,我不是在表演,但当我走给你们看的时候,这就是表演,我在表演走路。街上有很多人并不是有意识地展示走路,但是因为有你或者很多人在看,那么你和那些看的人就把他们的走路变成了表演。"①

在查理·谢克纳的人类表演学理论中,"所有被组织、重现、突出或展示的动作均为表演。"②舞台剧、影视剧表演只是人类表演学的一部分内容,人类的仪式与庆典、活动和演讲……甚至在稀松平常的日常生活中,都很可能包含"表演"的元素。人类表演学将"表演"的概念范围从舞台影视扩张到日常生活,也丰富了文学作品中人物行为表演性质的边沿,从理论层面印证了莫言对"我的作品中人人皆是演员"的说法。

在人类表演学的理论概念下,先将莫言小说中的表演者分为三种类型:舞台影视表演者、仪式活动表演者与日常生活表演者,进而来研究莫言刻画这些人物的具体方式与目的意义。

(一) 舞台影视表演者

本书第一章剖析了民间茂腔演出古老苍凉的声音和热闹非凡的现场给幼年莫言脑海深处留下的深刻印记。因此,在他自己的文学创作中,莫言也自然地书写了一些舞台上、影视中的演员人物。这些人物的身份,有以唱戏为生的职业戏曲演员。其中,《檀香刑》中猫腔戏班班主孙丙是最为典型和突出的代表。为了将祖师爷传下的猫腔发扬光大,孙丙跑遍五湖四海学戏。回到"高密东北乡"后,他带着戏班在江湖上闯荡,演遍了古往今来的帝王将相,颇受

---

① 孙惠柱主编:《人类表演学系列:谢克纳专辑》,文化艺术出版社 2010 年版。
② 转引自廖静:《谢克纳表演理论研究》,博士学位论文,武汉大学 2015 年。

百姓喜爱。对猫腔无限的热情和对历史英雄人物的膜拜心理,使他把现实生活与戏曲传奇融合为一体,上演了一场轰轰烈烈的大戏。最终,孙丙奔赴刑场,在刑台上鸣响了临终前的绝唱。他视此为自己人生最悲壮伟大的时刻,正如他在小说中所唱:"俺孙丙演戏三十载,只有今日最辉煌"①。孙丙的表演是一种有意识的表演。他将人生入戏,戏入人生。他一方面在表演,另一方面也从角色中抽离出来,以观众的视角审视、观望着自己。因此,他一定要完成不同寻常的表演,像那些戏中的英雄一样留名青史。

另外,在《丰乳肥臀》《生死疲劳》《蛙》等多部小说中,有些人物虽然并不是职业戏剧戏曲演员,但因叙事的需要,临时充当了舞台影视表演者。《丰乳肥臀》第十三章,莫言采用了小说叙事与戏曲文本式叙述交叠使用的方式,完整地讲述了百姓在元宵节为庆祝扒铁桥胜仗,点亮瓦斯灯,上演新编茂腔戏的情节段落。二姐招弟、司马库等通过扮相、语言和动作的模仿,还原了一场激烈的抗日戏。司马库"穿着马靴,戴着军帽,手持一根真正的皮鞭,胯下是一匹想象中的骏马",中国传统戏曲的假定性将福生堂的院子变成了承载千军万马厮杀的舞台。观众"进入戏境,有赞叹不已者,有用袄袖子沾泪者"。四个村民装扮成"龟田队长"和日本兵,把饰演中国美貌娇娘的二姐抬起来抓走。这时,锣鼓敲得激烈,犹如疾风骤雨。观众们的愤慨之情被台上的剧情调动起来,并且一齐"涌动着,往前逼近"。母亲见到戏中这般情景,竟然信以为真,急不可耐地奔上前去解救女儿:

> 母亲大叫着:"放下俺的闺女!"母亲呐喊着冲上前去。……母亲伸出双手,像老鹰捉兔子,抠住了"龟田队长"的双眼。他哀号着松了手,其他三人也松了手,我二姐跌在席地上。那三个演员跑了,母亲骑着"龟田队长"的腰,在他的头上胡撕乱扯。我二姐拉扯着我母亲,高声嚷嚷着:"娘,娘,这是唱戏,不是真的!"
>
> 又拥上去几个人,把母亲和"龟田队长"分开。"龟田队长"满脸是血,逃命般蹿进大门。母亲气喘吁吁,余恨未消地说:"敢欺负我的闺女,敢欺负我的闺女?!"二姐恼怒地说:"娘,一场好戏,全被你搅了!"母亲

---

① 莫言:《檀香刑》,作家出版社2012年版,第433页。

说:"招弟,听娘的话,这样的戏,咱不能演。"①

演员和观众由此都闹腾开来。司马库连忙表演绝技救场,二姐把母亲推下台,"龟田队长"躲起来不见踪影,三个"日本兵"用滑稽的姿势把二姐举着抬下去。观众们被逗得哈哈大笑,演员因为观众笑,自己也笑了场。司马库满脸不悦地无奈继续"英雄夺妻"的武打戏码。在这场戏里,观众与演员频繁互动,热闹非凡。一方面,由于民众对日本侵略者痛恨之深、村民演员们模仿之真,混淆了观众的视听,也激起了上官鲁氏激烈的情绪。为了解救戏中的女儿,她拼死与"敌人"厮杀,即便在知道这只是一场假定的表演后仍然无法接受,她害怕这一切变为真实。莫言以滑稽的假戏写母亲无私的真情,既有趣味又让人动容;另一方面,民间非职业演员与百姓因在日常生活里十分熟悉,乡间舞台也比较粗陋简易,观演之间的界限不甚清晰,台上台下也因此闹成一片,一场庆祝抗战胜利的戏变成了带有闹剧性质的民间狂欢节,戏剧的宣传、教化、鼓舞人心的功能在此得到了极大的体现。

《蛙》中的"九幕话剧"中有一出"戏中戏",设计颇为巧妙。陈眉抱着孩子误跑到电视片拍摄现场,正赶上拍摄"清官戏"《高梦九》,陈眉以假当真,将希望寄托在高梦九身上,向其申冤。演员们将假戏真做,只可惜官是昏官,案是糊涂案。现代的拍摄现场已经是充斥着利益的人性堕落的舞台,主持公道、救苦救难的英雄人物仿佛仅活在古典戏曲里。

小说中的人物作为演员进行戏剧、影视表演,丰富、扩充了莫言文学作品中民间的生活内容及其趣味性。但莫言从不单独写演戏,而是以戏中戏的形式,对表演者的生活心理状态进行投射,用戏剧和电影的"假"照进现实生活的"真",以戏谑的方式对社会进行强烈的讽刺与批判。

(二)仪式活动表演者

从古希腊戏剧开始,狂欢活动一直存在着"换装":人们穿戴面具和服饰,暂时性地扮演另一身份。莫言小说中展现了很多这样的仪式与活动现场,民众在假定性情境下扮演不同的角色,使日常压抑的精神得以纵情宣泄,带有强烈的狂欢色彩。

---

① 莫言:《丰乳肥臀》,作家出版社2012年版,第109—110页。

《檀香刑》中每年盛大的"叫花子节"上，叫花子们笙歌鼎沸、肆意妄为地游行庆祝自己的节日。他们"头戴红纸糊成的冲天冠，身穿明黄缎子绣龙袍"，由外及里都扮演成地位最高的人，而县令扮演了地位比他们卑微的人，普通民众也享受这片刻疯狂的假定性环境，县城大街成为他们的"舞台"。暂时性权利颠倒的一天，让所有人在日常统治与被统治的固定关系中体会到自由与平等。

《丰乳肥臀》中的"雪集"则像是一出饶有趣味的默剧。村子里每年都会挑选出来一名"雪公子"去集市上巡视。这一年，"我"被选中了。"母亲"在拂晓时就开始为"我"梳洗、点红眉心，道士送来丝滑的白绸袍子、帽子和拂尘：

> 他亲手把我装扮起来，让我在院子里踏着雪走了几步。
> "善哉！"他说，"这才是真正的'雪公子'"。①

我被装扮成为"雪公子"，由此也进入了扮演"雪公子"的表演状态。"我"被抬上镶满龙凤的轿子巡视"雪集"，"雪集"的"规定情境"是不能说话。观众们——"男人、女人、孩子，都紧紧闭着嘴，能说话硬不说话"，大家也在这样的情境中开始了无声的表演。比如在集市上卖草鞋的裘黄散在收到买家揉皱的纸钱时，用动作表现出他气急败坏的状态：

> 裘黄散满面怒容，无声地骂着，跺了跺脚，但最终还是把那破纸票捡起来，伸展开，捏着一个角，晃动着，给周围的人看。周围的人有的同情地摇头，有的糊糊涂涂地嬉笑。②

没有了语言，买卖交易、讨价还价、冲突矛盾，一切都用行动来展现，整个场景就如同一台纯白色布景的"默剧"。

当然也有很多"表演者"并非通过装扮服饰来改变身份状态，而是在一些特殊的活动中公开性地、刻意地展示自己的某种才能，引起观看者的某种反应。比如在《檀香刑》中，不仅仅只有身为猫腔班班主的孙丙在表演，眉娘荡秋千、孙丙斗须、赵甲施行酷刑，同样都是精彩的演出：

---

① 莫言：《丰乳肥臀》，作家出版社 2012 年版，第 304—305 页。
② 莫言：《丰乳肥臀》，作家出版社 2012 年版，第 308 页。

眉娘粉面桃腮,一双大脚登上干爹钱丁在兵马校场上设的秋千架:

> 秋千架就是飘荡的戏台子,上去就是表演,是展览身段卖脸蛋子,是大波浪里的小舢板,是风,是流,是狂,是荡,是女人们撒娇放浪的机会。①

在跨院里,以美须闻名的钱丁褪去官服,准备与孙丙斗须:

> 半上午时,主角终于登了场。钱大老爷从大堂的台阶上款款地走下来,穿过仪门,走进跨院。阳光很灿烂,照着他的脸。他对着百姓招手示意。他的脸上笑容可掬,露出一嘴洁白的牙。群众激动了,但这激动是内心的激动,不跳跃,不欢呼,不流泪。②

在《檀香刑》结尾那场"华丽的大戏"里,赵甲则是戴着无形的魔鬼面具的刽子手,进行了一台血腥残忍的刑罚艺术表演,而民众则沉浸在麻木的痴狂中作为观众配合演出。

另外,还有一些人物在说书现场、就职演说现场、演讲现场、飞行表演现场等这些聚众场合上,尽情展现自我的表演欲,并在观演反应中愈演愈烈,在展现性格的同时在情节上导向某种戏剧性结局。

(三) 日常生活表演者

欧文·戈夫曼的社会表演学理论对谢克纳产生了深远的影响。在《日常生活中的自我呈现》中,戈夫曼指出:"'表演'(performance)可以定义为,特定的参与者在特定的场合,以任何方式影响其他任何参与者的所有活动。……如果把社会角色(social roles)定义为对系于特定身份之上的权利与职责的规定,那么,我们便能说,一个社会角色总是包含一个或一个以上的角色,这其中的每一个角色都可以由表演者在一系列场合下对各种同类观众或由同样的人组成的观众呈现。"③也就是说,为了更好地适合具体情境,个人在社会中因身份不同、需求不同所展示的行动是角色扮演。戈夫曼用"前台"来形容个人自觉地努力维持其希望保持的角色形象;而"后台"则是个人为了努力维持形象之前,所做的休息与平衡。如此而来,在与社会学、心理学的结合下,"表演"

---

① 莫言:《檀香刑》,作家出版社 2001 年版,第 22 页。
② 莫言:《檀香刑》,作家出版社 2001 年版,第 137—138 页。
③ 〔美〕欧文·戈夫曼:《日常生活中的自我呈现》,冯钢译,北京大学出版社 2008 年版,第 11—12 页。

突破了艺术的界限,深入表现在普罗大众的日常生活和繁文琐事中。人们或自知或不自知地在生活中依据不同的具体情境、场景,"扮演"不同的身份,不断地在"前台"与"后台"之间来回切换。

谢克纳强调:"二次重建行为是表演的主要特点。"①人通过行为的重建(restored behavior),在进入新的情境时丢掉"自我","我"不再是"我本身",而是"非我",一种表演自此形成。在此,我们用莫言的一篇微型小说《真牛》来做简短的分析:

> 那头牛,身材魁梧,面貌清纯,是牛中伟丈夫也。初购来时,儿童围绕观看,社员点评夸奖,队长洋洋得意。但此牛厌恶劳动,逃避生产。套一上肩,立即晕眩,跌翻在地,直翻白眼。鞭打不动,火烧不理。一摘套索,翻身跃起。如此这般,众人傻眼。支书曰:"人民公社可以养闲人,但绝不能养闲牛。"队长曰:"若不是法律保护耕牛,老子一定要宰了你。"会计曰:"好男不当兵,好牛不拉犁。"支书曰:"闭嘴,你的话里有严重的政治问题! 当心撸了你的会计。"会计面色灰白,悄然而退。牛翻白眼,不见青光,疑似阮步兵转世。无奈,只好将它牵到集市售卖。那牛一到集市,双眼放光,充满期待又略带忧伤,仿佛一个待嫁的新娘。集市上收税的人一见它就乐了:"伙计,您又来了呵。"牛眨眨眼曰:"伙计,不该说的莫说,拜托了呵!"②

动物也具有表演的天性与品质。这篇短文因牛的表演而充满了诙谐的色彩与戏剧性。遇到劳动,牛就跌翻在地,白眼直翻;一到集市,就双眼放光,兴奋不已。莫言更是以阮籍"物故不可论,途穷能无恸"的典故生动地比喻因环境转变而逃避现实的状态,令人忍俊不禁。在"高密东北乡"里,不仅是人类,甚至是动物,也被作者一一分发了面具,必要时刻即戴上面具,或在面具下逃避现实、解决当下的危机,或在面具下行德行善,又或者隐藏在面具下毫无忌惮地暴露人性的丑恶。

但是,既然说在人类表演学对"表演"边缘扩大的界域下,人人都在生活

---

① 转引自廖静:《谢克纳表演理论研究》,博士学位论文,武汉大学 2015 年。
② 莫言:《真牛》,《上海文学》2019 年第 3 期。

中随时产生表演,也就是说,大多数文学作品中的人物都很有可能或多或少带有表演的色彩。那么莫言笔下的表演者又有着什么样的特色呢?

二、强烈、夸张的表演色彩

舞台呈现中的戏剧性源于"演"与"观"的性质。"演"与"观"之间的距离被称为"庄严的距离"。董健先生将这种距离所带来的特征定义为公开性与凸显性、动作恰如其分的夸张性与合乎规律的变形性。当人类有了扮演的需要和意愿,会在以下四个方面展开模仿:一是在开始进行动态展示之前,他们很可能就已经开始利用造型装扮来转换身份(进行造型印象的传达,包括演员对外貌、体态、衣着服饰、面部装饰等的重建);二是面部神态(喜、怒、哀、乐与混杂表情的情绪与状态传达);三是肢体行为;四是语言、语音与语调。

莫言小说中的表演型人物在以上这些方面常常表现出让人无法忽略的强烈的、凸显的夸张与变形,当然首先是人物在极端情境下心理产生的爆发性的表演欲求。在《红高粱家族》中,面对丈夫与公公被杀害,亲爹只认钱财不认亲情、众人虎视眈眈的险象环生的情境,九儿立刻将威名赫赫的曹梦九视为救命稻草:

> 我奶奶晃荡几下,一头栽倒在地。众人上前扶起,手忙脚乱,碰掉了绾发的银簪,一团乌云,如瀑下泻。奶奶满面金黄,呜呜呜哭几声,嘻嘻嘻笑几声,一行鲜血,从下唇正中流下来。

曹梦九见九儿失夫之痛溢于言表,当机立断主持公道,九儿推波助澜,愈演愈烈:

> 我奶奶上前三步,跪在曹县长面前,把一个粉脸仰着,叫一声:"爹!亲爹!"

> 曹县长说:"我不是你爹,你爹在那儿牵着毛驴呢!"

> 我奶奶膝行上去,搂住曹县长的腿,连连呼叫:"爹,亲爹,你当了县长就不认女儿啦?十年前,你带女儿逃荒要饭,把女儿卖了,你不认识女儿,女儿可认识你……"

> "咦!咦!咦!这是哪里的话?纯属一派胡言!"

> "爹,俺娘的身子骨还硬朗吧?俺弟弟十三岁了吧?念书识字了吧?

爹,你卖我卖了二斗红高粱,我拉着你的手不放开,你说:'九儿,爹闯荡好了就回来接你'……你当了县长,就不认你女儿啦……"

"这女子,疯了,你认错人啦!"

"没错!没错!爹!亲爹!"我奶奶搂着曹县长的腿摇来摇去,满脸珠泪莹莹,一嘴玉牙灼灼。

曹县长拉起我奶奶,说:"我认你做个干女儿吧!"

"亲爹!"我奶奶又要下跪,被曹县长架住了胳膊。奶奶捏着曹县长的手,撒娇撒痴地说:"爹,你什么时候带我去看俺娘?"

"就去,就去,你松手,你松手……"曹梦九说。

奶奶松开曹县长。

曹县长掏出手帕揩着脸上的汗。

众人都睁着怪眼看着曹县长和我的奶奶。①

戈夫曼认为:"前台是个体在表演期间有意无意使用的、标准的表达性设备。"②前台包括很多组成部分。其中,如身材外貌、仪表、言谈方式、面部表情、举止等是易变的、暂时的、会随着表演者的需要和情境的变化而变化。

在进入情境前,九儿的面部表情是"脸上表情庄重安恬悲凄,不似菩萨,胜过菩萨",姿态为"骑在驴上,腰直胸挺,风姿夺人""像个蜡制的美人一般塑在驴背上,挑衅地翘着两只尖脚"。这是相对真实的九儿,泰然自若,心如明镜,明察秋毫却不动声色。进入具体情境后,人物调动前台转换角色,身姿下沉,面部表情变作:"泪珠莹莹"、披头散发、哭笑交杂;举止动作转化为:"粉面仰着""栽倒在地""跪""膝行""搂着县长的腿摇来摇去""不松手",直至曹县长无奈默认,观众信服,她才结束了这场表演,恢复到面对土匪"严肃地板着脸,手按着毛驴脑袋,面对着子弹射来的方向"③的状态。

作为表演者,九儿面对着两个观众群体——曹梦九与百姓看客。她首先扮演一个因失去丈夫大痛攻心、吐血半斗、乌云披散的坚贞女子,博得曹梦九

---

① 莫言:《红高粱家族》,作家出版社2012年版,第109—111页。

② [美]欧文·戈夫曼:《日常生活中的自我呈现》,冯钢译,北京大学出版社2008年版,第19—20页。

③ 莫言:《红高粱家族》,作家出版社2012年版,第108—112页。

和看客的同情;而后将曹梦九拉入情境中配合自己的表演。人物重建行为的意识之强烈,角色转换的速度之迅猛,在声音、台词、行动、表情上的重建之全面、夸张与凸显,共同指向人物的活灵活现八面玲珑的性格,形成文本浓郁的舞台表演性特征。实际上,在"人类表演学视野下的'表演者'"部分的举例文本中,我们能够观察到莫言通过文字修辞,对人物(或动物)强烈表演特性的书写。

第三节 观众形象与观众心理

一、对鲁迅"看客形象"的继承与拓展

在任何一个场合内,有表演者,就必定会有观众的存在。表演者为观众而表演,因观众而存在。观众的情感情绪反应也会不断地刺激表演者,他们或者因观众的热情越演越激烈,或者因冷场而结束表演。在文艺作品里,"观众"的形象屡见不鲜。但是文艺作品取材自生活,又高于生活。一般出现在文学中的"观众",不仅指观看普通演出活动的人物,而且指观看某种特殊活动的人群。通过他们的形象,我们能够更加深刻地体会人性、反思历史与现实。

在中国现当代文学史上,鲁迅文学作品中的"看客"形象深入人心,极具代表性。鲁迅以其审视的眼光、启蒙的意图、讽刺的手笔,在剖析中国旧社会百姓精神冷漠的同时,表达了自己对国民性的思考与批判。在鲁迅的作品中有许多看客形象,如小说《孔乙己》中围观被打断腿的孔乙己的民众、《阿Q正传》中跟着阿Q赴刑场的人、《祝福》中听祥林嫂哭诉的百姓、《药》中观看革命者被杀害的群众等。这些看客的整体形象比较一致,他们麻木不仁、异常冷漠,在听说或观看他人的痛苦经历时,甚至带着一丝欢乐和喜悦的神情。鲁迅曾对"看客"这样评价:"群众,——尤其是中国的,——永远是戏剧的看客。牺牲上场,如果显得慷慨,他们就看了悲壮剧;如果显得觳觫,他们就看了滑稽剧。北京的羊肉铺前常有几个人张着嘴看剥羊,仿佛颇愉快,人的牺牲能

给予他们的益处,也不过如此。而况事后走不几步,他们并这一点愉快也就忘却了。"①鲁迅通过辛辣笔触刻画的"看客"群体,一针见血地指出中国民众的集体无意识和人性中的劣根性,带有强烈的讽刺意味和批判色彩。

莫言在《读鲁迅杂感》一文中说明过自己对鲁迅文学的阅读体验。他从七八岁时就开始阅读鲁迅作品选集,在后来的创作过程中也经常反复学习阅读,许多人物形象、场景、意象和思想内涵都令他记忆深刻。在莫言的小说里,我们可以看到鲁迅作品"看客"形象的影子。在这里,先做一点说明:我们将莫言小说中的"看客"表述为"观众",是为了对应这一章对"舞台"与"表演者"的论述,也以此来区分鲁迅笔下的"看客"。在长篇小说《生死疲劳》中就充满了"观众",包括村民、学生、民兵、车站广场上的人,甚至西门闹本人变成了"观众",一次次眼睁睁地观看着自己的出生与死亡,不停地在六道中轮回。在小说"第二十章　毒打西门牛"中,莫言力透纸背地描绘了牛的形象:

> 牛身上,鞭痕纵横交叉,终于渗出血迹。鞭梢沾了血,打出来的声音更加清脆,打下去的力道更加凶狠,你的脊梁、肚腹,犹如剁肉的案板,血肉模糊。从他们打你时,我的眼泪就开始流淌,我哭喊着,哀求着,想扑上去救你,想伏在你的背上,分担你的痛苦,但我的双臂,被云集在此看热闹的人紧紧拽住,他们忍受着我脚踢、牙啃的痛苦,不放松我,他们要看这流血的悲剧。我不明白,这些善良乡亲,这些叔叔大爷,这些大哥大嫂,这些小孩子们,为什么都变得这样心如铁石。②

莫言通过对"观众"形象的塑造和"我"对"观众"的哀求和反抗时的状态描绘,深刻地揭露了人性的冷漠。

鲁迅的"看客书写",意在改造中国旧社会国民的劣根性,因此,他对看客整体的麻木与冷漠持揭露和批判态度;"作为老百姓写作"的莫言,生长在农村,对老百姓的生活与心理十分熟悉。而且,莫言是站在普通民众的立场上,以悲悯的姿态在书写观看者的形象。因此,莫言在人文主义情怀的关照下,"观众"的形象和心理变得更加丰富多样。

---

① 鲁迅:《坟·娜拉走后怎样》,载《鲁迅全集》第一卷,人民文学出版社1981年版,第163页。
② 莫言:《生死疲劳》,作家出版社2012年版,第196页。

《檀香刑》集中地、有代表性地体现了莫言小说中"观众"的形象与心理。猫腔班班主孙丙因妻子受辱,打死德国人,引来杀身之祸。孙丙被钉在木桩上施以檀香刑。在受刑之日,围观的百姓不计其数。但是,随着檀香刑的残忍实施,百姓纷纷要求放行孙丙。在小说的结尾,县长钱丁杀死了饱受肉体与精神折磨的孙丙,以示对"观众"身份的拒绝,终结了这场残酷又悲壮的演出。在此,莫言笔下的观众,展现出人性中的善意和觉醒。

通过以上分析,在莫言的小说里,对"观众"形象和心理的描写传承了鲁迅笔下的"看客"形象和心理。但莫言对"观众"的书写,除了对鲁迅的继承外,也有着自己的发展和特色,主要表现在对"人性"的挖掘上。这是时代赋予的全新意义,同时也是莫言写作的特点展现和价值取向。莫言不刻意回避肮脏与丑陋,也不一味地赞扬善良与美好,而是对人类报以同情的心理,全面、真实地还原复杂的人性。鲁迅笔下的"看客"和莫言创作中的"观众",虽然在内涵和表达方式上有所不同,却共同丰富了中国现当代文学中的"观众"形象和心理的整体面貌。

二、当被动观看转化为主动参演

南斯拉夫行为艺术家玛丽娜·阿布拉莫维奇(Marina Abramovic)1974年在意大利那不勒斯进行了一场长达六小时的行为表演——《节奏〇》,这是她的"节奏系列"中最为惊险的行为艺术,也是阿布拉莫维奇最著名的作品之一。阿布拉莫维奇面向着观众站在桌子前,桌子上有七十二种道具,包括枪、子弹、剪刀、口红、玫瑰花等物品,观众可以使用任何一件物品,对她做任何想做的事。现场的观众,有人用口红在她的脸上乱涂乱画,有人用剪刀剪碎她的衣服、在她身体上作画、划破她的皮肤;同时,有人帮她冲洗、给她一朵玫瑰花、为她披上衣服……直到有一个人用上了膛的手枪顶住了她的头部,最终被他人阻止,阿布拉莫维奇最终流下泪水。表演结束后,她站起来,走向人群,观众担心遭到报复,开始四散逃跑。

阿布拉莫维奇说:"这次经历让我发现:一旦你把决定权交给观众,离丧命也就不远了(If you leave it up to the audience, they can kill you.)。"这是她第一次尝试与现场的观众进行互动,让观众成为她作品中重要的一部分。这场行为表演比较极致地说明了一个问题:表演和观看从来不分彼此,而是有机的一个整体,二者甚至可以互换,在交融与配合协作中共同完成演出。

短篇小说《拇指铐》与玛丽娜·阿布拉莫维奇的行为表演有着异曲同工之处:主人公阿义作为一个不会动作、不会抵抗的人(表演者),面对的过路人,即是可以对其施以任何行为的人群(观众)。美国华裔戏剧家黄哲伦(David Henry Hwang)在看过《拇指铐》的小说与改编剧本后,敏锐地指出原作中观众人群的"主动参演",认为这是极为深刻的思想表达,并应该在改编中保留和加以突出,他说:"无论这些路过的人是善意的还是恶意的,无论他们想对这个孩子做什么事,他们已经在这个地方,这个舞台上成为演员,孩子(阿义)反而变成了固定不动的观众,看着他们精彩的表演。他们的表演会将故事与孩子的命运推向不可逆转的结局。"①

《檀香刑》中的酷刑盛宴之所以能够存在,是因为在这场表演中,不仅是施暴者在作"恶",刽子手的恶和看客的恶,共同构成了酷刑文化的恶。赵甲的工作就是要以极为残暴的手段,呈现一场惨烈的时间艺术,一场杀戮的行为表演艺术。而让他能够忘却恐惧与道德,甚至享受整个过程的根本原因,恐怕并不是杀戮本身,而是观众们的反应。观众们既惊慌恐惧又驻足享受的状态,才是这场杀戮的目的。从这一点上来讲,观刑者也是施刑者。

《檀香刑》第九章"杰作"中,赵甲对钱雄飞施行了异常残忍的凌迟。赵甲在施行间隙里,回忆了自己的师傅给他讲述的一段凌迟美女的经历:

> 师傅说凌迟美丽妓女那天,北京城万人空巷,菜市口刑场那儿,被踩死、挤死的看客就有二十多个。师傅说面对着这样美好的肉体,如果不全心全意地认真工作,就是造孽,就是犯罪。你如果活儿干得不好,愤怒的看客就会把你活活咬死,北京的看客那可是世界上最难伺候的看客。那天的活儿,师傅干得漂亮,那女人配合得也好。这实际上就是一场大戏,刽子手和犯人联袂演出。在演出的过程中,罪犯过分地喊叫自然不好,但一声不吭也不好。最好是适度地、节奏分明地哀号,既能刺激看客的虚伪

---

① 黄哲伦与潘耕谈关于莫言短篇小说《拇指铐》的话剧改编,2018 年 3 月于美国哥伦比亚大学艺术学院戏剧系。

的同情心,又能满足看客邪恶的审美心。师傅说他执刑数十年,杀人数千,才悟出一个道理:所有的人,都是两面兽,一面是仁义道德、三纲五常;一面是男盗女娼、嗜血纵欲。面对着被刀脔割着的美人身体,前来观刑的无论是正人君子还是节妇淑女,都被邪恶的趣味激动着。凌迟美女,是人世间最惨烈凄美的表演。师傅说,观赏这表演的,其实比我们执刀的还要凶狠。①

这段描述淋漓尽致地展现了观众从被动观看到主动参演的心理。虚伪的同情心和邪恶的审美心,使他们甚至比刽子手更为残忍。在莫言看来,刽子手的心理就是这样的——"你不杀,我不杀,总有人来杀。可能我杀得比你杀得还要好,那还不如我来杀。所以这样的人是不允许自己忏悔的。而且我想,即便他要忏悔,别人会允许他来忏悔吗?"

瑞士德语作家迪伦马特的剧作《老妇还乡》从一个另辟蹊径的角度深刻地批判了刽子手和看客们最丑陋的面目:老妇克拉拉在多年后成为亿万富翁,回到让她充满惨痛记忆的小镇。她回来只有一个目的——杀掉曾经陷害并联合群众将她逐出小镇的前男友伊尔。但她自己不准备动手,而是等待凶手的出现。只要伊尔死掉,她就会捐款一个亿给小镇的百姓平分。于是小镇上呈现出一派"暴风雨前的平静":克拉拉在阳台上悠哉地喝着咖啡,所有的民众开始赊账买自己平时根本买不起的东西。"我不杀,你不杀,总有人来杀",每个人都在等待观看刽子手带来一场好戏,同时每个人也都像刽子手一般在残忍地杀害。

莫言在《檀香刑》中写的也正是人性中的这种幽暗。他曾在接受记者采访时说:"在构思的时候,我把自己当成一个受刑者;其实人类灵魂中有着同类被虐杀时感到快意的阴暗面,在鲁迅的文章中我们也可以看到。在写这些情节时,我自己就是一个受刑者,在自己的'虐杀下'反而有种快感。酷刑就像是一场华美的仪式,整个大戏都在等待这个奇异的高潮。"②这段话体现了莫言在创作时对自我的灵魂拷问,也让我们在观看这场由受刑者、行刑者、观

_____

① 莫言:《檀香刑》,作家出版社2012年版,第238—239页。
② 孙立梅:《莫言细说〈檀香刑〉》,《羊城晚报》2001年6月26日。

众三位一体联袂出演的华丽大戏后,反观坐在这个文学舞台之下的、作为观者的我们自己。

短篇小说《与大师约会》对盲目追逐名利的人进行了深刻的批判和讽刺。"大师"金十两个人艺术展上的展品,其实只是一些根本上不了台面的污浊之作,但三个梦想一举成名的年轻参观者却认为展览精彩绝伦、不同凡响,是"本世纪先锋艺术的一次最惊世骇俗的表演"。他们将金十两奉若神明,小说这样描写道:"在那次轰动全城的美术展览现场,我们在人群里钻了很久,终于挤到了大师的面前。怀着激动不安的心情,我们前言不搭后语地向大师表达了发自内心的崇拜和五体投地的敬仰。"在金十两随口而出的一句"改天找个清静的地方谈谈"之后,三个年轻人便满怀期待地在酒吧里开始等待他的到来。在此过程中,艺术学生、诗人也聚集在这里,他们有的踌躇满志,有的郁郁寡欢,有的大声为艺术家金十两辩护,有的声情并茂地朗诵自己的诗作后崩溃大哭……他们本是艺术展的参观者与等待大师的人,但此时此刻,他们都一反常态,变成了在名利前扭曲的表演者。

在"摩点"众筹网页上,改编自《与大师约会》的同名舞台剧介绍如此写道:"'科技+艺术',即运用了数字媒体交互、3D 建模技术、动作捕捉技术等,融合古典音乐、戏剧、舞蹈、装置艺术,是艺术领域前端探索的全新概念演出。"这看似眼花缭乱的多种当代艺术形式的拼贴杂糅,无疑是一次站在巨人肩膀上的大胆奇妙的历险,也是改编者们对原作里这场趋利逢迎的表演的艺术化表达。

关于改编,莫言一向给予再创作者充分的表达自由。在问及为何将小说《与大师约会》与诸多当代艺术联通表达时,制作人王若曦提到了原著带给她的"不确定性"感受:"现代音乐、现代舞蹈本身的不确定性就非常多,它们突破传统艺术的固定形式,这与小说带给我的很多意想不到的离奇感高度契合。"[①]学者张清华早在《叙述的极限——论莫言》一文中,就提出莫言不是一个"仅用某些文化或者美学的新词概念就能概括和描述的作家"[②]。他认为,

---

① 潘耕对《与大师约会》制作人王若曦的采访,2021 年 1 月。
② 张清华:《叙述的极限——论莫言》,《当代作家评论》2003 年第 2 期。

用任何一种美学理念去描述莫言的作品,都只会感到一种"徒劳的危险"①。这种丰富的美学内涵品质,也恰巧为莫言作品改编在传统的艺术表达方式之外,提供了多种探索可能性的基础。

《与大师约会》的舞台剧版本以"大师"金十两作品的拍卖会作为整场戏的开场与结尾,是一个非常巧妙的设计构想。它运用"间离"的方式,消除了观演关系的界限,每一个观众都置身于这个大型拍卖场中,笼罩在"大师"扭曲的作品阴影下。这个装置艺术作品是一个未完工的石雕,在抽象混沌的面貌身躯上,只有一张嘴和三只马蹄般的脚是写实的。数媒导演方政表示,想借此来表达"'真实的人'与'理想中的人'的微妙关系"②,传达一种"情绪性的原始感受"③。这个让观众感到费解的装置艺术似乎寓意着我们看似清晰实际混沌的周遭环境,而就是在这种令人费解的环境中,拍卖场上的"观众"高呼价码的叫声此起彼伏,每一个剧场中的观众,都成了拍卖场上的看客,无人能逃脱这有关价值和名誉的荒诞的人类生存现场。

现场演奏区也是这部戏在空间利用上的一个亮点。中央音乐学院的学生们用钢琴、小提琴等乐器,现场演奏利盖蒂、乔治克拉姆、德彪西、肖斯塔科维奇等音乐大师的作品。演奏区位于舞台后方,与戏剧表演区仅一纱之隔。真实的大师之作、虚假的"大师"之作、表演与观看、真实与虚假……在朦胧的纱幔两端飘忽不定地游走。演奏区、表演区、观众区就这样被割裂成了三个相互分离的独立的观演空间,而这三个区域又在同一主题下,形成了一个有机统一的整体。

舞蹈与肢体语言将小说中难以转化为对白的场景,进行了可视化的表现。在原作里,莫言运用了不少笔墨来描述"大师"轰动全城的艺术展览,这种带有尖锐的讽刺意味的场景描述是难以用戏剧语言来进行具象表达的,而导演找到了一座很好的桥梁——肢体语汇,用三段舞蹈来进行场景的展现,从而完成由小说文本到舞台表演的完美转换。而且,舞蹈在此处的运用不仅有展现

① 张清华:《叙述的极限——论莫言》,《当代作家评论》2003 年第 2 期。
② 潘耕对《与大师约会》数字媒体导演方政的采访,2021 年 1 月。
③ 潘耕对《与大师约会》数字媒体导演方政的采访,2021 年 1 月。

场景的功能,还挖掘了人物内心深处不为人知的隐秘。小说中对由静态的雕塑、绘画所构成的展览的客观表述,在舞台上变作了由动态肢体对女性主观情绪的抒发,舞蹈与音乐的结合流露出一种无奈又痛苦的悲伤情绪,不仅增强了舞台的表现力与感染力,还塑造出了"大师妻子"这个在小说中本不甚清晰的人物形象。

装置艺术、舞蹈、音乐等多门类艺术可以集结、杂糅运用在这部舞台剧中,并且能够相互补充又和谐共存,这说明改编者们在深入地对小说文本进行剖析,深刻体会小说内涵之后,找寻并探索到了文学与其他艺术门类之间贯通的气息,也同时具备了在不同艺术表达之间自由转换运用的能力。

相比较莫言那些充斥着怪诞情节和人物、饱含浓烈神话色彩的魔幻现实主义作品,舞台剧《与大师约会》提炼出了原小说独特的美学风格——迷幻现实主义色彩。如果说"魔幻现实"是运用夸张、变形的手法,将各种古怪、神奇的事物穿插在现实中进行叙事,那么"迷幻现实"则更强调人类在真实与虚假的模糊边缘地带,对自身意义的找寻。

善于用浓烈、大面积的色彩表现人物心理、宣泄主观情绪的莫言在小说《与大师约会》中有所收敛,他将色彩变化成一种隐晦的表达,充满了神秘的气息,也给改编者们留下了充足的发挥空间。早在20世纪80年代,莫言就表达过自己对印象派画家的偏爱:"梵高的作品极度痛苦极度疯狂,相比之下,我更喜欢高更的东西,他有一种原始的神秘感。小说能达到这种境界才是高境界。"①蓝色,往往让人想到天空和大海,它象征着幽深、忧郁、广阔和漫无边际。《与大师约会》在灯光设计上,整个演出都以蓝色、绿色作为主基调,尤其是主要场景"蓝帽子酒吧",无论生日宴会的场景多么热闹非凡,等待者与闯入者冲突多么激烈危险,幽暗的蓝色总是充分地铺染在舞台上,忽明忽灭的蓝色光晕不停转换跳动在不同人物的身上,渲染出不可预知的神秘、难以诉说的哀伤和令人感到恐怖、绝望的情调气息。在众人的等待中,在幽蓝的环境里,音乐选用了日本配乐大师武满彻的《Piano Distance》。武满彻曾为黑泽明的电影《乱》作曲,以精巧神秘的曲风见长。这首配乐里不安跳动的音符奏出了

---

① 莫言、陈薇、温金海:《与莫言一席谈》,《文艺报》1987年1月10日。

一种异常荒凉和惆怅的意味，与蓝色的舞台基调融为一体，诉说着迷幻的情绪。

需要特别一提的是《与大师约会》中数字媒体运用。数字媒体正以崭新的姿态对当下戏剧舞台起着革命性的变化，它打破了艺术家传统的创作模式与习惯，使舞台布景变得丰富多变，充满趣味性和新鲜感。在《与大师约会》背景的屏幕上，数媒导演多次运用抽象的几何图形的运动，当这些图像由二维变成三维的立体循环运动效果时，营造出了一种无穷无尽、永不停歇的精神力量与意象。另外，在动作捕捉、3D建模的技术支持下，屏幕上还呈现出了人体的运动。但这些人体影像也同样让人不知其是真实还是虚幻的存在，因为数媒导演在尽量保留人物肢体动作的同时，刻意消解了人的体态、样貌、衣着等具象元素，从而将抽象的力量、运动、美等事物与人的具体形象分割开来。人体的抽象幻影，如同烟雾水汽一般聚集和消散，表现着人类的精神世界在力求找寻真理和被真理击打得支离破碎之间往复运动。

探寻戏剧艺术内在价值与意义传达，是当下数字技术舞台美术值得关注的话题。近两年，不断有学者提出对投影与数码技术在戏剧舞台上过度运用倾向的反思："如果对这样的技术存在盲目性，很容易失去演出本身的特质。我们知道，舞台框架、灯光、道具，乃至新媒体等的确能支撑起具象的实际舞台，但它们最多也只能是技术支持。"①《与大师约会》的数媒运用，不仅消除了观众对此现象的担忧与疑虑，而且做到了一个比较好的典范示例。此剧的主题便是在"真实"与"虚幻"中寻找自我的价值与意义。当下社会对功名利禄的一味追求，让年轻人失去了辨别判断真与假、好与坏、高尚与低俗、美丽与丑陋的能力，大家仿佛一个个都戴上了夸张的表演面具，动作变形地生存在茫然与恍惚的迷幻氛围里，此剧运用的灯光、多媒体等舞台科技手段，也恰恰是在为此主题服务。而且，舞台实际表演与数字舞美也形成了现实与虚拟相生相依的关系，发扬了中国舞台艺术自古以来强调"虚实相生"的意象美传统，带给观众更多自由的联想。

---

① 潘建华:《对国内大型演出中舞美技术主义倾向的反思》,《戏剧艺术》2017年第1期。

第五章　从小说家到剧作家

对于戏剧艺术,莫言一直有着"深深的迷恋"。这种"迷恋"源自莫言的童年少年时期,"高密东北乡"的茂腔和地方戏说书人对他产生的影响,激发了他对戏剧艺术浓厚的兴趣。但是莫言不满足于自己仅仅是一名普通的戏剧观众,他渴望自己能转成为一名剧作者。实际上,莫言的第一部作品就是一部话剧,他这样回忆道:"我最早变成铅字的虽然是小说,但是真正的处女作,是一部名为《离婚》的话剧。……此剧本被我投寄到很多刊物,均遭退稿,一怒之下,便将其投掷到火炉一焚了之。"①此后,莫言通过各种途径如饥似渴地汲取中国传统民族文化和西方文学经典的精髓,走上文学创作的道路。尽管莫言的创作以小说为主,但他心中的戏剧情结促使他继续学习戏剧,并在学习中实践,通过实践再学习、再实践,从而取得了显著、丰厚的创作成果。

莫言的戏剧创作开始于话剧。截至 2024 年 5 月,他已有三部搬上舞台的话剧作品。其中《霸王别姬》(1999 年上演)和《我们的荆轲》(2003 年上演)在国内外先后上演百余场,并收获了优异的成绩:《霸王别姬》于 2001 年获"曹禺戏剧文学奖"之"优秀剧目奖",曾在德国、韩国、埃及、马来西亚、新加坡、美国等多国举办的国际戏剧节上演,并在 2001 年荣获"开罗国际实验戏剧节·最佳演出奖"提名;《我们的荆轲》于 2012 年斩获"全国戏剧文化奖·话剧金狮奖"之"优秀剧目奖"和"优秀编剧奖",作为北京人民艺术剧院的经典保留剧目,还曾赴俄罗斯、白俄罗斯等国家参加戏剧节、文化日演出,并在

---

① 莫言:《在话剧〈我们的荆轲〉剧组成立新闻发布会上的书面发言》,载《我们的荆轲》,作家出版社 2012 年版,第 208 页。

2014 年圣彼得堡第 24 届"波罗的海之家国际戏剧节"以 99.9%的高得票率一举夺得"观众最喜爱的剧目奖"①。《鳄鱼》话剧剧本于 2023 年出版,2024 年 5 月 3 日在苏州湾大剧院首演并展开全国巡演。2017 年,莫言创作了戏曲《锦衣》,并将自己的两部长篇小说改编成戏曲《高粱酒》和歌剧《檀香刑》。从近年莫言的创作、演讲、对谈等文学活动来看,他非常专注和活跃地在戏剧道路上继续前进。2019 年,他探访位于英国斯特拉特福镇的莎士比亚故居,并在莎士比亚铜像前立誓要成为一名剧作家。虽然这在很多小说家看来是具有难度,甚至不可能的转型,但莫言在 2022 年完成话剧《鳄鱼》的写作并于 2023 年出版。2024 年,他将原戏曲剧本《高粱酒》改为歌剧剧本,应北京人民艺术剧院之邀写的话剧也正在构思创作中。不停歇的创作、戏剧界内人士的认可和观众的喜爱,不仅证明了莫言在戏剧创作上的努力与成功,也证明了他的确是一位优秀的小说、戏剧"双栖作家"。

戏剧创作已成为莫言文学世界中重要的组成部分。将莫言的戏剧实践纳入莫言的文学作品体系之中,作为单独的一章进行探讨,有助于我们理解戏剧性在莫言文学作品中的全面表达。本章以莫言的话剧创作为主,从舞台剧写作的手法、人物形象的塑造、戏剧语言风格三个方面探讨莫言的戏剧创作技巧与独特的美学风格。

第一节　莫言的戏剧创作技巧

随着莫言戏剧创作的丰富,越来越多的学者开始关注戏剧。尤其是在《鳄鱼》出版之后,戏剧仿佛一只在水下沉睡多年后从梦中苏醒的"巨鳄",浮出水面,"亮相"在文学评论界的视域中,并备受瞩目。如果一部剧作可以带动起学界对一个相对冷门的文学类别的关注与研究,那确实是一件非常值得欣喜的事。这些研究丰富多彩,但是,关于莫言剧作理论与技巧的系统性研究却寥寥无几。但笔者认为,想要从小说家转变为剧作家,掌握和运用剧作技巧

---

① 刘章春主编:《〈我们的荆轲〉的舞台艺术》,中国戏剧出版社 2015 年版,第 140 页。

是极为重要的支撑。

虽然戏剧剧本与小说都属于文学领域,但是,戏剧与小说毕竟属于不同的文体,学者们也往往将莫言的戏剧创作归结为"跨界写作"。戏剧文学,除了需要思想性和文学性以外,往往需要很强的技巧。很多人认为,对于写作来讲,"技巧"一词未免过于匠气,使用得过多或不当,会大大限制创作的自由。但是,戏剧正是一门"限制的艺术",因为篇幅长度与舞台时空的局限性,它要求剧作者必须"戴着镣铐舞蹈",也就是需要运用写作技巧在有限的时空内进行自由的思想表达。

在莫言的剧作中,笔者看到了他丰富的创作技巧。本节主要以莫言的话剧作品为主,从戏剧的"间离"、"假定性"、"平行暗场戏"和"戏中戏"四个角度出发进行论述,剖析说明莫言的戏剧观念、戏剧风格和写作技巧,揭示他从小说叙事到戏剧叙事成功转换的奥秘,或许对全面研究莫言文学有所裨益。

一、间离:连通历史与当下的桥梁

对于历史剧创作,写作者和评论家争议的最大问题,是对史料的运用问题。黑格尔指出,"我们固然应该要求大体上的正确,但是不应剥夺艺术家徘徊于虚构与真实之间的权利"①。莫言的两部历史剧都是在尊重历史的同时,关注现实,在历史与现实、真实与虚构之间进行艺术创作。这两部历史剧皆取材于《史记》,对于材料的运用问题,莫言认为,应该"在《史记》提供的有限故事情节内,往人物灵魂深处写"②。那么,莫言虚构的内容是什么? 虚构的意义又是什么呢?

在《霸王别姬》中,我们看到了一个孩童气十足的项王和为爱奋不顾身的吕雉;在《我们的荆轲》中,我们看到了一个欺负过邻居寡妇、曾将盲人推入井中、并非为了大义实则为了出名而刺秦的荆轲……莫言将"英雄"降格至"人",将"美女""毒妇"丰满为"人",突破史料的局限性,超越历史,甚至超越现代,向复杂人性的深处开掘,寻找可以连通当下、连通未来的共通价值。

---

① [德]黑格尔:《美学》第一卷,商务印书馆 1979 年版,第 354 页。
② 莫言:《我们的荆轲》,作家出版社 2012 年版,第 197 页。

《我们的荆轲》这一剧名便是莫言创作历史剧关注"当下性"的最直观的体现。莫言曾用"所有的历史剧,都应该是当代剧"作为对贝奈戴托·克罗齐的观点"一切历史都是当代史"的引申,来表明自己的写作态度。他认为,"历史剧,其实都是现代人借古代的事来说现在的事。"①"如果一部历史题材的戏剧,不能引发观众和读者对当下生活乃至自身命运的联想与思考,这样的历史剧是没有现实意义的。"②在这里,莫言明确阐明了自己对历史剧创作的最基本的观点——借古喻今。历史在他的眼中,不应该只是写作的背景与对象,而更应当是连通历史和当下的纽带与桥梁。

在小说中,人物不必受时空的束缚,可以进行任意篇幅的叙述和评论。由于戏剧篇幅的特殊性和剧场性的需要,莫言巧妙地在《我们的荆轲》开场段落,通过寥寥数语制造"间离效果",通过人物的动作和语言迅速地建立起整部作品的戏剧情境和美学风格,展现出一个既传统又现代、既现实又虚幻的戏剧情境:

【屠狗坊中。

秦舞阳 (用现代时髦青年腔调)这里是什么地方? 首都剧场? 否! 两千三百多年前,这里是燕国的都城。

狗屠 (停止剁肉,用现代人腔调)你应该说,两千三百多年前,这里是燕国都城里最有名的一家屠狗坊。

高渐离 (边击筑边用现代腔调唱着)没有亲戚当大官/没有兄弟做大款/没有哥们是大腕/要想出名难上难/咱只好醉生梦死度年华……

秦舞阳 我说老高,您就甭醉生梦死度年华了。打起精神来,好好演戏,这场戏演好了,没准儿您就出大名了。

高渐离 怎么,这就入戏了?

狗屠 入戏了!

【台上人精神一振,进入了戏剧状态。③

---

① 莫言:《我们的荆轲》,作家出版社 2012 年版,第 195 页。

② 莫言:《在话剧〈我们的荆轲〉剧组成立新闻发布会上的书面发言》,载《我们的荆轲》,作家出版社 2012 年版,第 209 页。

③ 莫言:《我们的荆轲》,作家出版社 2012 年版,第 7—8 页。

开场的舞台美术、服装设计和人物的动作设计都是非常传统和古朴的,但当人物一开口说话,观众就会发现他们台词的内容、用词、语气、思维与自己相差无几。莫言不是要把我们拉回历史中去,也不是让我们站在历史之上,而是以史为镜,观照自身。这镜中是秦汉屠狗坊里的侠士屠夫,照见之人实则是坐在人艺剧场里的我们自己。这种"陌生化"或称"间离"或"间情"的戏剧理论是德国戏剧家布莱希特非常推崇的,它打破了斯坦尼斯拉夫斯基"体验派"的表演理论和戏剧观,认为演员应该意识到自己和角色的距离,观众也需要意识到自己不是隔着第四堵墙在管窥他人的生活,而是清楚地知晓自己是坐在剧场里观看别人演戏。布莱希特其实是在中国传统戏曲的表演方法中吸收的精粹,这也符合莫言在访谈中所说的童年时看戏留下的深刻记忆,"记忆最深的其实不是文本,而是演员插科打诨的表演"①。所谓插科打诨的表演,也就是演员会经常跳出剧情人物设置,直接与台下观众交流的小段落。它的意义之一,就是戏剧的教育性,它可以让人们保持清醒理性的头脑,带着思考来观看演出和反观社会与自我。历史与当下隔阂的打破继而引起观众的思考:这种对名利的贪欲与"求不得"的生存状态是否是一直存在的? 这样的名利心在尚未出场的荆轲这样的侠义英雄人物身上是否也同样存在? 这段开场台词非常见功力,虽看似轻松调侃,可以一笑而过,实则辛辣犀利,直戳人心。

莫言戏剧中对"陌生化"手法的运用,与中国传统戏曲有着一脉相承的联系,并且简洁、明朗地表现出他的历史观。虽然开场奠定了剧本的风格基调,但是整部作品呈现出莫言相对传统的戏剧观念,并未完全陷入先锋戏剧情境,并将带有现代感的"京腔儿"和古典浪漫的台词无缝隙地交织融合在一起,偶尔地、自然地、成功地打断我们进入历史的通道,让我们一只眼旁观历史,一只眼反观自己。

二、假定性:时空转换与非写实元素

为了适应舞台时空的限制,从古希腊戏剧开始,艺术家和评论家就把场面是否集中作为判断戏剧成功的标准之一。西方古典主义的"三一律"是体现

---

① 莫言指导博士生论文写作的谈话,2019 年 2 月于北京师范大学国际写作中心。

戏剧集中性的极端代表,它要求戏剧必须"一件事在一地一日里完成"①,因此"三一律"又叫"闭锁式",一出戏一般分为三至五幕,通过"发现"与"突转",使情节逆转以达到戏剧高潮。

莫言对戏剧结构的设计、场景的选择则呈现出不同于西方传统戏剧的模式。他以罕见的"节"而非惯用的"幕""场"对情节进行划分的方式,显现了莫言的小说思维。《我们的荆轲》共十节,《霸王别姬》共七节,每一节都以两字之名对剧情内容作出了简单精准的提炼:

《我们的荆轲》:

　　　　　第一节/成义　　　　第二节/受命

　　　　　第三节/赠姬　　　　第四节/决计

　　　　　第五节/死樊　　　　第六节/断袖

　　　　　第七节/副使　　　　第八节/杀姬

　　　　　第九节/壮别　　　　第十节/刺秦

《霸王别姬》:

　　　　　第一节/惊痛　　　　第二节/夜奔

　　　　　第三节/唇战　　　　第四节/范增

　　　　　第五节/让夫　　　　第六节/别姬

　　　　　第七节/长恨

与西方传统戏剧经典的"三一律"不太相同的是,莫言的剧作结构整体上更偏向于"铺展型"的线性结构,按照事件的发展顺序,有头有尾、因果相接地展开故事情节。从《我们的荆轲》和《霸王别姬》每节的名字中,我们可以看出故事的开端、发展、高潮、结局,节节铺展,层层推进。这种非聚焦浓缩时空、矛盾,而似散点透视的结构,比起传统意义上的话剧,更接近小说和中国古典戏曲。中国戏曲的写意性与象征性使它的舞台时空观念非常自由,地点可以频繁变化,时间也可以大幅跳跃,但戏剧行动要保持完整统一。因此,像《牡丹亭》《桃花扇》《长生殿》这样的剧作可以长达四五十出,每一出皆提炼归纳此出的主要情节内容,如《牡丹亭》:"第二十五出/忆女","第二十七出/魂

---

① 谭霈生主编:《戏剧鉴赏》,高等教育出版社 2004 年版,第 173 页。

游"……中国戏曲的结构品格与小说关系十分紧密，汪曾祺曾表示中国戏曲的结构是"小说式"的，汪曾祺将戏曲的结构用"水"做类比，以区分西方戏曲的"山"样形态："这种滔滔不绝的结构自明代至近代一直没有改变。这样的结构更近乎是叙事诗式的，或者更直截了当地说：是小说式的。中国的演义小说改编为戏曲极其方便，因为结构方法相近"①。从这一点上来说，莫言的话剧写作结构是偏向如水般"小说式"的，这也许与他的小说创作理念与习惯有关。

《霸王别姬》的空间场景有五个，分别是西楚大帐（第一节、第六节）、古桥（第二节、第四节）、陋室（第三节）、卧房（第五节）、江边（第七节）。《我们的荆轲》在空间上相对集中，除了太子宫殿（第二节）、易水河畔（第九节）与秦宫殿（第十节），发展部分第三节至第八节的情节都在荆轲豪宅内发生。这两部剧虽然空间不少，但丝毫不显繁复，因为莫言利用戏剧的"假定性"，巧妙地处理了空间转换的问题。

戏剧的"假定性"，指的是戏剧艺术形象与它所反映的生活自然形态不相符的审美原理，即艺术家根据认知原则与审美原则对生活的自然形态所作的程度不同的变形和改造。在《我们的荆轲》剧本中，我们看到的并不是现实主义戏剧要求的真实生活复制型置景，而是一个以不变应万变的"空的空间"，只需简单的道具就可以象征性地表现不同场所，比如"一根粗大的红色立柱"即能构成"荆轲豪宅"；"舞台中铺一席，席中置一几"便形成了"易水壮别"的背景；在"第十节/刺秦"中，仅有"秦王端坐场上，身后侍卫数人"的舞台提示，就展现出庄严雄伟的秦宫。这样的极简设计不仅在文字上显得干净利落，也大大减少了排演时舞台调度和道具运输的难度，它说明莫言对中国戏曲舞台美学是熟悉并喜爱的，因为这样的空间理念与戏曲经典的"一桌二椅"有着异曲同工的妙处，它在便于转化场景的同时，还体现出大方无隅、空纳万境的"纯洁性"②美学特色。

在莫言的剧作里，还可以看到各种灵活的空间转换技巧，比如在《霸王别

---

① 　汪曾祺：《中国戏曲和小说的血缘关系》，《人民文学》1989 年第 8 期。
② 　美国戏剧评论家斯达克·杨在观看梅兰芳 1930 年的演出后，惊奇地发现了值得西方剧场注意的这"一件大事"——"纯洁性"。

姬》的"第二节/夜奔"中,莫言以人物程式化的舞蹈动作突破了舞台的局限性。这一节表现的是虞姬因误会项羽和吕雉的关系,负气策马夜奔,项羽带侍从追赶爱妻的场面:

【虞姬做乘马舞蹈状上。

【战马嘶鸣。虞姬做被战马掀下状。

······

【马蹄声起,项羽持马鞭上。幕后群马嘶鸣,表示项羽是带着若干侍从追来。①

美学家、哲学家宗白华曾指出,中国艺术区别于西方艺术的本质特征在于"舞蹈精神",以舞蹈动作显示出"虚灵的空间"②。以上的剧本段落,莫言就采用了中国戏曲"以虚代实"的手法,用适当的舞蹈动作,灵巧、诗化地表现出虞姬骑马、落马的外在动作,及其愤怒、惊惶的内心情感,创造出一个虚灵的延展空间。在《霸王别姬》的结尾处,项羽自刎后与虞姬隔空重逢,莫言给两个人物又设计了一段"太空舞":

项羽　（激动地）虞,你慢些飞去,等着我。让我扔掉这臭皮囊,让我拉住你的裙裾······

【项羽拔剑自刎,倒地。

【辉煌壮丽的音乐声中,项羽的身体,像电影中的慢镜头一样,又缓缓地站起来了。他向虞姬扑去,虞姬也向他扑来,两人都像跳"太空舞"一样,把有限的时空放大延长,舞台一片辉煌。二人终于紧紧地拥抱在一起。

这个结尾写得独出心裁,"太空舞"让戏剧时间延长的同时,还让项羽和虞姬有了跨越空间、超越生死的再次相拥,这场面不禁让人扼腕叹息历史爱情的悲剧,也被这样象征化和诗意化的美感所震慑。

纵观莫言三部话剧作品,在结构安排方面,仿佛有着由"水"（小说式结构）向"山"（戏剧式结构）转变的趋势与特点。2023 年出版的新剧《鳄鱼》的

---

① 莫言:《霸王别姬》,载《我们的荆轲》,作家出版社 2012 年版,第 113—114 页。
② 宗白华:《中国艺术表现里的虚与实》,《文艺报》1961 年 5 月 15 日。

空间是高度集中的,四幕戏都发生在美国西海岸的一栋豪华别墅里,时间设定上虽然跨越了十年,但都选取在主人公单无惮的"生日"这样一个特殊日子的当天和前后时段,并且每一场的戏剧时间(人物经历的时间)与自然时间(观众看戏的时间)基本相等。这种时空处理方式非常类似老舍经典话剧《茶馆》的写法,用同一场景聚集各类人物,在较长的时间线上书写历史的变迁或人物的心路历程。

很多人将戏剧视为一种"限制的艺术",实际上,戏剧是一种在辩证手法中的创造性艺术。在假定性的前提下,它既是收敛的,又可以非常开放;它既是极为有限的,又可以百变与无限。这正是戏剧艺术饶有趣味、让人着迷的特质。在阅读《鳄鱼》时,我们发现莫言这一次的戏剧创作做出了一个很大的突破,那就是对"鳄鱼"意象的充分利用,鳄鱼既是单无惮内心欲望的象征,又在舞台上是一个真实的实体,甚至在剧作结尾处作为人物出现在舞台上与单无惮进行对话。这种手法在小说里不足为奇,莫言的小说里就遍布着极为精彩的超现实魔幻元素。但是在戏剧创作时,作家只有了解和充分掌握假定性原则,并对戏剧的风格有所追求,才能大胆地突破现实主义的局限,释放更多戏剧的魅力。

莫言曾提到过英国国家剧院出品的戏剧《战马》,并对这部戏里精妙、逼真的木偶马很感兴趣,他认为现代技术的发展为舞台剧提供了多种可能性。不过,即便不需要复杂的装置,动物也完全可以出现在舞台上。在莫言观摩过的另一部戏:以色列剧作家汉诺赫·列文根据契诃夫三部小说片段改编的话剧《安魂曲》中,"马"就是由拿着马头道具的演员来扮演的。实际上,当我们追根溯源地回到戏剧的源头时,就会发现戏剧因假定性而拥有强大的包容力。无论在古希腊戏剧,还是中国传统戏曲中,舞台天上地下,包罗万象,时空皆可以自由跳转,神鬼、动物都可以自由地出现。在戏曲剧本《锦衣》中,有"公鸡"作为一个虚体象征出现,在《鳄鱼》里,尽管"鳄鱼"是单无惮的内心外化,但它的确成了一个实实在在的角色。从这一点上来说,莫言写《鳄鱼》可谓是做出了一个"大踏步的前进",在现实主义剧作的基础上大大加强非写实元素,将象征化手法、魔幻主义手法、具象与抽象、现实与虚幻融为一体。在小说创作道路上,莫言曾因觅得"高密东北乡"这一文学空间而感到写作如同"芝麻开门"一般豁然开朗,家乡的故事纷至沓来等着他写进作品里;他也曾因意识到必须"大踏步撤退"到中国传统文化中汲取能量,从而转变了叙事方式。也许,戏剧的"假定性"或其他特质也会成为他戏剧创作道路上的一道闸门,各式各样题材风格的精彩故事正在等着他搬到舞台上。从《鳄鱼》来看,这扇门已经打开了。

莫言在创作理念上一直有所坚守,所以有风格上的延承;同时他也在学习和思考,因此不断地有突破。在写长篇小说《檀香刑》时,莫言坚定地立志远离马尔克斯和福克纳两座熔炉,寻找自己独特的创作风格;在戏剧创作上,处女作《离婚》因模仿而令他不满遂烧毁的历史让他铭记于心,因此他的剧作从未靠近过任何一座熔炉,不模仿他人,也不重复自己,真正地做到了"一戏一格"。

三、平行暗场戏:时空拓展与场面选择

谭霈生在《论戏剧性》中论述了戏剧艺术中常常被人忽略的一个重要的问题,即作者对明场、暗场的选择:"话剧艺术的舞台法则,使剧作家选择场面要受到舞台时间、空间的严格限制,就必须把很多东西推向暗场。"①因此,戏剧也被称为"选择的艺术"。明场戏,是剧作家选择放在舞台上进行直接展示的场面;暗场戏,则是置于大幕打开之前、幕与幕之间或与明场平行同时进行的时空内的故事情节,它通过明场人物的行动、台词间接交代和展现。剧作家对明、暗场选择的基点,当然还是为了"写人"。暗场戏虽然不作直接展示,但也是剧作家构思的重要部分,它的存在不仅可以将复杂的情节交代得更为清晰、准确,大大增加剧本的容量,而且对推动明场人物的行动、人物关系变化有着至关重要的作用。

莫言长篇小说的情节内容常常跨越几十年,拥有史诗般恢宏的气势。那么,在两三个小时的戏剧时长中,他是如何来扩展时间长度、增加情节容量呢?笔者认为,在《霸王别姬》和《我们的荆轲》中,他对"平行暗场戏"的运用,突破了固定的戏剧构思方式,表现出在明场的人物内心所经历的漫长、复杂的挣

---

① 谭霈生:《论戏剧性》,北京大学出版社1984年版,第185页。

扎,并扩展出暗场时空的无限可能性。

平行暗场戏,指的是在明场戏进行的同时,于平行时空内发生的戏剧事件。平行暗场戏不在明场内作展开,但会通过明场人物的台词交代出来。在《霸王别姬》"第三节/唇战"中,明场戏是虞姬和吕雉的针锋相对,平行暗场戏是项羽率部队追杀汉军、刘邦舍女而逃的情节:

1.【侍卫提一食匣奔上,跪报:"夫人! 大王追杀汉军至濉水,汉军死伤十万,尸体堵塞了河水!"

2.【侍卫飞奔来报:"报夫人! 大王派人送来一匹锦缎,让夫人披在身上挡挡寒气!"

3.【侍卫飞跑进来,跪道:"报夫人,大王追赶刘邦,刘邦为了轻车速逃,三次将亲生儿女推到车下……"

以上三次侍卫带来的消息串联出平行时空内发生的事件,这些事情是需要足够长的篇幅和宏大的场面去展现的。如若将它们写在明场,则会挤压虞姬和吕雉的戏剧冲突,违背"唇战"的主题。因此,剧作家巧妙地设计了暗场戏,勾勒出在剧中从未出现在明场的刘邦的形象,他的心狠手辣与项羽的心慈手软形成巨大反差,从而暗示了结局。明场上虞姬和吕雉"唇战"的内容、关系的变化,也都是靠暗场戏在牵动与推动,两人的心理发生了激烈的挣扎,也最终完成了"互为镜像"的变化。

《我们的荆轲》"第三节/赠姬"也同样使用了"侍卫来报"来拓展戏剧时空。明场上是秦舞阳、高渐离为荆轲讲述侠士故事,平行暗场戏是太子丹四次为荆轲依次送上牛羊豚肉、锦缎美酒、良马高车、美女燕姬等各类宝物。每一次赠礼,都使荆轲的内心逐渐向决心刺秦靠近,最终逼迫樊於期自刎。莫言又将平行暗场戏的内容延续至三个月后的"第五节/死樊"结尾处:

【幕后传呼:太子殿下割臂上之肉四两,为荆卿煲汤疗疾——①

至此,太子丹使出了利诱荆轲的"杀手锏",使荆轲的命运走向了不可逆转的结局。

一般来讲,话剧中的平行暗场戏时长基本等于或稍长于明场戏的戏剧时

---

① 莫言:《我们的荆轲》,作家出版社 2012 年版,第 54 页。

间。如契诃夫《樱桃园》中经典的第三幕,整幕约三十分钟。明场展现柳波夫受制于拍卖会的情绪波动,重大的事件——拍卖会放在暗场。但在莫言的两部历史剧中,无论是楚汉之争中以少胜多的潍水之战,还是太子丹利诱荆轲刺秦,皆不是一两日的情节含量,时长达数日甚至数月,远远大于明场的戏剧时间,空间也不局限在一处。这是莫言对平行暗场戏运用的独特之处,他探索了戏剧时空容量、维度的无限性的可能。

《鳄鱼》是一部反贪腐的当代题材话剧,莫言不再借古喻今,披着历史的外衣讲遥远的故事,而是直接对现实投射关注,直指危害社会与民众生存的毒瘤——腐败问题,这也是莫言站在老百姓立场上持续关注的话题。早在1988年,莫言就发表了披露官场贪腐现象的小说《天堂蒜薹之歌》,1997年至2007年在《检察日报》工作时期,他又深入基层检察院积累了大量素材并创作了《红树林》与《酒国》。此次选用话剧的形式再次表现此主题,无疑是新的挑战,也是一个严峻的挑战。莫言决定面对它,并完成了飞跃和突破。

在当下,不少反腐题材影视剧热播成为爆款,因为其中扑朔迷离的案情、盘根错节的关系、明暗势力的角逐、难以意料的结局等,充分满足了观众的猎奇心理。长篇小说《天堂蒜薹之歌》《酒国》也有足够的篇幅及时空去展现庞大的叙事架构、光怪陆离的社会百态,《红树林》更是先有高强度情节的电视剧剧本在先,后改作小说出版。但莫言写《鳄鱼》却反其道而行之,他剥离掉单无惮贪腐的整个过程,聚焦在腐败之"根"——人性无休止的贪欲上,从而剖析人物复杂的精神世界。笔者认为,针对此题材,能有这样深刻的思考、独特的角度、果敢的着笔,是莫言区别于其他编剧、剧作者的根本,也是他作为"剧作家"写作的首要素质。因此,我们看到《鳄鱼》没有复杂的场景切换,而是选择唯一空间,紧紧围绕单无惮逃到美国后的心理展开四幕大戏。

美国剧作理论家乔治·贝克在《戏剧技巧》中谈道:"每一个剧作家,在他把自己的故事变成情节结构的时候,都会遇到这样一个问题,就是怎样把过去的事情和与人物有关的、对理解一出戏是非常重要的事实灌输到观众心里去。"①贝克在这里讲的实际上就是剧作家如何设置暗场戏的问题。如果说莫

---

① [美]乔治·贝克:《戏剧技巧》,余上沅译,中国戏剧出版社2004年版,第129页。

言的前两部历史剧多用平行暗场戏,那么《鳄鱼》则体现了他对不同种类暗场戏全面、充分的设计。

　　首先,这部戏的核心戏剧冲突是单无惮在进行时态中的内在挣扎,因此他的个人经历与导致他人生悲剧的前因后果是至关重要的,莫言的处理方式就是将这些故事全部安置在幕启前暗场戏中。从单无惮和他身边人的台词中可以得知,他曾经品学兼优,青年得志,因公正廉洁而赢得民心,获得"铁巴掌"的称号,但在后来的仕途上还是未能抵挡住周遭的诱惑,坠入钱、权、色的贪欲深渊,最终酿成儿子堕落自杀、妻子郁郁寡欢、情人堕胎失去三个孩子的悲剧。正是因为有这些前史,才能够推动明场中单无惮内心动作发展。另外,通过明场人物台词即可推测出,莫言把许多外在戏剧性很强的戏份放在了平行暗场戏和幕间暗场戏中。比如第四幕第三场,单无惮在自己六十五岁的生日宴会刚刚结束后发现了情人瘦马留给他的信,信中有大量的情节信息:

　　　　瘦马的声音:……另外,我要告诉你,这栋别墅,我已经卖给牛布了,他是你的外甥,肥水不落外人田。我卖的很便宜,但我对他提了个附加条件,那就是保证你在这别墅里有永久的居住权,而且无须交任何费用。协议书附后,上边有他的签字,您可要保存好了。还有一件事,我也告诉你吧,我怀孕了,孩子当然不是你的,是慕飞的。我已经四十三岁,能怀上不容易啊。我们俩要去加拿大,今后,咱们就各走各的路了,没有了我的催逼,你会感到如释重负。祝你一切好,最后我和慕飞共同劝您一句:千万不要自投罗网。青云大桥塌了,死了十几号人,您是建桥总指挥,您想想吧……

　　　　无惮:好啊,树倒猢狲散了……①

　　单无惮瘫坐在沙发上,紧接着,他的儿子单小涛鬼鬼祟祟地出现,在黑暗中如幽灵一般向父亲诉说这些年来的遭遇,并在毒瘾发作痛苦不堪时了断了自己的生命,这一切致使单无惮产生幻觉,并最终葬身欲望之腹。第四幕与第三幕相差了数年,鳄鱼在第四幕已经长到了四米多长,瘦马的信件与小涛的到来交代了第三幕与第四幕间歇中发生的几件事:瘦马卖掉了别墅、瘦马与慕飞

---

　　① 莫言:《鳄鱼》,浙江文艺出版社 2023 年版,第 169 页。

有了孩子准备远走高飞、国内已布下反腐的天罗地网、青云大桥塌了死了十几个人、小涛的身心出现严重问题，他饱受毒瘾折磨还卖肾换了买毒品的钱。这些幕间戏的设计表明，在这栋看似平静的别墅外，单无惮的生活在发生着戏剧性的恶性剧变，许多人物的动作、事件的经过都已经完成。这些幕间戏综合起来导致了这部戏的高潮与结局，使得每个人物形象完整且饱满，也自然地带来了单无惮与鳄鱼对话这样有魔幻色彩的点睛之笔。

暗场戏虽然属于剧作者的构思范畴，但它的作用极为重要，不仅关乎剧作家的主题表达、现实关怀，还会直接影响剧作的美学风格。因此，对暗场戏的设定与利用，在创作中是不该被忽视的一个环节，也是一位成熟剧作家的"秘密武器"。

四、戏中戏：以行动表演代替语言叙述

中国戏曲在充分汲取古代小说的叙事能力和文学表达能力之后，发展到明清时期，已拥有了自己独立存在价值的文本，以至于一度被归为小说的范畴。"平话仅有声而已，演剧则并有色矣。故其感动社会之效力，尤捷于平话。演剧除原本外，若徽腔、京腔、秦腔等，皆别有专门脚本，亦小说之支流也。"①也被20世纪初的很多学者直接称为"曲本小说""韵文小说"②。这种分类和定义反映出戏曲文本具有较高的文学性价值，但同时也剥离了戏曲作为舞台表演艺术的成分。王骥德曾在《曲律》中明确地表示，戏曲的文学性与舞台性缺一不可：传奇"可演可传，上之上也"。李渔也在《闲情偶寄·词曲部》中强调戏曲不能"只要纸上分明，不顾口中顺逆"，要"观听咸宜"。无论东西方戏剧，不仅剧本要具有深刻的思想性、文学性，而且还要经得起舞台表演和观众接受的考验，才能作为经典流传。

谭霈生将"动作"视为戏剧艺术的核心和根基："通过演员的表演，把人物的动作在舞台上直观再现出来，使观众获得直接、具体的感受，这正是戏剧区

---

① 陈平原、夏晓虹编：《二十世纪中国小说理论资料》（第一卷），北京大学出版社1989年版，第243页。

② 徐大军：《中国古代小说与戏曲关系史》，人民文学出版社2010年版，第3页。

别于小说的一个最基本的界限。"①莫言虽然在自己的戏剧中保留了一些叙述性独白，形成了古典华丽的语言美学风格，但是，在重要的情节段落中，他清晰地认识到戏剧与小说的区别，将叙述性语言转换成可视的人物表演，《我们的荆轲》"第三节/赠姬"中对"戏中戏"的运用就是一个很好的例证。

此节的内容是秦舞阳、高渐离、狗屠和燕姬四人轮流为荆轲讲述历史上几位侠客的故事，以总结历史经验教训，完成刺秦大计。若是小说家处理这一情节，当然可以不受拘束地进行大篇幅叙述，但是，如同英国舞台艺术家戈登·克雷所说的那样，"观众来到剧场，不是为在两小时里去听上万字的台词，而是去看行动的"②。莫言清楚地意识到这一问题，将叙述性语言转换成了人物的行动表演。高渐离、秦舞阳、狗屠三人通过扮演不同人物，完成了对曹沫、专诸、豫让三位侠客刺杀行动的展现。叙述性的语言转换成为夸张的表演，高渐离、秦舞阳、狗屠三人可以跳进、跳出他们所讲的历史故事进行表演和评述，增添了行动性和喜剧色彩，而且构建出"你方唱罢我登场"的历史舞台空间维度。一幅幅绘有刺客故事的卷轴画在舞台布景里徐徐展开，犹如在浩浩荡荡的历史长河中上演的一幕幕沉浮悲喜剧。荆轲等人物在旁观历史、评述历史、以史为鉴，同时也在进入历史。坐在观众席中的我们，又何尝不是呢？

亚里士多德曾在《诗学》中明确地指出戏剧与史诗最根本的不同。他认为，戏剧以演员的动作模仿来展现故事，而史诗则依据叙述者的语言来对人物和事件进行描绘。判断小说创作到戏剧创作领域"越界"成功的基本标志，就在于作者是否能够完成小说的叙述性叙事到戏剧的动作性叙事的转换。从莫言对戏剧的"间离""假定性""平行暗场戏""戏中戏"等戏剧规律与创作手法的运用，可以看出莫言对戏剧艺术特性的全面掌握与运用。他不仅游刃有余、技巧娴熟地完成了小说叙事到戏剧叙事的转换，而且充分地向中国古典戏曲和西方戏剧艺术汲取精粹，形成了自身独具特色的戏剧美学风格。

---

①　谭霈生:《论戏剧性》,北京大学出版社 1984 年版,第 12 页。
②　转引自焦菊隐:《焦菊隐戏剧论文集》,华文出版社 2011 年版,第 12 页。

第二节　莫言戏剧作品中的人物塑造

高尔基认为剧本是"最难运用的一种文学形式"①。莫言也承认，"写了小说再写话剧，觉得更难写，也更有挑战性。"②小说创作常用的叙述议论、心理描写在剧本创作中似乎毫无用武之地，作家对人物形象的塑造，只能通过动作和语言（对白、旁白、独白）来展现。不同的写作方式，让很多小说家对戏剧创作望而却步。在莫言看来，剧本创作实际上并不能算作是跨界写作，因为写话剧和写小说的本质是相同的："（剧作家）与小说家的终极目的一样，还是要塑造出典型人物"③。莫言认为他的话剧中几个人物的成功塑造确实受益于他的小说写作，而他小说中的人物之所以深入人心，一个重要的原因便是受到了中国古典小说传统的深厚影响。

虽然写作的本质和终极目的都是塑造人物，但小说与剧本的写作方法是不同的。在小说《红高粱家族》《檀香刑》和以此为基础改编的剧作《高粱酒》《檀香刑》中，莫言对相同的人物的刻画方式也是有所区别的。因此，在考察莫言戏剧创作中人物形象特点的同时，也要研究他在遵循戏剧规律时的人物塑造技法，以此来说明莫言对不同艺术类别创作方式的思考与表达。

一、"三性合一"的女性人物

在莫言的文学王国里，傲然伫立着一群鲜活的女性。她们风情万种，足智多谋，幕天席地，坚韧顽强，甚至抢夺和遮蔽了男性的文学地位，散发出迷人的色彩和神圣的光芒。阅读和观看莫言的戏剧作品，我们惊喜地发现又有新的女性加入莫言笔下的"女性王国"，她们是《霸王别姬》中的虞姬和吕后、《我们的荆轲》里的燕姬、《高粱酒》中的凤仙、《锦衣》里的春莲等。

---

① 转引自谭霈生：《论戏剧性》，北京大学出版社 1984 年版，第 9 页。
② 莫言：《我们的荆轲》，作家出版社 2012 年版，第 203 页。
③ 莫言：《在话剧〈我们的荆轲〉剧组成立新闻发布会上的书面发言》，载《我们的荆轲》，作家出版社 2012 年版，第 209 页。

莫言在谈及其话剧剧本《霸王别姬》里的吕雉时说,这个女性是一个"三性统一体",在她的身上,同时具备了神性、母性和巫性三种特征①。瑞士心理学家卡尔·荣格在探究人类心理和精神中的集体无意识时,认为心理活动的基本模式是"原型"(archetypes),并在论著中梳理了众多存在交叉与共存的原型,其中包括女神原型、巫师原型、大地母亲原型②,莫言说到的这"三性"与荣格提出的三种"原型"基本吻合。实际上,这"三性"是莫言小说里很多女性形象的共同特质。戏剧,作为与小说关系亲密却独立存在的艺术门类,具有动作性、冲突性、直观性等特殊品质,莫言也有着自己不同于小说写作的戏剧创作观念。而且,莫言的两部历史剧《霸王别姬》《我们的荆轲》涉及他小说中鲜见的古典题材和古典女性。所以,以下主要围绕三个问题展开论述:莫言戏剧作品中女性形象的"三性"分别体现在哪些方面? 与他小说中的女性有何不同? 这"三性"又是如何在形象塑造上进行交融与跳转的?

(一)神性:醍醐灌顶的指引者

在莫言的小说中,女性形象的"神性"往往体现为冲破封建枷锁的"离经叛道"的对抗,其中经典的形象是《丰乳肥臀》中散发出炙热不朽光辉的母亲——上官鲁氏。正如张清华教授所说的那样,上官鲁氏之所以成为"女神"化身的原因,是因为她个人的历史是一部"反伦理"的历史,"充满了在宗法社会看来是无法容忍的乱伦、野合、通奸、杀公婆、被强暴,甚至与瑞典籍的牧师马洛亚生了一双'杂种'……但这一切不仅没有使她的形象受到损伤,反而更显示出她伟大和不朽的原始母性的创造力,使她变成了'生殖女神'的化身"③。她饱含屈辱的一生中经历无数苦难,在侵犯和摧残下屹立不倒,张清华教授将其称为"玛利亚"和"东方大地上的圣母"④。

莫言有两部由自己的小说改编的戏剧作品《檀香刑》和《高粱酒》。在这两个剧本中,女性角色的"神性"依然通过对封建枷锁的冲破、对情感的炽烈

---

① 莫言指导博士生论文写作的谈话,2019 年 2 月于北京师范大学国际写作中心。

② 见[瑞士]卡尔·古斯塔夫·荣格:《原型与集体无意识·荣格文集》(第五卷),徐德林译,国际文化出版公司 2011 年版。

③ 张清华:《叙述的极限——论莫言》,《当代作家评论》2003 年第 2 期。

④ 张清华:《叙述的极限——论莫言》,《当代作家评论》2003 年第 2 期。

追求来树立。但是我们可以看到莫言在戏剧中与小说不同的表达方式。因戏剧的篇幅所限,莫言在开场段落就运用人物"自报家门"的方式来展示人物性格、故事背景、人物关系等诸多要素,如《高粱酒》:

> 九儿(唱):
>
> 高粱酒气味浓烈点火就着。
>
> 恨爹爹贪图钱财把女儿卖,
>
> 逼我嫁单扁郎白发病痨。
>
> 我和那余占鳌从小要好,
>
> 他竟然领头来抬花轿。①

九儿是一个爱憎分明的女子,她用行动反抗"未嫁从父,既嫁从夫,夫死随子"的女性被奴役的命运,对父亲恨之入骨,对丈夫宁死不屈,与余占鳌相爱相杀,她对爱情炙热的追求和对命运不屈从的抗争"使一切孝妇和节妇为之黯然失色"②。

《檀香刑》中的孙眉娘被很多学者和读者认为是九儿的姐妹人物。在歌剧《檀香刑》中,孙眉娘则以荡秋千的形象出场,这象征着她高高在上的姿态和自由飞翔的性情。莫言通过热烈唯美的《相思曲》唱词描绘了她对县长钱丁的感情:

> 眉娘(唱):
>
> 鸟儿啊,
>
> 把你的血给我一滴吧,
>
> 一颗红豆,晶莹透明,让我去实现美好的梦。
>
> 鸟儿啊,
>
> 我就是你啊,你就是风,
>
> 轻轻吹来,匆匆离去,
>
> 何时吹入他心中?
>
> 鸟儿啊,请你分一点儿幸福给我,

---

① 莫言:《高粱酒〔戏曲文学剧本〕》,《人民文学》2018 年第 5 期。

② 孔范今:《莫言研究资料》,山东文艺出版社 2006 年版,第 5 页。

就一点点,不敢贪心,

我是个被爱烧焦了心的女人……①

无论是九儿、眉娘,还是《霸王别姬》中的吕雉、京剧剧本《锦衣》里被父亲贱卖最终为爱反抗的春莲,她们表达浓郁爱意的对象都不是结发之夫。按照传统的观念,这是"不忠贞"的表现。但莫言赋予她们美丽动人的外表、大胆反叛的内在精神和浓烈的生命意识,让人们无法接受她们不公平的命运,无法接受她们与丑陋、软弱、病态、愚笨、无情无义的男性结合。因此,当她们追求代表着美好、强壮、智慧的爱情时,就不被认为是羞耻和缺乏道德的,反而拥有了一种可以被膜拜的崇高感。正如张清华教授所说:"莫言不知不觉地绕过了别的作家难以逾越的屏障,把道德视阈内的那些看起来非常'危险'的东西,轻易变成了'合法'甚至崇高的生命意识。"②但是,戏剧是群体观赏的艺术,考虑到观众的接受问题,莫言在写作时也特别留意,没有展现像《丰乳肥臀》中上官鲁氏那样过于"反伦理"的女性行为。

在莫言的两部历史剧剧本中,女性的神性拥有特别的品质,她们对男性做出指引,导致男性角色产生重要的行动和命运转向。正如荣格的原型理论所指出的,"女神原型意象"象征着智慧和引导,它是完美、崇高、真理的存在;是公正、智慧、仁慈的代表;是人类始终在追求却一直难以企及的境地;它能让人类感知到自身的渺小、无知和脆弱,也能让人类产生敬畏、崇拜和信仰。她们仿佛站在高于男性的另一个维度,俯瞰众生,通晓一切,清醒理智,并且能为男性化解困惑,指点迷津,从而让男性无奈地发出自嘲的感叹:"为什么真理多半从女人的嘴里说出?"③

在《史记·项羽本纪》近六千字的记载中,对虞姬的记载区区二十字不到,与骏马并列而述。燕姬更是一个莫言创作出来的人物:"《史记》上记载燕太子丹确实给荆轲送过'美人',也可以算是有原型吧。只是当时是不是就送了这么一个,而且是他自己的姬人,而且还是一个当初嬴政送给他的姬人,那

① 莫言、李云涛:《檀香刑》(歌剧),《十月》2018年第4期。
② 张清华:《叙述的极限——论莫言》,《当代作家评论》2003年第2期。
③ 莫言:《我们的荆轲》,作家出版社2012年版,第61页。

就不得而知了。"①吕雉则被贴上"原罪"的标签。这三位女性在史书中的形象,反映了长久以来女性的"失语",她们是被物化的、陪衬性的,或者是极为单一的"恶"的代表。虽然受到时代背景的制约,莫言的历史剧中的女性仍然无法像当下一样自由无束,还是难以挣脱被囚困、当作物品交换、赠送的命运,但这并不妨碍她们女神一般的存在,她们是历史清醒的旁观者,也是男性智慧的启迪者。

女性无缘政治领域,被很多理论归因于大自然的馈赠。黑格尔认为,女性的自然属性导致其无法胜任"理性、思辨与普遍性的"探究,"只有男性通过思想上的成就与技术上的努力方可达成②。莫言的书写显然与柏拉图在《理想国》中"男女天赋相同,女性应当参政"的向往更加一致。甚至,在莫言笔下的男性和女性,"男女天赋"是逆向生长的。莫言在谈到吕雉时说:"她是《霸王别姬》的核心人物,因为她站在制高点上,对每个人的行动和感情思想脉络都了如指掌。"③她对项羽更是有着一种"恨铁不成钢",想要鞭策其成长为真正君王的姿态。

继空政话剧团版的《霸王别姬》后,北京人民艺术剧院于2023年也排演了《霸王别姬》,于2023年末至2024年初在人艺小剧场演出。这个版本的演出将戏剧空间固定在一个球形的"军帐"内,帐内的演出空间是一块圆形砂石地,上面放着几块反光的金属椭圆物体,砂石地周围环绕摆设了三层共一百多个蒲团,形成观众席,观演之间的距离几乎触手可及,打破了镜框式舞台的限制。在演出开始之前,有"尊重军中纪律"的广播代替"观演提示",军号吹响,演出随即开始,演员们的造型设计也介于古典与现代之间。这一系列的创新有效地拉近了现实生活与历史故事的距离,让观众能够更好地从当下视角去体会剧中人物。同时,军帐空间里男性首领位置缺席,也意味着去男性中心化、英雄化。导演林丛以她细腻的现代女性视角,配合创意的舞台形式突出和深化了剧作的主题,带给观众独特的观剧感受。时隔20多年再看此剧,其诠

---

① 莫言:《我们的荆轲》,作家出版社2012年版,第190页。

② 转引自范伟伟:《理性、关怀、能力:女性解放的路径探索及其反思》,《哲学研究》2017年第9期。

③ 莫言指导博士生论文写作的谈话,2019年2月于北京师范大学国际写作中心。

释历史之独特角度,依然革故鼎新,先锋前卫。项羽是配角,刘邦隐匿不见,吕雉和虞姬对于如何选择爱情与江山、如何面对人性"不彻底"的思考和挣扎,才是这部历史剧的核心。霸王别姬,在莫言笔下变为了"姬别霸王"。另外,在这个版本的演出里,莫言在原剧作的结尾又加了一段暮年吕雉的内心独白,她表示自己无愧于天地与黎民,只愧对自己,并且对那个敢爱敢恨的虞姬充满了怀念之情。林丛用提前录制好的黑白影像阐释了这段台词,在影像中,吕雉的特写脸庞忽明忽暗,甚至扭曲变形,戏也就随着吕雉消散的面孔落幕了。

在《我们的荆轲》中,燕姬身为被男性作为礼品相赠的物品,起始基本呈"失语"状态,但她的仪态、心理、见识、气魄,都胜过所有男性一筹。在"第三节/赠姬"中,她大胆主动地接过男性的话语权,爆发出惊人的言语,神采飞扬地讲述侠士聂政的故事,几位男性角色在燕姬思路清晰、口若悬河的讲述下目瞪口呆。荆轲不仅对她刮目相看,而且对自己的处境和未来开始了新的思索。"第六节/断袖"中,燕姬更是在与荆轲的雄辩交锋中,一步步地带领他摸索前行,寻找刺秦的意义,成为荆轲在思想、行动上依靠的对象。她用宽广的视野和明智的选择,引领荆轲在历史长河中留下最响亮的名声。莫言将男性对女性的尊重和敬畏赠与她们,将崇高的神性赋予她们。虽然她们因为身份所限不能够和男性平起平坐,无法成为留名青史的英雄,但她们却是在这些英雄身后为男性撑起一片天空、点亮一盏明灯的女神,她们的智慧和能力都超越了自身所处的环境和时代。莫言在历史剧中对女性角色的"神性"的塑造,展示出莫言对女性参与历史、与男性共同书写历史,甚至指引男性推进历史的可能性的书写,折射出莫言不同于其他作家的女性观和对历史的重新思考。

(二)母性:海纳百川的和解者

母性和神性有着交织,却又不完全相同。它隐含在人性中,是最靠近神性的人性的展现。荣格提出的"大地母亲原型"代表着母性、丰饶与包容。在莫言的作品中,女性角色的母性光辉总能够以智慧抹去愚昧,以公正取代偏见,以宽容消除憎恨,以无私包容万物,以平衡抚慰痛苦,以勇敢面对恐惧,以奉献替代索取。而且,在关键时刻,这些女性角色总是能够将矛盾化解,成为冰释前嫌、海纳百川的包容者与和解者。莫言的这种书写不仅颠覆了长久以来大多数男性作家笔下所描写的柔弱的、不能为自身命运做主的女性形象,也赋予了女性"大地之母"般慈悲宽厚的秉性。

莫言曾经说过:"在母亲们的时代,女人既是传宗接代的工具,又是物质生产的劳力,也是公婆的仆役,更是丈夫的附庸。"①工具、劳力、仆役、附庸……这些词语体现了莫言对女性受歧视和压迫这一社会现实的清醒深刻的认识,他通过自己的作品对男权意识进行了强烈的批判,对女性表达了歌颂和赞美。在他的眼中,女性是伟大的——"我作品里经常女性很伟大,男人反而有些窝窝囊囊。我一直觉得,男人负责打江山,而女人收拾江山,关键时刻,女人比男人更坚韧给力。家,国,是靠女人的缝缝补补而得到延续的。"②在莫言看来,"打江山"的男性似乎不是勇猛战将,而是破坏者,社会因此而分崩离析、灾难不断;而"收拾江山"的女性貌似也不只是陪衬者,而是再创者,家、国、天下因女性而攒零整合、破镜重圆。缝缝补补再创世界的女性形象,让人联想到女娲补天的传说故事,莫言所赞美的这种坚韧与包容正是"大地之母"的民间品质,这种品质也正是莫言戏剧作品中的女性兼备的特点。在歌剧《檀香刑》中,县长钱丁的夫人得知眉娘因其亲爹孙丙被抓,来求钱丁放人时,她放下了对眉娘的怨恨,包容大度地支持丈夫帮助眉娘救孙丙,并在都统大人到达钱丁官府抓人时,将眉娘藏起来,唱出咏叹调"我要以死做抗争":

> 你们还是大清朝的臣子吗?你们家中难道没有妻子儿女吗?士可杀而不可辱,女可死而不可污,我要以死做抗争!③

她的强硬不屈吓退了都统大人,令眉娘感激不尽,让钱丁也用"深明大义、不计前嫌"来表达自己对夫人的佩服与亏欠。莫言并没有把她作为一个醋意大发的县长夫人来描写,她的姿态明显高于其他人,好似爱护犯错、落难的孩子一般,谅解、宽容、救赎他人。

自五四以来,为了突破女性沉默、被动的形象,很多剧作者,尤其是女性作家,习惯让女性以"超常态的、极端的姿态出现"④,以像古希腊悲剧人物美狄

---

① 莫言:《〈丰乳肥臀〉解》,《光明日报》1995年11月22日。
② 刘章春主编:《〈我们的荆轲〉的舞台艺术》,中国戏剧出版社2015年版,第6页。
③ 莫言、李云涛:《檀香刑》(歌剧),《十月》2018年第4期。
④ 郑春凤、丁峰:《颠覆的意义与局限——"五四"时期女性剧作再探讨》,《戏剧文学》2015年第5期。

亚一样,用暴力的方式向男性伸出复仇之剑,来摆脱男权中心的束缚,反抗男性的不忠与背叛,向历史舞台中心前进。福柯说:"权力通过话语来建构自己的威望。"①这些极端的女性话语输出方式,与其说是"发声",不如说用"嘶吼"来形容更为恰当。而莫言剧作中的女性形象则拥有更广博的心胸和从容的"母性"姿态,她们的"发声"并非抗议、报复性的,因为这反而暴露了传统的被认为的女性性格弊端——非理性因素。莫言是通过女性理性的、远见性的、海纳百川的言辞来进行"合鸣"甚至"领唱",最终来赢得男性的尊重。

无论是历史剧中的虞姬、吕雉、燕姬,戏曲剧本《锦衣》里的春莲,还是从小说延展到戏剧作品《高粱酒》《檀香刑》里的九儿、凤仙、眉娘、县长夫人……无论她们自身曾经多么时乖运蹇、颠沛流离,还是和他人如何唇枪舌剑、钩心斗角,这些女性可能在小事上袒露小女人的一面,但是吕端大事不糊涂,展现出一种顽强的韧性和智慧广博的胸襟。

(三) 巫性:变幻莫测的操控者

"巫",是中国古代就存在的一种专门从事祈祷、占卜活动的职业。从字形上来看,上下为天,中间为人,"巫"乃能通天地之人或术法。荣格所指的"女巫原型"是非传统的女性意象,具有妒忌、愤怒、恶毒等特点,并且能够带来混乱、危险和伤害。而莫言笔下展示的女性"巫性",除了刻意地制造、激发矛盾的功能,还有骗术多端、变幻莫测,善于怂恿、蛊惑他人以达到既定目的的特征。简而言之,就是拥有"变"和"蛊"的特质。吕雉就是一个"巫性"极强的女性角色,她化身虞姬来到项羽身边,时而尖锐刻薄,时而千娇百媚,她带有表演的色彩:"故作掩饰状……故作悲伤"②地骗项羽说虞姬已追随汉王,挑拨二人关系,引发剧烈的矛盾冲突,使得项羽和虞姬的关系、两人的行动完全被吕雉所控。

在莫言的小说中,九儿和眉娘这两个人物主要通过大量具有传奇和魔幻色彩的叙述语言来显现她们的"巫性"。但戏剧是动作的艺术,再加上莫言偏向现实主义的戏剧观念,这就使得通过魔幻色彩呈现的巫性表达难有容身之

---

① 转引自袁英:《"与福柯共舞"——福柯的话语理论与女性主义批评》,《求是学刊》2013年第4期。

② 莫言:《霸王别姬》,载《我们的荆轲》,作家出版社2012年版,第112页。

处。莫言在戏剧创作中保留了九儿和眉娘身上"见人说人话，见鬼说鬼话"的特征，她们善于利用自己的女性特质，在不同的情境下迅速切换身份、状态，让自己适应环境，说服、控制人心，达到自己的目的，是被剧中其他角色都视为"狐狸精"似的人物。这样的"巫性"不是单纯的"坏"，而是具有亦正亦邪、操控性、征服性、无法捉摸的秉性。就像小说《红高粱家族》里九儿"抡圆了柳棍"，痛打余占鳌，又与他"鸳鸯凤凰、相亲相爱"了几天后，莫言对罗汉和众伙计们的描写：他们都"被我爷爷奶奶亦神亦鬼的举动给折磨得智力减退，心中虽有千般滋味却说不出个甜酸苦辣，肚里纵有万种狐疑也弄不出个子丑寅卯"①，只剩下了恭敬与顺从。

特别值得关注的是，在戏曲剧本《高粱酒》里，莫言有意识地弱化了一贯作为头号女主人公的九儿的形象，而将她的一部分性情、动作转移到新人物凤仙身上去，并增添了凤仙身上的"巫性"色彩，以制造强烈的矛盾冲突，强化其戏剧化功能。

实际上，在电视剧《红高粱》剧本策划、讨论和完成时期，莫言就加重了对集中国旧社会女性悲苦为一身的"恋儿"的人物塑造，将恋儿设计为九儿更为亲密的身边人，增添九儿和余占鳌之间更激烈的情感冲突；另外莫言亦提出了单家酒坊内与罗汉有情感纠葛，并严防与九儿分割单家财产的人物设想，最终演变成为 2014 年电视剧《红高粱》中大嫂淑娴的形象②。

在戏曲剧本《高粱酒》③中，莫言将这两个人物功能合并为与九儿、余占鳌、罗汉一起长大的单家儿媳凤仙，她对罗汉痴心一片，对九儿充满嫉妒和怨恨，为了让单扁郎与九儿顺利圆房，给余占鳌的酒里暗下迷药，"宁愿身价降低成下辈，也要断了他二人痴心和妄想"，并且表面对九儿"口口声声叫着娘"，其实"恨得牙根痒"，一直想尽办法要把九儿赶走。她的"巫性"不是九儿、眉娘的那种千娇百媚、变幻莫测，却是全剧人物之间矛盾的发动者。而这种"巫性"在家灾国难面前，却转换成了包容与化解矛盾的"母性"："（对罗汉）咱与他俩无仇怨，两对夫妻可相安。"在剧本的结尾处则爆发出"神性"：她

---

① 莫言：《红高粱家族》，作家出版社 2012 年版，第 135 页。
② 潘耕参与《红高粱》电视剧剧本编剧的工作记录，2009 年于北京。
③ 莫言：《高粱酒〔戏曲文学剧本〕》，《人民文学》2018 年第 5 期。

将高粱酒分给众人后,抱着酒坛,在火光中与日本人同归于尽殉河山。以《红高粱家族》为基础改编成的电影、电视剧、舞剧、豫剧等众多艺术作品中,都不曾变动原小说中九儿引爆日本人汽车的情节,但莫言大胆地将此英雄壮举转移嫁接在凤仙身上,让她成为莫言文学作品中另一位"流芳千古传美名"的女性角色。

同样,《锦衣》里的王婆和季王氏也充满了"巫性"。乍一看来,这个戏曲剧本中的人物比莫言其他的话剧剧本稍显"脸谱化",这其实是为了符合和贴近戏曲的"行当"的分配,但莫言还是让他们每个人都丰满立体,充满了七情六欲。莫言 2008 年《在高密文艺创作座谈会上的讲话》中讲到许多戏曲剧本文学性不够强的问题,就提到了人物的片面化塑造。他在与学生谈《锦衣》的创作时也说,"以前的戏曲剧本里有很多媒婆、恶婆婆的'恶'的形象,但是略显肤浅,只能是小配角,作用类似丑角。"①莫言提到的"恶",也可以理解成"巫性",如《锦衣》中的王婆为了钱财,欺骗敲诈;季王氏对春莲的百般刁难。但是,莫言对人物的描绘突破了很多传统戏曲剧本中人物过于程式化、行当化的写法,如同他给季王氏的人物设定:"旧时代的一个标准的婆婆样板,她不慈善,但也不是坏人"。② 季王氏在偶然间仍然表现过对春莲有所怜悯和同情,这是人类微妙复杂的真实情感。

在人类历史漫长的发展进程中,父系氏族制度的存在使女性长期处于"第二性"。历史和文艺作品的记录者和书写者绝大多数是男性,女性形象基本上都是按照男权社会对女性的需求和想象来塑造的。中国戏曲从隋唐歌舞小戏《踏瑶娘》开始关注女性,但是,她们的命运大多是无奈悲惨的,如同飘蓬,伴随着无奈的人生沉浮荡漾,譬如窦娥、李香君、杨贵妃……作者和观众给予她们的态度,也不过是对弱者的同情与怜悯。五四新文化运动以来,中国戏剧史上出现了一批与以往截然不同的女性形象。如郭沫若历史剧中的女性,她们拥有独立的人格和敢于反抗男权中心的勇气;在特殊的历史时期,革命样板戏中的众多女英雄形象呈现出昂扬的斗志;20 世纪 80 年代中后期的舞台

---

① 莫言指导博士生论文写作的谈话,2019 年 2 月于北京师范大学国际写作中心。
② 莫言:《锦衣〔戏曲文学剧本〕》,《人民文学》2017 年第 9 期。

开始涌现出了一些个性化、女性意识强烈的形象。

莫言则是新时期作家中最先扛起女性精神解放旗帜的作家之一。在他的戏剧作品里，他通过对女性浓墨重彩的刻画，将女性从"第二性"中解放出来，并赋予她们与男性同等的主体地位。在莫言的历史剧中，他赋予了女性引领男性英雄共同书写历史的权利，在这一点上，他突破了以往和同时代的作家对历史女性的塑造。对女性的讴歌与赞美体现了莫言一贯以来对女性的无限尊重和崇敬之心；而且，莫言戏剧作品中的女性形象体现着人性的丰富性和情感的复杂性。莫言常说，在他的作品里，没有好人，也没有坏人。他反对文学作品对人进行单一、片面化的描写，而善于破除"二元对立"的写作方式，去展现冲突、对立的人性。就像他在小说《红高粱家族》中描绘的"高密东北乡"："高密东北乡无疑是地球上最美丽最丑陋、最超脱最世俗、最圣洁最龌龊、最英雄好汉最王八蛋、最能喝酒最能爱的地方。"①虽然主语是"高密东北乡"，但实际上说的是人。莫言剧作中的女性之所以饱满丰盈，也正是因为"神性""母性""巫性"这三性不仅在她们的身上交织融合，还不断地进行了切换和跳转。

二、"世人皆醉我独醒"的男性人物

比起神秘伟大又具有奉献牺牲精神的女性，莫言剧作中的男性人物则是平凡、真实、有缺陷又有自省力的普通人。

莫言的小说作品在 20 世纪 80 年代新历史主义思想的观照下，一向倾向于将英雄人物"降格化"处理，并对旧的意识形态加以颠覆，以此来"重新解释历史，再造历史，再造心态史，再造文化史"②。屏蔽人物在历史上或高大或单一的形象，而将他们普通化、丰富化处理，以拉近历史英雄人物与现实百姓的距离。在《我们的荆轲》中，大侠荆轲是一个失眠症患者，是一个具有匪气，甚至为了出名不惜低三下四提着小磨香油和绿豆粉丝四处拜访前辈的普通人。这样的人物设置就是在直指当下利欲熏心、唯利是图的社会风气。此剧里的"当下"，看似是创作者写作的当下，但仔细想来，它不仅超越了历史，而且还

① 莫言：《红高粱家族》，作家出版社 2012 年版，第 3 页。
② 胡经之主编：《西方文艺理论名著教程》，北京大学出版社 2003 年版，第 23 页。

超越了现代。过度的欲望、对爱情的渴求,都是跨越时代长期存在的人性表现。

虽然莫言的历史剧对历史材料有着颠覆性的书写,但我们会发现,无论是《我们的荆轲》还是《霸王别姬》,其实都基本遵循了司马迁《史记》的情节脉络,并未改动故事的走向和结局,发生颠覆性变化的其实是人物。他以重塑主要人物形象为核心,为人物的行动寻找"新"和"奇"的动机,从而围绕核心人物,构置其周边次要人物,展开情节。这是莫言创作历史剧的一个重要的特点。

"戏剧性"在很多人看来,就是有"戏"可看,就是跌宕起伏的情节、撕心裂肺的冲突、偶然巧合的集结。这样的"戏剧性"偏重的是"外在的戏剧性",而有些剧作家则注重"内在戏剧性",如梅特林克和契诃夫。契诃夫一再强调:"一个人的全部意义和戏,都在内心,不在一些外部的表现。"也就是说,除了这些外在曲折离奇、矛盾冲突,"戏剧性"也在于人物内心既丰富、强烈又微妙的活动变化。莫言非常重视"外部戏剧性",他认为一部戏必须拥有漂亮的情节,要在保证故事好看的基础上,特别关注对"内在戏剧性"的开掘,"话剧的终极目的和小说一致,是写人,挖掘人的精神世界,内心矛盾,最终还是对人的认识"。① 从创作的角度来看,挖掘人的精神世界和内心矛盾,不仅是莫言写作的终极目的,也是他写作的初衷。

《霸王别姬》中的项羽和《我们的荆轲》中的荆轲都是典型的英雄形象。莫言并未改变楚霸王自刎江东的情节,亦没有更动荆轲易水诀别、孤胆刺秦的结局,却将两位英雄的性格、动机和心理过程做了一番大胆的想象、推测,无情地粉碎了被固化的英雄形象,将他们还原成和我们一样的普通人,方见得其实他们也难以逃出人性共通的本质。

"黑格尔在某个地方说过,一切伟大的世界历史事变和人物,可以说都出现两次,他忘记补充一点:第一次是作为悲剧出现,第二次是作为笑剧出现。"②这种从悲剧向喜剧的转变,被黑格尔称为"历史的讽刺"。《我们的荆

---

① 莫言:《我们的荆轲》,作家出版社 2012 年版,第 204 页。
② 《马克思恩格斯选集》第 1 卷,人民出版社 1995 年版,第 584 页。

轲》用滑稽、反讽的手法重塑人物和情境，解构历史。到处拜见前辈的荆轲、大唱"没有亲戚当大官/没有兄弟做大款/没有哥们是大腕/要想出名难上难/咱只好醉生梦死度华年……"①的高渐离、在荆轲"豪宅"中跑步减肥的秦舞阳、受不住出名诱惑刺太子丹不成落荒而逃的狗屠，就连悲剧性人物田光都因略显浮夸的表演而呈现出喜剧色彩，而所有讽刺所指向的人性，都是悲哀的。讽刺之余，与严肃庄重的历史、历史人物之"隔"，这种反差本身就会造成一种喜剧效果。莫言赋予历史人物更为真实丰富的人性，而这种真实又同时制造出悲剧。

莫言在剧本里显现的对"戏剧性"的观念与兴趣，比起虚构跌宕起伏的情节、偶然巧合的"外部戏剧性"，更在其"内在戏剧性"，即对人物行动的动机和对人物内心世界的方向进行深入挖掘，这就是莫言所说的"往灵魂深处写"。荆轲的身上完美地凸显了"滑稽与崇高"的戏剧性相融。荆轲的性格里似"文人"②一般善思考的忧郁的气质，使他的行动逐渐脱离和超越了"刺秦"本身，而内化和升华到"寻找"刺秦的真正理由。《我们的荆轲》的高潮段落并非紧张短促的"第十节/刺秦"，那只是荆轲"为了可敬的看客的一场表演"。此剧真正的高潮点是"第九节/壮别"中富含哲理的"高人论"荆轲独白。荆轲在已知结局，生命即将消逝之际，于易水河畔迟迟不肯开拔，发出了对苍天大地和对自己的最终拷问。那个遥不可及的"高人"是他心中完美的"人"的化身，他精神内在的"崇高"爆发了，这意味着荆轲在苦难中对自身的反省和超越，代表着他的觉醒和成长，这也是古希腊悲剧英雄的精髓所在。悲剧英雄的精神是崇高的，它是一股强大的、刚强的力量，不仅代表着人类优秀的精神品格，还能使普通人消除鄙吝之心。而且，这种"崇高"不在于结局，而在于过程，哪怕是一瞬间的闪现，也正表明他不是借助于外力的拯救，而是凭借自身的觉醒，完成了对自己的救赎，这才是荆轲"英雄气"的所在之处。

开弓没有回头箭/扁舟欲行兮心茫然/心茫然兮仰天叹/雁阵声声泪潸然/知我心在何处/乱我意者是婵娟/平生无爱兮悔之晚/头颅早白兮

① 莫言:《我们的荆轲》，作家出版社2012年版，第7页。
② 莫言:"在《我们的荆轲》中，我把侠坛当做文坛来写。"莫言指导博士生论文写作的谈话，2019年2月于北京师范大学国际写作中心。

叹流年/风萧萧兮易水寒/壮士一去兮不复还……①

　　莫言在我们熟悉的《易水歌》前添加了几句,"悲"的原因和意义发生了改变,形成了一种与大义凛然的悲壮不同的深沉雄健感。荆轲完成了对自我的否定、质疑、拷问和救赎,体现出一种"崇高",一种"英雄气概",而且能与孩童气形成人物的双重性,相互交融转化。这样的历史人物形象有着较大的突破,并上升到了新的美学层面,从而使整部剧的历史观和思想性达到了新的高度。

　　《鳄鱼》中的单无惮也是一个平凡的人。他曾经是一个欲望比很多人都要低的好人、好官。他当过老师,毕业后为了照顾家,没有去中央机关,而是选择回到了地方工作。做官后,单无惮用自己的"铁巴掌"抽过偷工减料的包工头,努力做一个清官。从人物的前史来看,他的初心和行为甚至比莫言笔下的荆轲还要纯粹。可就是这样一个毫无野心的普通人,却还是被身边各种诱惑激发出了可怖的欲望,这是让人不寒而栗的,因为我们原本以为贪官的悲剧与自己毫不相干,只想以新奇的视角去窥探和批判戏剧影视作品里他们的生活,但莫言写的这出戏实际上对我们每一个人都有着不容忽视的警示意义。鳄鱼即欲望,每一个人内心都住着一只鳄鱼,一旦鳄鱼接受了更大的池塘,一旦它偏离了游动的方向,那每个人都将是单无惮,都将被鳄鱼吞噬。

　　单无惮和荆轲还有一个共同点,那就是他们都是有自我觉察能力的人。莫言秉承着"把好人当坏人写,把坏人当好人写"的创作理念,塑造了一个罪大恶极又自省自嘲的复杂人物。面对过去自己种下的恶果和当下的事态发展,单无惮有着清醒的认知和忏悔,他的名字即暗示了他身上的两面性。一方面,"无惮"意味着肆无忌惮、无所忌惮,映射了以他为代表的人类放任欲望自取灭亡的命运。另一方面,"无惮"也可以理解为心无挂碍、不害怕、不担忧,它代表着单无惮个人清醒、超脱的一面。在戏中,他常常以隔岸观火的姿态看待他人和自己。譬如,妻子巧玲与情人瘦马都对他充满了积怨,在第一幕的高潮,两位女性开展了针锋相对的争执,并轮番对他进行质问与声讨,而单无惮却不与她们产生任何有效的对话,而是"嘲讽而悲凉地"回应道:"精彩!接着

---

①　莫言:《我们的荆轲》,作家出版社 2012 年版,第 89 页。

往下演!"①不仅如此,两次生日宴会也被他自己看作是"戏"。在五十五岁生日时,单无惮"自嘲地抖了一下身上的唐装",说:"红褂子加身?——横竖是一场闹剧,往下演吧。"②十年后,他再次发出自我讥讽的感叹:"历史的经验是,祝寿会总是变成活报剧。"这场单无惮六十五岁的生日宴是盛大又魔幻的,别墅里高悬的祝寿的横幅,横幅下面挂着三张白色纸条,上面赫然写着瘦马堕胎的三个单氏婴孩冥诞的字样。单无惮虽然是潜逃的污吏,但身边依然围绕着对他溜须拍马的人。单宅的常客老黑送来一个棺材形状的玻璃鱼缸,并奉承说鱼缸的封盖上应该刻"忠烈千秋""永垂不朽"等字,但单无惮坚持要刻"罪该万死"四个大字为自己盖棺定论:

> 无惮　我贪污受贿,我徇私枉法,我作风败坏,我谎言欺天,我残害生命,难道不该万死吗?
>
> 老黑　老爷,您不过是犯了一个仪表堂堂、手中有权的男人最容易犯的错误。有很多比您的错误更重的人都还在耀武扬威呢,您何必自责太过。
>
> 无惮　人在干,天在看。善有善报,恶有恶报;不是不报,时候未到;时候一到,一切都报。所以,你必须把这四个字给我刻上。
>
> 老黑　老爷执意要刻,那我把工人叫回来,让他们抬回去刻。
>
> 无惮　今天暂且不刻了,你是客人,入座,喝酒,看戏。
>
> 慕飞　市长,我们没请戏。
>
> 无惮　我们自己演,自己看。③

大桥的坍塌、生命的逝去、骨肉的分离让单无惮异常清醒地直面自己,置身身外地剖析自己的罪孽,同时,他也清醒地看到身边的人都还在欲望的泥潭里挣扎着,做欲望的傀儡,喂养自己的鳄鱼。我们会发现莫言在刻画单无惮时,仿佛很少会将笔力搁置在某一个具体的戏剧事件或具体的戏剧冲突上,他与身边人的关系并非情感的同频共振,更多的是感情的相对间离。莫言用布

---

① 莫言:《鳄鱼》,浙江文艺出版社 2023 年版,第 50 页。
② 莫言:《鳄鱼》,浙江文艺出版社 2023 年版,第 41 页。
③ 莫言:《鳄鱼》,浙江文艺出版社 2023 年版,第 146—147 页。

莱希特的"间离"和"陌生化"手法展现了单无惮身上的三层"观演关系",即:观众看单无惮、单无惮看他自己、观众看单无惮眼中的自己,这使得观众不会过度地进入他的个人世界,而是能够保持一种客观理性的态度,也能够产生自我审视与自我反省的心理,这也是布莱希特陌生化手法的根本意义。

第三节　莫言剧作的语言风格

　　剧作家姚一苇在1994年发表的《后现代剧场三问》一文中指出,后现代剧场对文学的排斥,使剧场变成一个"空洞的剧场"。2016年,丁罗男在《文学的边缘化与戏剧的贫困化——关于戏剧与文学关系的再思考》一文中,再次批评自20世纪30年代以来,轻视、排斥文学的思潮造成了戏剧整体质量的下降,可见此问题的确持续已久且影响严重。纵观当下戏剧市场,"肢体剧""浸没式戏剧""多媒体戏剧""多维度戏剧"等新的戏剧表现样式层出不穷,观众们对新鲜戏剧类型也喜闻乐见。但是这种繁荣的景象,是值得深思的。丁罗男认为戏剧"貌似繁荣,实质走向了贫困化"[①]。

　　回顾古今中外戏剧史,但凡在历史上留下深刻烙印的戏剧作品,都有一个既经得起舞台考验长演不衰,又可以作为文学经典读物的剧本。剧本被公认为"一剧之本"、戏剧的根本,一个卓越的剧本必然需要具备深刻的思想内涵、鲜活的人物形象塑造和具有生命力的文字。如果把一个剧本比喻成一棵树,那么思想是树根,人物形象好比枝干,语言文字就是树叶。只有根基深厚,枝干才能健壮挺拔,高耸云天,叶片才能苍翠油亮,摇曳多姿,这棵树才有欣欣向荣的气势、蓬勃向上的姿态和永恒旺盛的前景。

　　作为小说著作等身并获得诺贝尔文学奖的莫言,一直以来擅长用语言塑造鲜活立体的人物,体现深邃的思想内涵,也以泥沙俱下、广博杂糅的语言风格被众多学者认为是"天才语言大师"。莫言的创作已覆盖小说、散文、诗歌、

---

　　① 丁罗男:《文学的边缘化与戏剧的贫困化——关于戏剧与文学关系的再思考》,《艺术评论》2016年第6期。

戏剧四大文体,而他认为话剧才是"离小说最近的艺术","话剧真正是一门语言的艺术"①。莫言的戏剧创作充分体现了他作为小说家的文字语言长项,将哲学思辨性极强的台词风格带入到话剧创作中,使古典、华贵的语言美感再次出现在舞台上,出现在中国话剧中,对重振戏剧文学性、重振剧作者对于戏剧的信心有着非凡的意义。

一、思辨性台词展现哲学高度

莫言历史剧的文学价值,首先体现在台词的思辨性、哲理性和人文情怀上,这来自作者对人性世界幽深的洞察力和表现力,也是能使"剧作家"区别于一般的"编剧"的重要体现。在话剧《霸王别姬》中"唇战"一场,虞姬和吕雉两位女性针尖对麦芒,对爱情的本质和意义进行了一场辩论。虞姬是"为爱所生",视爱情高于一切,梦想归隐田园的小女人;吕雉则坚持赢天下高于爱情,是期望"流芳百世"的大女人,两个人在层层深入的激烈辩驳中自省其身,在对方身上发现自我缺失的另一半,从而逐渐完成了内在性格的互换。莫言将类似的辩论式台词延续到《我们的荆轲》的写作中,并且更加磅礴潇洒、层次有致。

《我们的荆轲》"第六节/断袖"中,燕姬和荆轲这两个原本无法交流的人关于"为何刺秦"展开了一场精彩绝伦的辩论。荆轲气宇轩昂、义正词严地举出刺秦的原因:为死去的冤魂、为秦国百姓、为天下太平、为燕太子丹、为侠士的荣誉……但燕姬旁观者清,一一否定这些貌似高尚的道德借口,一针见血、一语中的地剖析了荆轲不过是名利熏心的本质,最终得出"既然是演戏(刺秦),就要赚取最热烈喝彩(利益最大化)"的结论。两人的关系也互为镜像:"我就是你,你也是我。……(我们)其实都是普通人。"②荆轲在临行前的"高人论"更是一段经典独白。生命即将消逝之际,对名利的追逐已经失去了意义,荆轲于易水河畔迟迟不肯开拔,如哈姆雷特的"生存还是毁灭"一般,发出了对苍天大地和对自我内心的最终拷问。这段独白,是荆轲对自身的反省和

---

① 莫言:《我们的荆轲》,作家出版社 2012 年版,第 203 页。
② 莫言:《我们的荆轲》,作家出版社 2012 年版,第 77 页。

超越,代表着他的觉醒和成长。正如莫言所说,"他没有等到来自他力的拯救,但是他已经完成了对自己的救赎。这种觉醒,是值得我们钦佩和歌颂的。"①

这种思辨性的大篇幅台词在中国话剧中比较鲜见,可谓是"一花独放"。它的优势在于人物思想的激烈碰撞,往往可以上升到哲学的高度;但是它的戏剧性在于"内在戏剧性"而非"外部戏剧性",大篇幅台词呈现容易造成台词的叙述性大于动作性,"可听"效果大于"可看"效果。如饰演荆轲的北京人民艺术剧院演员王斑所说,"(第六节/断袖)近20分钟的戏份能否抓得住观众,演员台词和形体的表现力是关键。"同样,饰演燕姬的演员宋轶也感觉第一次看到剧本的华丽辞藻、金玉良言时,她不知从何入手。然而,人物就是在这些独白和对白里完成了"我思故我在"的成长和转变,寻找到了自身存在的新价值,导致戏剧动作和人物命运的转变。而逻辑性严密、哲理性层层涌现,同时又不失诗意和华彩的台词,非常需要深厚的语言文学功力。

二、杂糅式台词展示语言之美

莫言语言风格杂糅的特质呈现一种独特的审美诗意和语言文字之美。在谈到中国话剧对自己的影响时,莫言特别强调了曹禺、郭沫若、田汉等剧作家作品里那些震撼人心、难以忘怀的台词,他提及曹禺《北京人》中江太太的台词:"活死人,死活人,活人死",以及郭沫若《屈原》第五幕第二场的"雷电颂",继而分析了这种话剧语言古典美的源头是古希腊戏剧和莎士比亚的作品。也许我们会忘掉《哈姆雷特》和《李尔王》的具体情节,但是某些经典的台词,如哈姆雷特对世人和自我的拷问、李尔王在风雨中悲凉的嘶吼,已成为永不磨灭的戏剧符号。

无论是阅读剧本还是观看演出,莫言的戏剧作品中行云流水、气贯长虹的台词都给人留下了深刻的记忆,这不仅是几位演员说的"演得过瘾"的原因之一,也是莫言话剧独特美学的重要特征之一。莫言对书面用语、形容词、排比句和押韵句式的大量运用,形成了古典、浪漫的美学特征。

---

① 莫言:《我们的荆轲》,作家出版社2012年版,第193页。

这种古典有时是中国式的古典,很多人物独白里使用了大量的四字成语,铺排夸饰、辞藻华美、对偶工巧:

> 皇天后土,过往神灵。佑我大燕,助我荆卿。一路顺遂,抵达秦境,刺杀暴君,天下和平。①

尤其是在《我们的荆轲》"第六节/断袖"中,荆轲与燕姬关于"为何刺秦"的激烈的辩论段落,四字成语多达近40个,云涌风飞,滚滚如江水;枪林弹雨,珠珠落玉盘。不仅如此,他笔下的人物还会与天、地、"高人"、明月对话,呈现出《楚辞》般的唯美空灵。例如,在"第九节/壮别"中,荆轲"仰望长天",与"高人"对话:

> 高人啊,我心中的神,理智的象征,智慧的化身,自从你走后,我食不甘味,寝不安席,回首来路,污泥浊水,遥望前程,遍布榛荆。茫茫人世,芸芸众生,或为营利,或为谋名。难道这就是人生的意义吗?难道这就是生活的真谛吗?②

有时候,台词的古典风味是一种莎士比亚似的西方的古典浪漫,如《我们的荆轲》"第六节/断袖"中,刺秦的日子迫在眉睫,荆轲在重压下,第一次褪去侠士的外壳,像一个被情感灼心的男孩般,对燕姬暴露自己内心的爱意与脆弱:

> 燕姬,趁着这良辰美景,让我再看一眼你美丽的面容,让我再吻一次你娇艳的樱唇,让我再嗅一次你秀发的芳馨。③

在下文中,莫言调动人物的视、触、嗅等全面感官,用排比和书面化的文字,表达荆轲对燕姬的留恋:

> 我吻你,如同吻着一块冰;连我的舌头和嘴唇都变得僵硬。我抱你,如同抱着一块铁,那么僵硬,那么沉重,使我的双臂都感到麻木酸痛。看起来你对我事事顺从,但你的心像一块地洞里的石头;你的灵魂,在一个遥远的地方遨游,宛如一只难以捕捉的风筝。④

①　莫言:《我们的荆轲》,作家出版社2012年版,第82—83页。
②　莫言:《我们的荆轲》,作家出版社2012年版,第87页。
③　莫言:《我们的荆轲》,作家出版社2012年版,第56页。
④　莫言:《我们的荆轲》,作家出版社2012年版,第56页。

作者用最简单的比喻描绘荆轲感受到的最直接、强烈的"如冰如铁"的形象,"地洞里的石头"和"难以捕捉的风筝"则是一个在地下,一个在天上;一个深藏坚硬,一个气韵流动,这样的反差表现出燕姬复杂的形象和荆轲内心的剧烈起伏,又在文字上给人一种悲凉的浪漫。

如果说这段台词还不足以完全展现莫言式的台词风格,那么在同一场戏中,有三处比喻句可以更淋漓地展现莫言与其他人绝不重复的语言风格。一处是燕姬对荆轲的痴情表现出麻木甚至嘲讽的姿态,荆轲如此再次表白:

> 你是我心中的无价之宝,如果我的嘴巴足够大,我会将你吞到嘴里。①

另两处比喻是燕姬经历了被太子丹作为物件赠送他人后对爱情的失望:

> 女人的感情是金丝燕嘴里的唾液。——你知道吗? 这种华贵的小鸟,它的唾液只能垒出一个晶莹的燕窝;到了第二个,吐出的全是鲜血。你难道要我的血吗? ……先生,所谓的感情,其实是一种疾病。来得快,去得猛;来得慢,去得缓。但不管是快还是猛,不管是慢还是缓,只要是上了这条贼船,不遍体鳞伤,也要丢盔卸甲。如果你还不明白,就想想春天池塘里那些恋爱的青蛙,它们不知疲倦地呱呱乱叫,不吃不喝,不睡不眠,被爱情煎熬得如同枯枝败叶。一旦交配完毕,立刻仰天而死。②

一种是荆轲恨不得吞掉燕姬的极端的爱恋心理,一种是燕姬表达女性可以为了心爱之人沥血呕心、仰天而死的心理。用动物拟人、用极端的情感举例,来呈现一种极致的、残酷的浪漫。这些写作手法在莫言的小说文字里都可以找到影子。

但是,莫言话剧里的语言风格,远不止古典与浪漫。在莫言的小说中,各种语言系统的拼接和搭配的特点,也在莫言的话剧中得以延续运用。话剧艺术的特点本就使得剧本的语言风格系统相对比较统一,难以写得像小说一样天马行空,语言任意搭配,但是莫言的话剧依然显露出一种"自由"的美感。

现代语言和北京方言结合的台词从开篇到结尾都在不断地出现,不断地

---

① 莫言:《我们的荆轲》,作家出版社 2012 年版,第 57 页。
② 莫言:《我们的荆轲》,作家出版社 2012 年版,第 60—61 页。

破除观众与演员、当下与历史的距离，达到"间离"的效果。如田光在与高渐离、秦舞阳对话时，语气、用词好似当下的领导、长辈："小高，小秦，你们是在拍我的马屁，还不知心里怎么想呢！"①再如太子与燕姬的对话："你曾经说过，'太子一撅屁股，我就知道他要拉什么屎。'"②更多带有现代意味的台词，出现在秦舞阳身上，他自嘲"该减肥了"，惊呼时脱口而出"哎呀我的妈呀"，笑话狗屠"拽名词"，对欺负自己是乡下人的各类人群表示不满："王亲贵族瞧不起乡下人也就罢了，可连杀狗的、卖菜的、掏大粪的，只要说话嘴里带'丫'的，就敢拿乡下人开涮"③。充满荒诞性的对话也不时如灵光般突然闪现，与现代语汇和方言一样，以"陌生化"来阻断古典、悲剧感的持续发酵。如"第四节/决计"，太子丹连演带哄，迫使荆轲下定刺秦的决心，但荆轲因失眠症犹豫不决。这本不是一场荒诞的戏，但结尾处，莫言神来一笔，让高渐离献上"猫头鹰脑袋七只，文火焙干，研成粉末，用热黄酒睡前冲服"的"独家秘方"，连太子丹都吃惊道："那猫头鹰可是白天睡觉夜里醒啊。"秦舞阳补充一句："用蝙蝠脑子也可以吧？"④此节终以太子命秦舞阳带人去捕捉猫头鹰结束。这样的情节和台词虽然不在情节线上，对人物的动作也未必有推动的作用，但是莫言的风格就是由这样的不同流派语言混杂而成。这同样是一种"陌生化"和"降格"。

莫言孜孜不倦的耕耘已让他成为中国小说界的领军人物。虽然他在戏剧界尚属"新人"，但他的创作已取得不少优秀的成绩。莫言古典思辨、广博杂糅的台词，突破了当下戏剧文学相对固定的风格、模式束缚，展现出飞扬的文采、中国文字之美和哲学思辨的力量。这不仅成为莫言剧作别具一格的美学特点，也为当下文学性略显薄弱的中国话剧注入了振兴的力量。而且，如同明代戏曲理论家王骥德在《曲律》中所说，"大雅与当行参间，可演可传"。作为演出，莫言的戏剧给观众带来语言的美感与震撼力；作为出版物，它也具有独立的文学价值，可在世界范围内流传。

---

① 莫言：《我们的荆轲》，作家出版社 2012 年版，第 16 页。
② 莫言：《我们的荆轲》，作家出版社 2012 年版，第 22 页。
③ 莫言：《我们的荆轲》，作家出版社 2012 年版，第 43 页。
④ 莫言：《我们的荆轲》，作家出版社 2012 年版，第 49 页。

结　语

戏剧性是衡量小说艺术水准的标尺,也是满足读者需求的关键,具有大众性的文学特质。20 世纪 80 年代,在西方各种文艺风格流派的冲击下,小说的戏剧性叙事被边缘化了。作家们纷纷在写作风格上开始各种各样的尝试与创新。莫言在经历了短暂的探索之后,回归到了戏剧性叙事的道路上。

中国古典小说、民间戏曲和说书艺术,一向讲求故事张力、矛盾冲突的表达,这些艺术形式与其中的戏剧性元素都对莫言的写作产生了深远的影响。除此之外,莫言的小说被改编成电影,并且在国内外频繁获奖,说明了读者和观众对戏剧性叙事的认可和热爱,因此,莫言更加清晰地认识到戏剧性叙事的重要性。莫言的戏剧、影视剧本创作实践经验,使他的戏剧性写作意识进一步加强。

2001 年出版的长篇小说《檀香刑》采用戏剧化的写作方式,整部小说充满强烈的戏剧色彩和舞台感。从此之后,戏剧性便从隐性、局部,转变发展为莫言文学作品中显性、整体的艺术特色。无论是各种类型的小说,还是各种形态的剧本,莫言文学作品中的戏剧性含量都极为丰富。莫言在创作过程中不断地学习、思考,使其戏剧性写作思维愈发强烈,其文学作品也逐渐显露出了有莫言特色的戏剧性特征和美学风格。

在莫言的小说中,强烈的自觉意志构成了人物坚定执着的戏剧动作,使叙事从根基上就具备了"一触而发"的能量。尖锐危机的情境设置使人物之间的矛盾冲突剧烈爆发;紧密交织的戏剧性叙事使人物、感情高度集中;环环相扣的戏剧性结构使故事更加凝练;巧合、悬念的灵活运用,使莫言的小说充满了陡转与骤变,形成跌宕起伏、大开大合、魔幻传奇的文学风格。

从舞台性的角度深入莫言的小说世界,我们可以发现莫言小说戏剧性的独特表达。在莫言的小说中有许多既开放又聚焦的舞台空间,以及鲜活的表演者与观众。莫言在写作中多选择极具凝聚力与象征意味的具象空间,同时在戏剧假定性的前提下,将"高密东北乡"变成了包容历史与当下、现实与虚幻的多维抽象空间体。人神牲畜,魑魅魍魉在舞台上纷纷登场,共同书写了历史与现实中众生集体狂欢的文化现状。舞台意识使莫言的写作持有宏阔的视野和悲悯的心态,充满了悲剧历史观与悲剧美学品质。

对话性是莫言小说戏剧性的又一个重要特征。中国传统文学特有的"白描式"写作方法,是用最直接生动的模仿与再现刻画人物性格。莫言继承了这种贴近戏剧式语言的写作方式,使小说叙事充满了现场感与感染力。另外,对话赋予人物生命和灵魂,使众多独立的意识与声音相互碰撞,造成众声喧哗的艺术美感。

在莫言的戏剧创作中,我们看到了他对戏剧艺术特性全面、深入的理解与娴熟的表达。同时,莫言在戏剧写作时也保持了一些小说写作的特色,尤其在语言方面,思辨性台词与广博杂糅的语言狂欢,复兴了中国剧场对文学性的重视与追求。

莫言对戏剧性的吸收、融合和创新,为他的作品带来了戏剧艺术的审美效果,增添了新的美学特质,并使之展现出巨大的社会能量、丰富的历史内涵和强大的现实指涉。莫言作品中的戏剧性,将传统与现代熔于一炉,在形成自我叙事特色的同时,达到了对传统与现代的双重超越,拓展了中国小说诗学的领域,并为中国当代文学民族化和世界化提供了可借鉴的艺术思路与范式。

与此同时,从莫言近些年的戏剧观摩经历与体验来看,他欣赏舞台假定性和观演之间互动关系带来的艺术魅力,也对"戏剧性"进行着不断的探索。从2012年后他陆续发表的舞台剧作品,以及2019年发表的诗体小说《饺子歌》和2020年出版的小说集《晚熟的人》中都可以明显地看出,莫言的创作在文体形式、语言表述等多方面还在持续地发展变化之中。莫言对"戏剧性"永不背离的创作追求和他永不停歇的文学创新精神,将会使他在未来的创作中,爆发出更惊人的叙事能量。

附　　录

表 1　由莫言小说改编的影视戏剧作品一览表

艺术类型	原著作品名	改编作品名	时间	编剧、导演	获奖
电影	红高粱家族	红高粱	1987 年	编剧：莫言、陈剑雨、朱伟 导演：张艺谋	1988 年第 38 届柏林国际电影节金熊奖，是首部获得该奖项的亚洲电影。
	断手	英雄浪漫曲（未拍摄）	1987 年	编剧：莫言	
	师傅越来越幽默	幸福时光	2000 年	莫言参与剧本讨论 导演：张艺谋	2002 年第 47 届西班牙巴利亚多利德国际电影节"评审会大奖"和银穗奖。
	白棉花	白棉花	2000 年	莫言参与剧本讨论 导演：李幼乔	入选 2000 年台北金马国际影展观摩影片。
	白狗秋千架	暖	2003 年	编剧：秋实 导演：霍建起	2003 年第 16 届东京国际电影节最佳影片金麒麟奖，第 32 届中国电影金鸡奖。
电视剧	红高粱家族	红高粱（60 集）	2014 年	编剧：赵冬苓、管笑笑、潘耕、巩向东 导演：郑晓龙	第 21 届上海电视节白玉兰电视剧银奖、第 17 届华鼎奖全国观众最喜欢的电视剧作品、2014 年国剧盛典年度十佳电视剧第 3 名、第 17 届华鼎奖中国百强电视剧满意度调查第一名。
戏剧	红高粱家族	红高粱（豫剧）	2011 年	编剧：贾璐 导演：丁建英	
	红高粱家族	红高粱（大型民族舞剧）	2013 年	编剧：王勇 导演：王舸、许锐、李世博、贾菲	2013 年第十四届文华奖文华优秀剧目奖。

艺术类型	原著作品名	改编作品名	时间	编剧、导演	获奖
戏剧	牛	牛（日本话剧）	2014 年	日本编剧、导演，姓名不详	见莫言：《牛的遭遇——为〈牛〉在日本排成话剧而准备的演讲稿》，载《贫富与欲望》（演讲集），浙江文艺出版社 2020 年版。
	红高粱家族	红高粱（大型茂腔现代舞台剧）	2014 年	编剧:莫言导演:周波	
	红高粱家族	红高粱（晋剧）	2015 年	编剧:龚孝雄导演:石玉昆	
	红高粱家族	红高粱（评剧）	2015 年	编剧:贾璐导演:张曼君	
	檀香刑	檀香刑（民族歌剧）	2017 年山东巡演，2018 年 12 月国家大剧院首演	编剧:莫言、李云涛导演:陈蔚	
	与大师约会	与大师约会（浸入式音乐剧）	2018 年	编剧:钟海清导演:申昺玢	
	红高粱家族	红高粱（茂腔戏曲电影）	2018 年 5 月,中央电视台戏曲频道首播	编剧:颜全毅导演:许玉琢	
	拇指铐	拇指铐（话剧,制作中）	2019 年 10 月,美国纽约哥伦比亚大学第二轮剧本朗读会	编剧:潘耕	
	红高粱家族	红高粱家族（话剧）	2022 年 8 月 4 日在江苏大剧院首演	总叙事:牟森编剧:牟森导演:牟森	

表 2　莫言的影视戏剧剧本创作一览表

类别	名称	时间	备注
电影剧本	红高粱	1987 年	改编自《红高粱家族》。获 1988 年第 38 届柏林国际电影节金熊奖,是首部获得该奖项的亚洲电影。
	英雄浪漫曲	1987 年	改编自《断手》,载莫言:《姑奶奶披红绸》(剧作集),浙江文艺出版社 2017 年版。
	大水	1989 年	合作者:刘毅然。载莫言:《姑奶奶披红绸》(剧作集),浙江文艺出版社 2017 年版。
	英雄・美人・骏马	1993 年	载莫言:《姑奶奶披红绸》(剧作集),浙江文艺出版社 2017 年版。
	太阳有耳	1994 年	获 1996 年第 46 届柏林国际电影节银熊奖。载莫言:《英雄・美人・骏马》(莫言影视剧本精粹),花山文艺出版社 2002 年版。
	姑奶奶披红绸	1994 年	载莫言:《姑奶奶披红绸》(剧作集),浙江文艺出版社 2017 年版。
电视剧剧本	哥哥们的青春往事(6 集)	1991 年	合作者:刘震云。载莫言:《姑奶奶披红绸》(剧作集),浙江文艺出版社 2017 年版。
	捍卫军旗之战	1992 年	未拍摄
	海马歌舞厅(40 集)	1993 年	莫言编写其中 2 集。合作者:王朔、海岩、刘震云、梁左等。
	梦断情楼(24 集)	1994 年	1994 年,亚洲电视艺术摄制中心出品。
	红树林(18 集)	1998 年	该电视剧剧本改写成长篇小说《红树林》,海天出版社 1999 年版。
话剧剧本	离婚	1978 年	莫言的话剧处女作。未发表,已焚毁。
	锅炉工的妻子	1997 年	载莫言:《我们的荆轲》(剧作集),浙江文艺出版社 2017 年版。
	霸王别姬	1999 年	获 2001 年"曹禺戏剧文学奖"之"优秀剧目奖"。载莫言:《我们的荆轲》(剧作集),浙江文艺出版社 2017 年版。
	我们的荆轲	2003 年	获 2012 年"全国戏剧文化奖・话剧金狮奖"之"优秀剧目奖"和"优秀编剧奖";2014 年第 24 届"波罗的海之家国际戏剧节"之"观众最喜爱的剧目奖"。载莫言:《我们的荆轲》(剧作集),浙江文艺出版社 2017 年版。
	蛙	2009 年	小说《蛙》中的九幕话剧。
	鳄鱼	2023 年	央华戏剧制作,2024 年全国巡演。

类别	名称	时间	备注
戏曲剧本	锦衣	2017 年	发表于《人民文学》2017 年第 9 期。
	高粱酒	2018 年	改编自《红高粱家族》,发表于《人民文学》2018 年第 5 期。
歌剧剧本	檀香刑	2018 年	改编自《檀香刑》,发表于《十月》2018 年第 4 期。

参 考 文 献

一、莫言作品、研究专著与研究资料汇编

（一）莫言作品

莫言:《红高粱家族》,载《莫言文集》第 1 卷,作家出版社 2012 年版。

莫言:《天堂蒜薹之歌》,载《莫言文集》第 2 卷,作家出版社 2012 年版。

莫言:《食草家族》,载《莫言文集》第 3 卷,作家出版社 2012 年版。

莫言:《十三步》,载《莫言文集》第 4 卷,作家出版社 2012 年版。

莫言:《酒国》,载《莫言文集》第 5 卷,作家出版社 2012 年版。

莫言:《丰乳肥臀》,载《莫言文集》第 6 卷,作家出版社 2012 年版。

莫言:《红树林》,载《莫言文集》第 7 卷,作家出版社 2012 年版。

莫言:《檀香刑》,载《莫言文集》第 8 卷,作家出版社 2012 年版。

莫言:《四十一炮》,载《莫言文集》第 9 卷,作家出版社 2012 年版。

莫言:《生死疲劳》,载《莫言文集》第 10 卷,作家出版社 2012 年版。

莫言:《蛙》,载《莫言文集》第 11 卷,作家出版社 2012 年版。

莫言:《白狗秋千架》,载《莫言文集》第 12 卷,作家出版社 2012 年版。

莫言:《欢乐》,载《莫言文集》第 13 卷,作家出版社 2012 年版。

莫言:《怀抱鲜花的女人》,载《莫言文集》第 14 卷,作家出版社 2012 年版。

莫言:《师傅越来越幽默》,载《莫言文集》第 15 卷,作家出版社 2012 年版。

莫言:《与大师约会》,载《莫言文集》第 16 卷,作家出版社 2012 年版。

莫言:《会唱歌的墙》,载《莫言文集》第 17 卷,作家出版社 2012 年版。

莫言:《我们的荆轲》,载《莫言文集》第 18 卷,作家出版社 2012 年版。

莫言:《碎语文学》,载《莫言文集》第 19 卷,作家出版社 2012 年版。

莫言:《用耳朵阅读》,载《莫言文集》第 20 卷,作家出版社 2012 年版。

莫言:《我们的荆轲》(剧作集),浙江文艺出版社 2017 年版。

莫言:《姑奶奶披红绸》(剧作集),浙江文艺出版社 2017 年版。

莫言:《锦衣〔戏曲文学剧本〕》,《人民文学》2017 年第 9 期。

莫言、李云涛:《檀香刑》(歌剧),《十月》2018 年第 4 期。

莫言:《高粱酒〔戏曲文学剧本〕》,《人民文学》2018 年第 5 期。

莫言:《讲故事的人》(演讲集),浙江文艺出版社 2020 年版。

莫言:《我们都是被偷换的孩子》(演讲集),浙江文艺出版社 2020 年版。

莫言:《贫富与欲望》(演讲集),浙江文艺出版社 2020 年版。

莫言:《晚熟的人》,人民文学出版社 2020 年版。

莫言:《鳄鱼》,浙江文艺出版社 2023 年版。

(二) 莫言研究专著

陈晓明:《莫言研究》,华夏出版社 2013 年版。

丛新强:《莫言长篇小说研究》,山东大学出版社 2019 年版。

付艳霞:《莫言的小说世界》,中国文史出版社 2012 年版。

管谟贤:《大哥说莫言》,山东人民出版社 2013 年版。

管笑笑:《莫言小说文体研究》,北京师范大学出版社 2016 年版。

贺立华、杨守森:《怪才莫言》,花山文艺出版社 1992 年版。

胡沛萍:《"狂欢化"写作:莫言小说的艺术特征与叛逆精神》,山东大学出版社 2014 年版。

林青:《莫言的另类解读:西蒙与莫言写作比较》,山东大学出版社 2014 年版。

刘再复:《莫言了不起》,北方出版社 2013 年版。

莫言:《莫言对话新录》,文化艺术出版社 2010 年版。

莫言研究会编著:《莫言与高密》,中国青年出版社 2011 年版。

宁明编著:《海外莫言研究》,山东大学出版社 2013 年版。

邵纯生、张毅:《莫言与他的民间乡土》,青岛出版社 2013 年版。

王德威:《说莫言》,上海书店出版社 2013 年版。

王育松:《莫言小说研究》,社会科学文献出版社 2016 年版。

杨扬主编:《莫言作品解读》,华东师范大学出版社 2012 年版。

叶开:《莫言的文学共和国》,北京大学出版社 2013 年版。

叶开:《野性的红高粱:莫言传》,二十一世纪出版社 2013 年版。

张灵:《叙述的源泉:莫言小说与民间文化中的生命主体精神》,中央编译出版社 2010 年版。

张书群:《莫言创作的经典化文体研究》,山东大学出版社 2014 年版。

张旭东、莫言:《我们时代的写作——对话〈酒国〉〈生死疲劳〉》,上海文艺出版社 2013 年版。

张志忠:《莫言论》,北京联合出版公司 2012 年版。

朱向前:《莫言:诺奖的荣幸》,百花洲文艺出版社 2012 年版。

(三) 莫言研究资料汇编

陈春梅、于红珍主编:《莫言研究硕博论文选编》,山东大学出版社 2013 年版。

贺立华:《莫言研究资料》,山东大学出版社 1992 年版。

蒋林、金骆彬主编:《来自东方的视角:莫言小说研究论文集》,中国社会科学出版社 2014 年版。

孔范今、施战军:《莫言研究资料》,山东文艺出版社 2006 年版。

李桂玲:《莫言文学年谱》,复旦大学出版社 2014 年版。

莫言、管笑笑、潘耕:《盛典——诺奖之行》,长江文艺出版社 2013 年版。

杨守森、贺立华:《莫言研究三十年》(上中下),山东大学出版社 2013 年版。

杨扬:《莫言研究资料》,天津人民出版社 2005 年版。

二、研究论著

(一) 中国论著

毕凤珊:《凯萝·邱吉尔戏剧美学论》,南京大学出版社 2012 年版。

陈平原、夏晓虹编:《二十世纪中国小说理论资料》(第一卷),北京大学出版社 1989 年版。

陈平原:《中国小说叙事模式的转变》,北京大学出版社 2010 年版。

陈汝衡:《宋代说书史》,上海文艺出版社 1979 年版。

陈汝衡:《陈汝衡曲艺文选》,中国曲艺出版社 1985 年版。

陈晓明:《中国当代文学主潮》,北京大学出版社 2013 年版。

翟恒兴:《故事诗学——海登·怀特历史叙事的文艺学思想研究》,上海交通大学出版社 2017 年版。

丁锡根编:《中国历代小说序跋集》中册,人民文学出版社 1996 年版。

董健、马俊山:《戏剧艺术十五讲》,北京大学出版社 2012 年版。

高平叔编著:《蔡元培教育论著选》,人民教育出版社 2011 年版。

古典文艺理论译丛编辑委员会编:《古典文艺理论译丛》第 11 册,人民文学出版社 1966 年版。

顾仲彝:《编剧理论与技巧》,中国戏剧出版社 1981 年版。

郭富民:《插图中国话剧史》,济南出版社 2003 年版。

郭英德:《明清传奇戏曲文体研究》,商务印书馆 2007 年版。

洪子诚:《中国当代文学史》(修订版),北京大学出版社 2007 年版。

侯金镜:《侯金镜文艺评论选集》,人民文学出版社 1979 年版。

胡士莹:《话本小说概论》(上下),商务印书馆 2011 年版。

蒋瑞藻:《小说考证》,上海古籍出版社 1984 年版。

焦菊隐:《焦菊隐戏剧论文集》,华文出版社 2011 年版。

金盈之编:《新编醉翁谈录》,辽宁教育出版社 1998 年版。

乐黛云编:《国外鲁迅研究论集(1960—1981)》,北京大学出版社 1981 年版。

李伟主编:《剧评的境界》,文汇出版社 2017 年版。

李渔:《李笠翁曲话》,陈多注释,湖南人民出版社 1980 年版。

李渔:《闲情偶寄》,江巨荣、卢寿荣校注,上海古籍出版社 2000 年版。

连阔如:《江湖丛谈》,当代中国出版社 2009 年版。

廖奔、刘彦军:《中国戏曲发展简史》,山西教育出版社 2012 年版。

廖奔:《中国古代剧场史》,人民文学出版社 2012 年版。

廖可兑:《西欧戏剧史》(上),中国戏剧出版社 2002 年版。

林克欢:《戏剧表现的观念与技法》,北京联合出版公司 2018 年版。

刘俊:《中国现当代文学研究导引》,南京大学出版社 2006 年版。

刘勰:《文心雕龙注》,范文澜注,人民文学出版社 1958 年版。

刘勇强:《话本小说叙论:文本诠释与历史构建》,北京大学出版社 2015 年版。

刘章春主编:《〈我们的荆轲〉的舞台艺术》,中国戏剧出版社 2015 年版。

鲁迅:《鲁迅全集》(第一卷),人民文学出版社 1981 年版。

鲁迅:《中国小说史略》,人民文学出版社 2006 年版。

罗晓风选编:《编剧艺术》,文化艺术出版社 1986 年版。

罗烨:《醉翁谈录》,上海古典文学出版社 1957 年版。

蒲松龄:《全本新注聊斋志异》,朱其铠等校注,人民文学出版社 1989 年版。

钱理群、温儒敏、吴福辉:《中国现代文学三十年》,北京大学出版社 1998 年版。

钱钟书:《谈艺录补定本》,中华中局 1986 年版。

山东省高密市政协文史委员会编:《高密文史选粹》,山东省高密市政协文史委 2002 年版。

孙海翔等:《柳腔茂腔》,山东友谊出版社 2012 年版。

孙惠柱:《社会表演学》,商务印书馆 2009 年版。

孙守刚主编:《山东地方戏丛书:柳腔茂腔》,山东友谊出版社 2012 年版。

谭帆、陆炜:《中国古典戏剧理论史》,中国社会科学出版社 1993 年版。

谭霈生:《论戏剧性》,北京大学出版社 1984 年版。

谭霈生、路海波:《话剧艺术概论》,中国戏剧出版社 1986 年版。

谭霈生主编:《戏剧鉴赏》,高等教育出版社 2004 年版。

童庆斌:《文体与文体的创造》,云南人民出版社 1994 年版。

汪曾祺著、段春娟编:《汪曾祺说戏》,山东画报出版社 2006 年版。

汪晓云:《神·鬼·人:戏曲形象探源》,中国社会科学出版社 2012 年版。

王富仁：《中国文化的守夜人——鲁迅》，人民文学出版社 2002 年版。

王国维：《宋元戏曲史》，上海古籍出版社 1998 年版。

温儒敏、赵祖谟：《中国现当代文学专题研究》（第二版），北京大学出版社 2013 年版。

吴晓东：《文学性的命运》，广东人民出版社 2014 年版。

伍蠡甫主编：《现代西方文论选》（上卷），上海译文出版社 1979 年版。

谢成功、梁志勇：《戏剧手法例话》，上海文艺出版社 1987 年版。

徐大军：《中国古代小说与戏曲关系史》，人民文学出版社 2010 年版。

晏杰雄：《新世纪长篇小说文体研究》，作家出版社 2013 年版。

杨健：《拉片子》，作家出版社 2007 年版。

余华：《我们生活在巨大的差距里》，北京十月文艺出版社 2015 年版。

张蕾：《章回体小说的现代历程》，北京大学出版社 2016 年版。

张清华：《存在之镜与智慧之灯——中国当代小说叙事及美学研究》，福建教育出版社 2010 年版。

张清华：《中国当代文学中的历史叙事——海德堡讲稿》，北京大学出版社 2012 年版。

张清华：《中国当代先锋文学思潮论》，中国人民大学出版社 2018 年版。

张学军：《中国当代小说流派史》（第二版），山东大学出版社 2000 年版。

赵兴红：《小说戏剧性研究》，作家出版社 2015 年版。

赵毅衡：《当说者被说的时候》，四川文艺出版社 2013 年版。

郑振铎：《中国俗文学史（插图本）》，北京工业大学出版社 2009 年版。

郑振铎：《中国俗文学史》（上下），岳麓书社 2011 年版。

中国社会科学院外国文学研究所外国文学研究资料丛刊编辑委员会编：《外国现代剧作家论剧作》，中国社会科学出版社 1982 年版。

朱光潜：《悲剧心理学》，人民文学出版社 1983 年版。

邹元江：《中西戏剧审美陌生化思维研究》，人民出版社 2009 年版。

（二）外国论著

［波兰］耶日·格洛托夫斯基：《迈向质朴戏剧》，魏时译，中国戏剧出版社 1984 年版。

[德]古斯塔夫・弗莱塔克:《论戏剧技巧》,张玉书译,上海译文出版社 1981 年版。

[德]黑格尔:《美学》(第三卷下册),朱光潜译,商务印书馆 1981 年版。

[德]尼采:《悲剧的诞生》,周国平译,生活・读书・新知三联书店 1986 年版。

[俄]安东・契诃夫:《契诃夫论文学》,汝龙译,人民文学出版社 1982 年版。

[俄]巴赫金:《诗学与访谈》,白春仁、顾亚铃等译,河北教育出版社 1998 年版。

[俄]巴赫金:《小说理论》,白春仁、晓河译,河北教育出版社 1998 年版。

[俄]别林斯基:《别林斯基选集》(第三卷),辛未艾译,上海译文出版社 1980 年版。

[法]贝尔纳・瓦莱特:《小说——文学分析的现代方法与技巧》,陈艳译,天津人民出版社 2003 年版。

[古希腊]柏拉图:《文艺对话录》,朱光潜译,人民文学出版社 1963 年版。

[古希腊]亚里士多德:《诗学诗艺》,罗念生、杨周瀚译,人民文学出版社 1982 年版。

[古希腊]亚里士多德:《诗学》,陈中梅译,商务印书馆 1996 年版。

[美]苏珊・朗格:《情感与形式》,刘大基等译,中国社会科学出版社 1986 年版。

[美]悉德・菲尔德:《电影创作编剧指南》(修订版),魏枫译,世界图书出版公司 2012 年版。

[美]约翰・霍德华・劳逊:《戏剧与电影的剧作理论与技巧》,邵牧君、齐宙译,中国电影出版社 1978 年版。

[美]约翰・迈克斯・弗里:《口头诗学:帕里-洛德理论》,朝戈金译,社会科学文献出版社 2000 年版。

[日]田仲一成:《中国戏剧史》,布和译,北京大学出版社 2011 年版。

[瑞士]卡尔・古斯塔夫・荣格:《原型与集体无意识・荣格文集》(第五卷),徐德林译,国际文化出版公司 2011 年版。

［英］彼得·布鲁克：《敞开的门：彼得·布鲁克谈表演和戏剧》，于东田译，中信出版集团 2016 年版。

［英］彼得·布鲁克：《空的空间》，王翀译，中国友谊出版公司 2019 年版。

［英］珀西·卢伯克等：《小说美学经典三种》，方土人、罗婉华译，上海文艺出版社 1990 年版。

［英］斯泰恩：《现代戏剧理论与实践》（上下册），刘国斌等译，中国戏剧出版社 1989 年版。

［英］威廉·阿契尔：《剧作法》，吴钧燮、聂文杞译，中国戏剧出版社 2004 年版。

三、论文

（一）硕博论文

陈佩：《戏剧文化与莫言小说创作》，硕士学位论文，湖南大学 2016 年。

迟琳琳：《论莫言小说的戏剧性特征》，硕士学位论文，聊城大学 2019 年。

付艳霞：《莫言小说文体论》，博士学位论文，北京师范大学 2005 年。

管笑笑：《莫言小说文体研究》，博士学位论文，北京师范大学 2015 年。

何媛媛：《莫言的世界和世界的莫言——世界文学语境下的莫言研究》，博士学位论文，苏州大学 2012 年。

胡沛萍：《"狂欢化"写作——莫言小说论》，博士学位论文，南京大学 2007 年。

华萌：《〈檀香刑〉小说创作的戏曲风格》，硕士学位论文，华中科技大学 2015 年。

李会敏：《试论戏剧情境下莫言的语言艺术》，硕士学位论文，福建师范大学 2019 年。

廖静：《谢克纳表演理论研究》，博士学位论文，武汉大学 2015 年。

廖增湖：《沸腾的土地——莫言论》，博士学位论文，华东师范大学 2004 年。

刘方政：《田汉话剧创作论》，博士学位论文，山东大学 2003 年。

刘广远：《莫言的文学世界》，博士学位论文，吉林大学 2010 年。

宁明:《论莫言创作的自由精神》,博士学位论文,山东大学 2011 年。

孙淑芳:《鲁迅小说与戏剧》,博士学位论文,华中师范大学 2012 年。

王旭松:《论莫言小说的电影改编》,硕士学位论文,华东师范大学 2014 年。

徐闫祯:《莫言民间叙事的原型与祭仪特征》,博士学位论文,复旦大学 2008 年。

杨枫:《民间中国的发现与建构——莫言小说创作综论》,博士学位论文,吉林大学 2009 年。

余梦娜:《莫言小说的空间场景叙事艺术——以广场、"衙门"、道路三类空间场景为例》,硕士学位论文,浙江师范大学 2020 年。

斋藤晴彦:《心理的结构与小说——用分析心理学解读莫言的作品世界》,博士学位论文,复旦大学 2012 年。

张灵:《莫言小说与民间文化中的生命主体精神》,博士学位论文,北京师范大学 2005 年。

张相宽:《莫言小说创作与中国口头文学传统》,博士学位论文,山东大学 2017 年。

(二) 期刊论文

陈军:《论老舍小说中的戏剧性元素》,《中国现代文学研究丛刊》2007 年第 6 期。

陈默:《莫言:这也是一种文化——评〈红高粱〉〈高粱酒〉〈高粱殡〉》,《当代文艺探索》1987 年第 4 期。

陈思和:《民间的浮沉:从抗战到"文革"文学史的一个尝试性解释》,《上海文学》1994 年第 1 期。

陈思敏:《不可缺少的重要角色——试论莫言小说〈檀香刑〉的戏剧元素》,《科教导刊》2014 年第 3 期。

陈晓明:《"在地性"与越界——莫言小说创作的特质和意义》,《当代作家评论》2013 年第 1 期。

程德培:《被记忆缠绕的世界——莫言创作中的童年视角》,《上海文学》1986 年第 4 期。

程光炜:《茂腔和说书——莫言家世考证之九》,《现代中文》2016 年第 4 期。

丛新强:《"诺奖"之后的莫言研究述评》,《山东大学学报》(哲学社会科学版)2018 年第 3 期。

丁罗男:《文学的边缘化与戏剧的贫困化——关于戏剧与文学关系的再思考》,《艺术评论》2016 年第 6 期。

董希文:《莫言小说〈蛙〉戏仿叙事艺术探究》,《中州学刊》2014 年第 3 期。

杜臣、弘宇:《历史与小说的互文——浅谈莫言的戏剧新作》,《小说评论》2018 年第 6 期。

范伟伟:《理性、关怀、能力:女性解放的路径探索及其反思》,《哲学研究》2017 年第 9 期。

顾仲彝:《谈"戏剧冲突"》,《戏剧艺术》1978 年第 1 期。

管笑笑:《当时间化为肉身——关于〈四十一炮〉的解读》,《小说评论》2015 年第 2 期。

黄维若:《剧本剖析——剧作原理及技巧》,《剧作家》2010 年第 5 期。

姬志海:《莫言长篇小说的悲剧性研究》,《当代作家评论》2017 年第 5 期。

季红真:《忧郁的土地,不屈的精魂——莫言散论之一》,《文学评论》1987 年第 6 期。

季红真:《现代人的民族民间神话——莫言散论之二》,《当代作家评论》1988 年第 1 期。

季红真:《神话结构的自由置换——试论莫言长篇小说的文体创新》,《当代作家评论》2006 年第 6 期。

贾琛:《莫言小说〈蛙〉与同名话剧比较》,《青年文学家》2014 年第 17 期。

金莹:《戏剧与文学:依附还是对抗?》,《文学报》2015 年 7 月 6 日。

老舍:《答复有关〈茶馆〉的几个问题》,《剧本》1958 年第 5 期。

老舍:《对话浅论》,《电影艺术》1961 年第 1 期。

雷达:《莫言:中国传统与世界新潮的混融》,《小说评论》2013 年第 2 期。

李刚、石兴泽:《窃窃私语的"镶嵌文本"——莫言小说的民间性》,《中国社会科学院研究生院学报》2007 年第 2 期。

李洁非:《回到寓言——论莫言及其近作》,《当代作家评论》1993 年第 2 期。

李陀:《现代小说中的意象——序 莫言小说集〈透明的红萝卜〉》,《文学自由谈》1986 年第 1 期。

李万钧:《试论莫言小说的借鉴特色和独创》,《当代文艺探索》1987 年第 6 期。

廖明智:《宝冢歌剧团:日本歌剧界的奇迹》,《歌剧》2008 年第 11 期。

柳平、李腾飞:《浅析高密茂腔对莫言及其文学创作的影响——以〈檀香刑〉为例》,《潍坊工程职业学院学报》2013 年第 3 期。

栾梅健:《民间的传奇》,《当代作家评论》2013 年第 1 期。

罗关德:《人类学视角下的民族文化观照——莫言乡土小说的文化意蕴》,《东南学术》2005 年第 6 期。

毛克强:《从莫言〈檀香刑〉看长篇小说史诗性质的戏剧化演绎》,《宜宾学院学报》2009 年第 4 期。

孟昕、张伟航:《论张爱玲小说的戏剧化特色》,《时代文学》(上半月)2006 年第 2 期。

莫言:《〈丰乳肥臀〉解》,《光明日报》1995 年 11 月 22 日。

莫言:《自述》,《小说评论》2002 年第 6 期。

莫言、王尧:《从〈红高粱〉到〈檀香刑〉》,《当代作家评论》2002 年第 1 期。

莫言、李敬泽:《向中国古典小说致敬》,《当代作家评论》2006 年第 2 期。

莫言、崔立秋:《不同的声音是好事——莫言回应对〈生死疲劳〉的批评》,《文学报》2012 年 11 月 7 日。

莫言:《我的文学经验》(续),《蒲松龄研究》2013 年第 2 期。

莫言、[法]勒克莱奇奥、徐岱:《文学是最好的教育》,《浙江大学学报》2016 年第 5 期。

莫言、杨义、朱寿桐:《语言的魅力与限度,关于汉语新文学的成就、发展与传播的对话》,《文艺研究》2016 年第 1 期。

莫言、张清华：《在限制的刀锋上舞蹈——莫言访谈》，《小说评论》2018年第2期。

莫言：《〈高粱酒〉改编后记》，《人民文学》2018年第5期。

莫言：《关于新作几句不得不说的话》，《当代作家评论》2019年第1期。

宁明：《论莫言的传统"现代"剧》，《中国当代文学研究》2020年第3期。

潘建华：《对国内大型演出中舞美技术主义倾向的反思》，《戏剧艺术》2017年第1期。

任鸣、周桐如：《莫言写戏"非常独特很有爆炸力"》，《长江商报》2012年12月2日。

束辉：《莫言小说〈蛙〉戏剧化的分析》，《芒种》2013年第14期。

宋学清、赵茜、张宝林：《从〈檀香刑〉的戏剧成分和色彩看莫言的民间立场》，《作家》2012年第4期。

隋清娥、迟琳琳：《论莫言小说〈三匹马〉的戏剧性》，《聊城大学学报》（社会科学版）2018年第4期。

孙惠柱：《"净化型戏剧"与"陶冶型戏剧"初探》，《文艺理论研究》2018年第1期。

汪曾祺：《中国戏曲和小说的血缘关系》，《人民文学》1989年第8期。

汪晖：《戏剧化、心理分析及其它——鲁迅小说叙事形式枝谈》，《文艺研究》1988年第6期。

王洪岳：《探索历史和人性的幽深之处——论莫言小说世界的恐怖喜剧叙事及其美学价值》，《中国文学批评》2019年第1期。

王建高、邵桂兰：《论戏剧冲突的内向化》，《齐鲁艺苑》1989年第2期。

王杰文：《评书、评话表演中演员的身体》，《青海社会科学》2012年第4期。

王西强：《论1985年以后莫言中短篇小说的"我向思维"叙事和虚构家族传奇》，《当代文坛》2011年第5期。

吴景明、李忠阳：《莫言小说的戏剧化书写及其审美表现》，《文艺争鸣》2018年第9期。

许永宁：《"小说"如何"戏剧"：莫言新作〈锦衣〉"以小说入戏剧"创作方

式探究》,《东吴学术》2018 年第 2 期。

许祖华、孙淑芳:《鲁迅小说与戏剧》,《华中师范大学学报》2012 年第 2 期。

杨新敏、郝吉环:《论赵树理小说中的戏剧性》,《山西师大学报》(社会科学版)1994 年第 3 期。

尹林:《论莫言小说被动的"戏剧化"》,《当代文坛》2017 年第 1 期。

袁英:《"与福柯共舞"——福柯的话语理论与女性主义批评》,《求是学刊》2013 年第 4 期。

张冲:《当代西方文论对戏剧理论的影响》,《戏剧艺术》1993 年第 3 期。

张闳:《感官的王国——莫言笔下的经验形态及功能》,《当代作家评论》2000 年第 5 期。

张丽军、刘玄德:《民间情怀的坚守与自我惯性的突破——评莫言获诺贝尔文学奖之后的系列新作》,《山东社会科学》2019 年第 2 期。

张灵:《叙述的极限与表现的源头——莫言小说的诗学与精神启示》,《小说评论》2010 年第 4 期。

张柠:《文学与民间性——莫言小说里的中国经验》,《南方文坛》2001 年第 6 期。

张清华:《选择与回归——论莫言小说的传统艺术精神》,《山东师范大学学报》(人文社会科学版)1991 年第 2 期。

张清华:《莫言文体多重结构中传统美学因素的再审视》,《当代作家评论》1993 年第 6 期。

张清华:《叙述的极限——论莫言》,《当代作家评论》2003 年第 2 期。

张清华:《传奇——当代小说诗学关键词之三》,《小说评论》2012 年第 3 期。

张相宽:《故事·讲故事的人·听故事的人——论莫言小说与传统说书艺术的联系》,《东岳论丛》2015 年第 2 期。

张向东:《戏剧化的中国现代小说》,《戏剧文学》1998 年第 6 期。

张学军:《莫言小说与西方现代主义文学》,《齐鲁学刊》1992 年第 4 期。

张学军:《论莫言小说的结构形式》,《文学评论》2020 年第 3 期。

张云龙:《艺术的叛逆——评〈十三步〉》,《山东工艺美术学院学报》2013年第 3 期。

张志忠:《论莫言对现实与历史的双向拓展——以其新作〈故乡人事〉和〈锦衣〉为例》,《山东大学学报》(哲学社会科学版)2018 年第 3 期。

赵兴红:《张贤亮小说的戏剧性》,《南方文坛》2015 年第 2 期。

赵云洁:《众生喧哗悲唱民族哀歌——论莫言〈檀香刑〉中猫腔的艺术价值》,《昭通学院学报》2013 年第 4 期。

郑春凤、丁峰:《颠覆的意义与局限——"五四"时期女性剧作再探讨》,《戏剧文学》2015 年第 5 期。

周梦博:《论茂腔对莫言小说〈檀香刑〉的影响》,《泰山学院学报》2014 年第 4 期。

宗白华:《中国艺术表现里的虚与实》,《文艺报》1961 年 5 月 15 日。

后　记

　　当我提笔写这篇后记时,窗外已是一片盎然春色。那棵不知名的大树变得雄壮葱郁,楼下的樱花与丁香也散发出幽幽芬芳。经历了寒冬腊月,万物复苏生长,这部书稿也终于完成了。我原本不准备在博士论文成果基础上再添加内容,但是毕业这两年多来,莫言老师保持着他高涨的创作热情与旺盛的创作力,尤其在戏剧领域,他不仅写话剧、写歌剧,还常与我谈起他阅读和观摩各类戏剧的心得体会,思考对创作有何启发……我感到原论文所述内容已远不能涵盖他的新创作与成就,所以就在原先的论文基础上又增补五万余字,并对一些章节做出修整。书稿内容不尽完善,深度也有待加强,希望通过今后努力提升学术能力,弥补这些缺憾。

　　能够完成这部书稿,我要向许多人表达衷心的感激。首先感谢莫言老师,是他恢宏的著作及其背后浩大的思想文化,扩展了我的眼界,滋养了我的灵魂。渺小的我能得此机会深入其中自在遨游、驻足观赏,是莫大的荣幸。作为我的博士生导师,莫言老师亲自参与了论文从开题到定稿的每一个过程。他从百忙之中抽出宝贵时间,耗费心血多次指导我写作,不厌其烦地与我面谈论文相关内容,倾听我的疑虑困惑,阐释他的所思所想;他反复叮嘱我论文写作的规范性,发送多篇优秀论文供我参考,带我参加学术活动,了解学界前沿信息;他甚至细致周密地圈点出我论文中的病句错字……莫言老师兢兢业业、孜孜不倦的治学态度,让我深深地钦佩与感激。在我增补论文内容后,老师又重审书稿并为其辛苦题字作序,我唯有更加努力地创作和研究,才能报答这份师恩。我还要感谢莫言老师的家人:师母杜芹兰对我的关心与爱护,管笑笑、苗昂为我提供大量参考资料,给了我许多支持与鼓励。

感谢温儒敏先生对我的认可,给我机会参与由他主持的国家社科基金重大课题,此学术经历对我有发蒙启滞之意义。感谢郑春教授对我的关怀,提点我做研究一定要有"种松种柏种永恒"的耐心与恒心。感谢丛新强教授在我成长道路上的帮助,感谢刘宗迪教授、张学军教授、刘方政教授对我的鼓励。感谢北师大国际写作中心的张清华教授、张晓琴教授、翟文铖教授对我论文写作的指导,他们提出的建设性意见令我醍醐灌顶。还有韩春燕主编、崔庆蕾主编、姜艺艺编辑等,是他们认可并录用了我的文章,令我信心倍增。

感恩我的硕士导师、剧作家黄维若教授和师母董妮在我研究和创作中给我的重要开导,每次在困惑时向他们求教,都让我深感暗室逢灯。另外,借用美国纽约哥伦比亚大学的校训:In lumine Tuo videbimus lumen(借汝之光,得见光明),表达我对华裔剧作家 David Henry Hwang(黄哲伦)教授的谢意。2017 年,他邀请我去哥伦比亚大学戏剧系做访问学者,在百忙中认真阅读我的英文改编剧本,耐心地与我深入沟通、指导我修改,令我从跨文化与写作实践角度,对本论题有了崭新的思考。感谢联合国语言部中文组前组长何勇博士,他曾邀请我在纽约华美人文学会作与本论题相关内容的演讲。站在莫言老师曾经演讲过的讲台上,我感到无比的荣幸与自豪。

还要特别感谢北京舒同文化艺术研究会会长王振先生、人民出版社李春生总编辑,以及刘林校长、陈琳教授、张宁教授、李珂教授、王翠艳教授等领导、师友对我的鼎力支持。

最后,感谢我的父母,我的朋友王芊、巩晓悦、何雨婷等人。大家的关爱与帮助让我终身受益。虽然读博和完善书稿的历程是孤独艰辛的,但也是充实美好的,它令我的性情更加勇敢无畏,也让我拥有了为真理与荣誉而战的信念与力量。我所收获的这一切都已融入我的血液中、精神里,我将带着这些灿烂宝贵的财富,开启人生新的篇章,以更好的成绩回馈他们。

潘 耕

2024 年 4 月 16 日

于北京观山园

责任编辑：姜　虹

图书在版编目（CIP）数据

小说里有戏 ：论莫言的小说与戏剧 ／ 潘耕著.
北京 ： 人民出版社，2024. 6. -- ISBN 978 - 7 - 01 - 026790 - 6

Ⅰ . I207. 42；I207. 34

中国国家版本馆 CIP 数据核字第 2024FV6641 号

小说里有戏

XIAOSHUO LI YOU XI

——论莫言的小说与戏剧

潘　耕　著

人 民 出 版 社 出版发行

（100706　北京市东城区隆福寺街 99 号）

北京中科印刷有限公司印刷　新华书店经销

2024 年 6 月第 1 版　2024 年 6 月北京第 1 次印刷
开本：710 毫米×1000 毫米 1/16　印张：14.75
字数：226 千字

ISBN 978 - 7 - 01 - 026790 - 6　定价：78.00 元

邮购地址 100706　北京市东城区隆福寺街 99 号
人民东方图书销售中心　电话（010）65250042　65289539